暗殺者たちに口紅を

イバーン

かつてはナチの残党を、現在は独裁者や犯罪者を標的としてきた暗殺組織〈美術館〉。社会に害を為す人物の抹殺に40年を捧げてきた60歳のビリーたち女性暗殺者4人は、引退の日を迎えた。それを記念するカリブ海クルーズに出かけたが、彼女たちを殺すため、組織から刺客が送り込まれたと判明する。生き延びるには、知恵と暗殺術を駆使して組織に反撃するしかない。もはや若くはない肉体と輝かしくもほろ苦い思い出を抱え、ビリーたちは殺すか殺されるかの危険な作戦を練りはじめる——。MWA賞候補作の著者が贈る、極上のエンターテインメント！

登場人物

ビリー・ウェブスター……………六十歳のベテラン暗殺者
ヘレン・ランドルフ………………ビリーの盟友。ベテラン暗殺者
メアリー・アリス・タトル………同
ナタリー（ナット）・スカイラー……同
コンスタンス・ハリデイ…………〈美術館〉創設メンバー。ビリーたちの師匠
ミンカ………………………………ビリーの友人。ウクライナ出身
アキコ………………………………メアリー・アリスのパートナー
ティエリー・カラパス……………〈美術館〉理事。〈来歴〉責任者
ギュンター・パール………………〈美術館〉理事。〈入手〉責任者
ヴァンス・ギルクリスト…………〈美術館〉理事。〈展示〉責任者
ナオミ・ヌジャイ…………………カラパスの助手
マーティン・フェアブラザー……パールの助手
スウィーニー
（チャールズ・マクスウィーン）
……〈美術館〉の元暗殺者
クリストファー・タヴァナー……同

暗殺者たちに口紅を

ディアナ・レイバーン
西谷かおり訳

創元推理文庫

KILLERS OF A CERTAIN AGE

by

Deanna Raybourn

This edition is published by TOKYO SOGENSHA Co., Ltd.
This edition published by arrangement with Berkley,
an imprint of Penguin Publishing Group,
a devision of Penguin Random House LLC
through Tuttle-Mori Agency, Inc., Tokyo

暗殺者たちに口紅を

Pに。ほんとうにそうだった。わたしならできる。そしてできた。

星霜を重ね賢慮を得た。
『ベーオウルフ』

著者まえがき

日付は正確とはかぎらない。名前は本名とはかぎらない。罪なき人を守るためではない。罪ある人を守るためだ。わけはじきにわかる。

第1章

一九七九年十一月

「ストッキングなんてすぐに伝線するものだって、母がよくいってたわ」ビリーの破れたストッキングをにらみつけながら、ヘレンがいう。

ビリーはあきれ顔になる。「ねえヘレン、これは舞踏会なんかじゃなく、殺しなんだよ」

「殺しじゃなくて、暗殺」ヘレンは訂正する。「見た目は大事よ。それに、わたしたちはスチュワーデスなんだから、破れたストッキングを見られたら最悪」そういって、卵形のケースを差し出す。「ほら、予備。お願いだから、いまのうちにはきかえてきて。コーヒーの支《し》度《たく》を始めてるわね」

こんな小さな伝線、ヘレンしか気づかない。抗議しかけるが、引き結んだ唇《くちびる》を見て、やめる。ヘレンは緊張している。だから、それでなくてもよく利く目が、心配の種を見つけ出してしまうのだ。どうせ悩むのなら、初任務でやらかしかねない山ほどの失敗のことよりは、ストッキング程度の方がまだましだ。

「コーヒーはメアリー・アリスの担当。ナットを見てやって」ヘレンの手からケースをもぎ取る。トイレでそそくさと新しいストッキングにはきかえて出てくると、コックピットの会話が聞こえてくる。またださ──いつもの映画。ギルクリストとスウィーニーときたら、ゴールディ・ホーンをベッドに連れこめるか議論しているか、でなければ映画のせりふを出題し合っているかだ。

「『シカは一発で仕留めてやらないと。だれもわかっちゃいない』」機長がことばを切ると、副操縦士は離陸前チェックの手を止め、目を細めて考えこむ。

「『モンティ・パイソン・アンド・ホーリー・グレイル』?」

機長は目をむく。「おいおい、『モンティ・パイソン』のわけないだろ、スウィーニー。いまのが笑えるかよ?」

スウィーニーは肩をすくめる。「かもよ」ギャレーの方に首を伸ばす。「ねえちゃん!」

ビリーがコックピットの入口に立つ。「なあに?」

スウィーニーはビリーをじろじろ見ながら、唇をゆがめて、精いっぱいボガート顔をしてみせる。「美人というには少々足りんが、補ってあまりある声だったな。低くてかすれた声が、ウイスキーを注文して釣りはいらないというのに、うってつけだった」

「『マルタの鷹《たか》』に、そんなせりふあった?」とビリー。

彼は憤慨《ふんがい》した顔をする。「オリジナルだよ! サム・スペード役ができそうだろ、な?」

「本業を忘れないでよね。なにか用？」

スウィーニーはさきほどのせりふを口にする。「なんの映画かな？　ヴァンスの出題なんだけど、おれがわからなかったら、一回死んでこいって顔をしやがるんだ」

「『ディア・ハンター』」ビリーは答える。それからヴァンス・ギルクリストを指さす。「次のせりふは『ゴッドファーザー』からでしょ」

ギルクリストはにやりとする。「なんでわかる？」

「一問おきに『ゴッドファーザー』から出題してるから」といって口をつぐむのを、ギルクリストが凝視《ぎょうし》する。身支度は完璧だ。しわひとつない、ぱりっとした制服も、きっちりと夜会巻きにした、つややかなダークブロンドの髪も。手は震えていないし、目も泳がない。けれど、緊張している——それとも興奮か。身の内で脈打つなにかが、嗅ぎ取れそうだ。落ちつかせてやるのが彼の務めだ。

「だいじょうぶだ、ビリー」低い声でいう。「みんな優秀だ。でなきゃ任務は与えられない」

彼女はほほえむ。「ありがとう」

ギルクリストは肩をすくめる。「訓練ではさんざんしごいたが、四人ともたいしたもんだよ——きょう、うまくやれればな」と、冷たい笑みを見せる。

「気が楽になった」そうビリーがいうと、スウィーニーが笑う。

「任務を忘れるなってことだ。スウィーニーとおれでこの鳥を飛ばしてるあいだ、女子たちだけで好きにやれ。とんでもなくまずいことにならないかぎりはな」それだけは許さん、という顔を見て、この人に助けを求めるくらいならペーパークリップを使って自殺してやる、とビリーはひそかに誓う。

「了解」スイッチやレバーを動かして離陸前チェックをする彼の手を、しばし見つめる。リラックスしている。訓練や練習を積み重ね、あとは大試合に臨むだけというアスリートのように。

スウィーニーがつついてくる。「ブルネットの子に、これが終わったら飲もうって伝えて」

「交際禁止ってルールだぞ」ギルクリストが釘《くぎ》を刺す。

スウィーニーは、傷ついた小犬のような声を上げる。「あんたはいいよな。アンシアを手に入れたんだから」それから、わざとらしく「アーンシーアー」と引きのばしながらくりかえす。

「恋人ができたの？　おめでと」ビリーがいう。

ギルクリストは日よけを下げて、小さなスナップ写真を見せる。ジャクリーン・ケネディのように黒髪をふんわりと巻き、大きく真剣な目をした女性だ。

「きれいな人」とビリー。

「しかも、おじょーうさま」スウィーニーがむくれる。

「どうしちゃったの、スウィーニー？」

「そりゃ、嫉妬してんのさ。こいつはきれいな良家のお嬢さまを手に入れたのに、こっちはあのかわいいブルネットの子に、むらむらしてるだけだもんな」

「ブルネットの子には名前があるの。ナタリーって」ビリーは教えてやる。

「チャールズ・マクスウィーン夫人になるかもだぞ」スウィーニーは重々しくいう。「少なくとも、この週末は」それから片手を上げて制する。「禁止だとかいうな。ますます興奮する。誘えるなら誘ってみろっていわれてるみたいだ」

ビリーは二人を交互に見る。「だれもヘレンを追いかけないなんて、びっくり。いちばんの美人なのに」

二人とも肩をすくめる。「たしかに美人だ」とギルクリスト。「めったにいないレベルだな。だけど、カナダ人のおれにいわせると、冬のウィニペグだ」

「冬のウィニペグ?」

「すばらしく美しいけど、うっかり裸になんかなったら、ナニまで凍りついちゃうってこと」スウィーニーはビリーをしたり顔で眺める。「つまりさ――」

ビリーは片手を上げる。「いいよ。知りたくない。コーヒーが入ってる。メアリー・アリスが届けにくるから」

ギャレーに入っていくと、メアリー・アリスが二杯注いでいるところだ。焦げたコーヒーのにおいに、申し訳なさそうな顔をする。「ヒーターにこぼしちゃったの」

ビリーは意にも介さない。「平気平気」ミックスナッツのアルミ袋を手に取り、保温機に突っこむ。

メアリー・アリスはコックピットを示す。「恐れ知らずのリーダーたちは、なにしてる?」

「映画のせりふクイズと、わたしたちのだれをお持ち帰りするかの議論」

メアリー・アリスは顔をしかめる。「げっ、最悪」

ビリーは目顔でたしなめる。「そこまで悪くもないよ。ヴァンス・ギルクリストなんて、信頼を示してくれたよ。今夜は張り切ってやれって、はげましのお言葉まで」

メアリー・アリスは鼻を鳴らす。「自分が責任者だから、わたしたちが失敗したら累《るい》が及ぶってだけでしょ」

「かもね」ビリーはうなずく。手を伸ばし、メアリー・アリスの名札を直してやる。〈マーガレット・アン〉と記されている。ビリーのは〈ブリジット〉だ。

本名とおなじイニシャルの偽名を選びなさい、と師匠はいった。疲れたり、気を取られたり、ただうっかりしたりして、偽名でなく本名を書いたり名乗ったりしてしまうことも起こりえます。それをごまかすのに、せめて最初の文字がおなじなら、疑いを招きにくい。それに、イニシャル入りの私物も使いつづけられる。いいですか、みなさんは嘘を生きることになるけれど、嘘は少ない方がぼろが出ないものですよ。

ヘレンが現われる。落ちつき払っているが、目は異様に輝いている。「作戦開始」と告げる。「ブルガリア人が来たわよ」ナタリーも加わり、みなで丸みを帯びた側面窓から、長くて黒くて堂々としたリムジンが近づくのを見守る。

「うわお」ナタリーがつぶやく。「始まっちゃう。いよいよ」

ヘレンがその手首を押さえる。「深呼吸して、ナット」

ナットは小鼻をふくらませながら、深々と息を吸いこむ。車がゆるやかに止まる。予定どおり四人の乗客が降りる。主役——呼び名はただのX、秘書、二人のボディガードだ。

「嘘でしょ」突然メアリー・アリスがいう。

ビリーはガラスに鼻を押しつけながらのぞく。ボディガードたちはなにも持っていない。武器を抜く場合に備えて両手を空けている。濃いひげとむさくるしい髪型が、クマのようだ。対照的に秘書はきれいにひげをあたり、髪をきっちりなでつけている。子牛革のかばんを持ち、降りはじめたこぬか雨から守るように細身の体をかがめている。X自身は、小犬を抱いている。ふわふわの毛にシルクの蝶ネクタイをつけた、薄茶色のプードルだ。

「犬なんて聞いてない」ヘレンが弱々しくいう。

「犬は殺せない」ナットは目を見開いて窓からあとずさる。「無理」

「そんな必要ないって」ビリーは請《う》け合う。みなに見つめられ、作戦の欠陥が身にしみてくる。ギルクリストの指揮下で実行せよという指令だが、彼はコックピットに陣取り、客室と遮断されてしまう。客室で指揮を執《と》る人間が必要なのに。この組織がそんな初歩的なミスを犯すとは思えない。ひょっとしてわざとなのだろうか。重圧下で冷静さを保てるか、試されているのだろうか。

ビリーは口を開く。「犬は困るね。でも、いますぐの問題じゃない。あとの問題。いますぐの問題は、客人を搭乗させて着席させること。持ち場について。始めるよ」

三人は驚くほど従順で、タラップを上ってくる主役に魅力を振りまくべく、急いで整列する。この男には、豪華プライベートジェットがよく似合う。つやつやしたチーク材の内装や、最新機器を備えたたぐいの。しかし人物調査書によると、双発ターボジェットの、できるだけ大きな飛行機を好む、古風な男らしい。この飛行機も両翼の前にエンジン二基を持ち、プロペラが回りはじめると同時にうなりを響かせている。

四人のスチュワーデスはXに笑顔を向ける。五十代の不機嫌そうな男で、ドアをくぐったところで軽蔑しきった様子で立ち止まり、頭を振って雨粒を落としている。その背後で、秘書がかばんを守りながら辛抱強く待っている。ボディガードの片方がしんがりを務め、タラップにのっそりと立っているあいだに、もう片方が機内をあらためる。首は太く、目は無表情で不愛想。コックピットに頭を突っこみ、一瞥《いちべつ》をくれる。

パイロット二人が振り返り、ギルクリストがにこやかにほほえむ。「おっと、声をかけてくださいよ」笑顔を返してくれるのを待つが、そうはならない。肩をすくめ、離陸前チェックに戻る。

「ヘンダーソンじゃないな」ボディガードが詰問する。

ギルクリストは陽気に答える。「そうなんです。あいつ、食中毒でね。ブイヤベースはやめとけっていったのに、現地人のまねをするから。いまごろ〈ヒルトン〉のトイレで、上からも下からも出しまくってますよ」そういいながら笑い、スウィーニーを見やると、半拍遅れて笑い出す。

「ヘンダーソンじゃないな」ボディガードはまたいう。

「わお、よくわかりましたね」ギルクリストは、イラッとしているふうを装う。

「ヘンダーソンでないなら離陸しない」ボディガードは言い募る。

主役が割りこんでくる。「どうかしたのか?」

ボディガードが手で示す。「ヘンダーソンじゃないんです」

ギルクリストは目を回してみせる。「まったく、もう一回やるんですか? そう、おれはヘンダーソンじゃない。ヘンダーソンが体調不良で、かわりに呼び出されたんです。これが身分証」そういって、胸に留めたラミネート加工のIDカードを示す。

「見せろ」ボディガードが手を差し出す。

「なんなんだよ」ぼやきながらIDカードを手渡す。もちろん偽造だが、よくできているので、心配はしていない。小芝居を横目に、スウィーニーはクリップボードや計器盤に集中し、手際よくチェックを進める。ボディガードはIDカードをためつすがめつする。

「ヴィンセント・グリフィン」ゆっくりと読み上げる。

「すばらしい」ヴァンス・ギルクリストはいう。「読み書きは大事ですもんね」薄ら笑いを浮かべてボディガードを見る。普段はおおらかに接するのが好みだが、嫌なやつを演じた方がうまく行くこともある。それに楽しい。

ＩＤカードを求めて手を出すが、ボディガードは離さない。

「それ、どうするんです？　おれのことが大好きだから、こっそりしまっておくとか？」ギルクリストは強くいう。「おれのＩＤなんですけど。問題があるなら、どこへでも連絡すればいい。ないなら返してください」

二人は一触即発でにらみあう。主役の後ろから、ビリーが声を上げる。

「機長、失礼します。機長と副操縦士の指示をいただきたいんですが」全員の注目が集まる。主役が向きなおると、ビリーはクールにほほえんでみせる。「ご搭乗ありがとうございます。離陸前に、なにかお出ししましょうか？」主役は一歩下がって、一六八センチの彼女の全身を眺めまわす。ダークグレーの地味な制服から、胸の谷間やひざがちょうどよくのぞき、興味をそそられているようだ。

唇に笑みが浮かぶが、小さな目は冷たい。「ウォッカ」と注文する。「ロックで。安物はだめだ。上等なのにかぎる」

「もちろんです」そう答えながら、さらにしばらく目を見つめる。「ご着席いただけますでしょうか。ただいまおつまみをご用意いたします。離陸後一時間弱で、ご夕食をお出しします」

背後の客室を手で示す。ボディガードが抗議しかけるが、主役は簡潔なブルガリア語で黙らせる。ビリーはひじかけつきの革張り席の最前列へと案内する。秘書はさっさと二列目に座り、ヘレンが持ってきたタオルで子牛革のかばんについた雨粒を拭く。ナタリーはつま先立ちになって、頭上の荷物入れを閉めようとがんばっている。制服のブラウスの中で揺れる胸を、もう一人のボディガードが熱心に見つめる。

秘書に向かってブルガリア語でなにかいい、下卑た笑い声を上げるが、秘書の方は唇をきっと結んだままだ。ギャレーではメアリー・アリスが飲み物を注ぎ、温めたナッツをボウルに盛って、喉が渇くよう塩をまぶしている。それから、丸っこい尻の上から制服のスカートをなでつけ、トレイをにこやかに運んでいく。ボディガードたちに冷たい飲み物の入った大きなグラスを渡すと、離陸前に飲み干した方がいいとすすめる。

「どんな好みにも合うってか」主役は座りながらいうが、見ているのはナッツではない。ビリーがシートベルトを示すが、うるさそうに指を振ってみせる。

「わかってる。ウォッカを」と催促する。犬をひざにのせ、太い指で毛をすく。手の甲《こう》は白く、青い血管がくっきりと浮き出している。ビリーはその手についての記録を思い返す。その手がやったこと、取り返しのつかないことを。

彼が目を上げる。ビリーがまだ見ていることに気づき、横柄に灰色の眉《まゆ》を片方上げる。立場をわきまえろというように。彼女がほほえむと、プードルも頭を上げ、じろりと見やって、目をそらす。犬までバカタレだ。

ビリーはおとなしくうなずいてみせる。「少々お待ちください」ギャレーに入ると、すぐに冷えたグラスとナプキンを持って出てくる。グラスをテーブルに置くときには、ひざをそろえて折る。バニーガールが使う小技で、優雅だし、魅惑的だし、いいなりになるセクシー美女らしく見える。なめらかな動きで立ち上がる。「離陸前に、ほかにご入用のものはございます？」

彼はなにもいわないが、ビリーの去り際にのろのろと手を伸ばし、尻をつかむ。ビリーは一瞬、目を見開いて固まる。ヘレンが短く、きっぱりと首を振る。ビリーは気を取りなおして、お楽しみはまたあとでというような、あやふやな笑みを向けながら、さりげなくその手から逃れる。

客たちはまたブルガリア語で下品なジョークを交わす。乗務員は後方の席につき、シートベルトを締める。メアリー・アリスとナタリーが並び、ビリーとヘレンがそのむかいだ。ベルトを留めるビリーの手に、ヘレンが触れる。

「しっかりね」とささやく。

ビリーはこくりとうなずき、大きく息を吸う。これも仕事のうちだ。嫌がらせもお触りもない、性的なことばや卑猥《ひわい》な誘いもない、などとは、冗談でもいわれていない。むしろ覚悟していた。

「わかってて契約したんだもの」端的に答える。背後でインターホンが一度鳴り、受話器を取る。

「客室です」

「ベルトを締めて、ねえちゃんたち」スウィーニーが明るくいう。「機長が、離陸準備完了だってさ」

「了解しました」そう答えると、受話器をわざと叩きつけて戻す。エンジン音が高まる。機体がゆっくりと進みだす。ギルクリストがスロットルを開いていくに従って、スピードを増し、滑走路を疾走し、夕暮れの空に舞い上がる。

地中海上空で水平飛行に移ると、ギルクリスト自身が連絡してくる。ヘレンはビリーを目で制し、受話器を取る。「はい、機長」

「巡航高度だ。始めろ」短く指示する。

ヘレンは黙って受話器を置き、他の三人にうなずきかける。全員同時に立ち上がり、スカートのしわを伸ばす。メアリー・アリスがケースを取り出し、開く。中身は四本の注射器。薬液が満たされ、キャップがついている。注射というのはナットの案だった。メアリー・アリスが内容物を選んだ。チオペンタールナトリウムだ。適量を正しく静脈注射すれば、麻酔薬として効果がある。大量を筋肉注射すると、ものの数分で死に至る。穏やかで苦痛もなく、多少は尊厳のある死だ。時間も手間もかからない。候補に挙がっていたほかの方法、たとえばナットが最初に提案したアイスピックなどよりも、ずっと。

一人ずつ、注射器を手に取る。ヘレンは指で触れながらためらう。事前説明の場で、あとあとのことを考えてもなぜ全員殺す必要があるのか、と質問したのは、ヘレンだけだった。不確定な要素を残してはいけないからですよ、ランドルフさん、と師匠は答えた。この仕事でだけは、やりすぎがよしとされるのです。

ヘレンが注射器を取り、四人は最後に視線を交わす。おのおのが注射器を注意深く持ち、飛行機の前方へ向かう。乗客たちは静かに船を漕いでいる。飲み物に混ぜた抱水クロラールの効能だ。近づくと主役が身じろぎし、ビリーに手を伸ばして手首をつかむ。重たくのしかかってくるクロラールに抵抗しながら、まぶたを半ば開き、どうにかことばを絞り出す。

「なぜだ?」回らない舌でたずねる。

ビリーはためらいもなく注射針を彼の首に刺し、プランジャーを押しこんでいく。「わかってるでしょう」

主役は首をかきむしるそぶりを見せるが、チオペンタールナトリウムが回りはじめている。まぶたが閉じる。意識が消えていき、ビリーの手首をつかむ手から力が抜けていく。自分の命を手放すかのように。みなもやはり、遠い関心をもって自分の標的を見つめている。一分後、それぞれの獲物の首すじに触れる。

「完了」ビリーが宣言する。

「完了」ナタリーが応じる。

「完了」ヘレンも同時にいう。

「うわっ！」メアリー・アリスが飛びのくが、ボディガードがつかみかかって首を絞めようとする。注射器が首からぶら下がっている。それを自分で引っこ抜き、ビリーの足もとへ放る。中身は減っていない。メアリー・アリスがプランジャーを押しこむ前に、針が折れてしまった。

ボディガードはメアリー・アリスを勢いよく床に突き倒し、馬乗りになって喉を絞め上げる。顔が紫になっていく。犬は騒ぎに驚いて、キャンキャン吠えながら跳ねまわっている。ヘレンが抱き上げる。ナットはボディガードの背中に体あたりするが、犬にノミが飛び乗るようなものでびくともしない。片手で押しのけられて座席テーブルに激突し、息を詰まらせる。ぜいぜいと必死に息をする横で、犬がヘレンの腕のなかでもがきながらヒステリックに吠えつづける。よくよく練られた、欠陥ひとつないはずの任務が、混沌に陥《おちい》りかけている。それを正せるのは自分だけだ、とビリーは気づく。

スカートのスリットを両手でつかみ、ウエストまで力いっぱい引き裂く。ももにくくりつけてあったナイフを引き抜くと、ボディガードをまたいで立つ。この男が髪をきちんと刈っていなくてよかった、と思いながら、わしづかみにしてぐいっと引き寄せる。頭がのけぞり、首があらわになる。ぐさりと刺しこめばこちらのもの。ステーキを切るようにやすやすと頸《けい》静脈《じょうみゃく》を切り裂く。手首を少し返すと頸動脈もとらえる。二本の血管から噴水のように血があふれ出て、倒れているメアリー・アリスに降り注ぐ。彼女は息をのみ、男の体の下から這い出す。

「ありえない」ヘレンがつぶやく。抱かれた犬は急におとなしくなり、悲しげな遠吠えをする。

「犬を下ろさないで」ビリーが命じる。「血をなめちゃう」

「ああだめ」メアリー・アリスがようようという。「吐きそう」

「やめといて」とビリー。「まだ終わってないんだから」

そのとき、ギルクリストがコックピットから出てくる。「いったいなんの騒ぎ――」

そこでぴたりと止まる。敷き詰められた灰色のカーペットの上に、黒っぽくべたつく血だまりが広がりつつある。「おい、勘弁してくれよ」

「問題ない」ビリーが短くいう。

「頼むぞ」彼は命じて、ヘレンに向きなおる。「パラシュートだ」

ヘレンは、大きな袋ふたつと小さな袋ふたつ――メインと予備のパラシュート――を頭上の荷物入れから下ろし、配る。「はい」

ギルクリストは戻りかけて、振り向く。「このあとはわかっているな。すみやかに脱出しろ。おれたちも追いかける。かばんを忘れるなよ」秘書の方に視線を投げる。ナットの手際よい仕事のおかげで、座席に力なく沈みこんでいる。「でないと全部水の泡だ」

そういってコックピットに姿を消す。ビリーが突き立てた中指には気づかない。

メアリー・アリスは立ち上がり、震えながら笑うと、血まみれの制服を脱ぎ捨てる。ナットが、なめらかで体にフィットする素材の黒いつなぎを渡す。軍の出入り業者が開発した素材で、数千メートルを喜んで横流ししてくれたものだ。メアリー・アリスの肌は血でべとついているが、どうにかつなぎに身を包み、ベルトとパラシュートもきちんとつける。全員がおなじようにして、ジッパーやバックルを留めながらおたがいに点検する。

「まずいよ」ナットが知らせる。子牛革のかばんを持ち上げると、秘書の腕がいっしょに上がる。「手錠。鍵はなさそう」

「時間がない」ビリーはつぶやく。ナイフを手に進み出ると、やるべきことをやる。ナタリーは、まるで生物の授業のように、興味津々でのぞきこむ。ビリーは、切断した手を悪趣味なアクセサリーのようにぶらぶらさせながら、かばんを自分の胸に固定する。

ヘレンは犬をつなぎの内側に押しこみ、予備のパラシュートを背負ってぴっちりとジッパーを閉める。

「犬が降下に耐えられるわけないでしょ」メアリー・アリスがいう。

「やってみない手はないでしょ」ヘレンが冷静に答える。ナットが感謝のまなざしを向け、みなで機体後方に移動する。ギルクリストが機首を下に向け、エンジンを停止する勢いで高度をいきなり数千フィートも下げるので、みなよろける。

「かっこつけちゃって」とヘレン。

そのとたん、客室の照明が二度点滅する。合図だ。メアリー・アリスが一歩踏み出し、後部扉を開ける。ギルクリストはニースを離陸後、海岸線に沿って南西へ飛行させていたが、徐々に内陸へ入りこんだのち、大きく左に曲がって、南に針路を取った。山々を越え、モール平原自然保護地区の上空を飛んでいる。東側の岩だらけの台地よりましとはいえ、平らにはほど遠い。地形学的調査によれば起伏が激しく、やぶに覆われ、松や危険な岩が点在していると、事前説明を受けている。そんな土地が、機体の真下にただ黒々と広がっている。西に目を転じれば、死にゆく日の光が細い深紫色の線となり、低い空には生まれたばかりの星々がまたたいている。

ナタリーがゴーグルを着けると、敬礼して夜空へ落ちていく。

次はメアリー・アリスだ。飛びこみ選手のように縁《ふち》から身を投げる。ヘレンは優美に、ビリーに向かって手を振りながら後ろ向きに飛ぶ。

ビリーは開口部に立ち、深呼吸をする。サントロペ湾の潮のにおいと、燃料のきついにおいがする。笑みを浮かべ、真っ暗な虚空へ飛び出す。

宙を漂いながら数を数える。パラシュートを開くまでは三十秒。人生でもっとも穏やかな三十秒だ。残り時間を考え、ひもに指を引っかけ、待ちながら、このままでいてみようか、とぼんやりと考える。この高さからだったら、衝撃で体はばらばらになるだろうし、一瞬でなにも感じまい。美しい虚無が、この世の終わりのように手招きしている。

三十。ひもを強く引いたとたん、パラシュートが開き、体が引き上げられる。自由落下は終了。あやつり人形のように脚をぶらんと垂らし、平原へと下りていく。左手に三つの小さな明かりがきらめく。ヘレン、メアリー・アリス、ナタリーが地面に到達するところだ。着地の衝撃は思ったより強く、息ができない。

訓練したとおり、力を抜いて横向きに転がる。松の根もとにぶつかって止まると、びっくりした鳥が一、二度けたたましく鳴き、怒ったようにはばたいて飛び立つ。みなの明かりが、平原に散らばってホタルのようにまたたいている。顔を上げると、さらに二匹のホタルが暗い機体から漂い落ちるのが見える。地中海に向け低空飛行する機体の影は、雲の手前に浮かび上がる舞台装置のようだ。真夜中にバレアレス諸島とサルデーニャ島のあいだで燃料が切れるよう、綿密に計算してある。壊れた機体のほんの一部と、水面に浮かぶわずかな油分以外、なんの痕跡も残らない。水深は三千メートルにも及び、何千年も前から、船や船乗りたちの亡骸《なきがら》が沈んでいるという。あと数体加わったところで、なんの問題もない。

ビリーの脚をなにかがかすめていく――カメ？　ネズミ？　体を起こし、みなの様子をチエックする。大きな明るいビーコンを灯して、所在を知らせている。ビリーも自分のを点灯する。まばゆい白い光に、目がくらみそうになる。手をかざしたとき、ヘリコプターの音が聞こえる。ピックアップしに来たのだ。四番目に拾われるとき、アドレナリンの名残で体が震える。乗りこもうとしてつまずき、ばったりと倒れる。もっと優雅に登場したかった、と、師匠で〈プロジェクト・スフィンクス〉責任者のコンスタンス・ハリデイ――コードネームは女羊飼い――を目にするなり考える。ハリデイは齢七十、飛行服に身を包み、寒さよけの白いシルクのスカーフを格好よく首に巻いて、補助席に座っている。脚もとには杖。

ヘレンはすでにシートベルトを締め、つなぎの胸もとを開けて犬を見ている。やかましく吠え立てているが、具合が悪そうではない。ナットがちょっかいを出し、メアリー・アリスは祈るように目を閉じて座っている。男性陣は二機目の小さいヘリコプターが拾うことになっている。あとで報告のため、全員がパリ郊外の非公式の場所に集められる。任務中の一分一秒まで、微《び》に入り細《さい》を穿《うが》って振り返り、ミスを説明し、行動を再検討して、改善の余地はないか精査する。だが、いまはだいじょうぶ。初任務は終了した。ナットの肋骨《ろっこつ》のひびと、メアリー・アリスの髪にこびりついた血のほかに、被害はない。

ハリデイが黙って合図をすると、ビリーはかばんを体からはずして、渡す。手がぶら下がったままだ。血の通わない手は白くしなびて、バニラプディングを詰めたゴム手袋のように見える。ハリデイは目もくれない。道具を使ってかばんを開け、ファイルを取り出す。それから数分間、中の書類に目を通し、最後にごく小さな笑みを漏らす。
「いい働きでしたね、ウェブスターさん」いつものようにきびきびという。
ビリーはうなずく。唐突に四つん這いになり、吐く。
人生最良の日だ。
これまでのところは。

第２章

　わたしの人生では、トラブルはさまざまなにおいを放っていた。仕事に失敗したとき。道をまちがえて一方通行に入りこんでしまったとき。色あせたジーンズの男の笑顔に何度も胸が張り裂けながら、断ち切れなかったとき。アンフィトリテ号では、トラブルはクチナシとお金のにおいがした。小型客船専門の会社の最新豪華船は、見事なものだった。客室は船主用のスイート含め五十室、客と同数の乗務員がつく。パンフレットによると、なにもかもがオーダーメイドか手作りか職人技だそうだ。電話帳の半分ほども厚みがある小包の中身は、光沢仕上げの写真だの、地図だの、結婚式の招待状かと思うような、型押し便箋《びんせん》の船長からの手紙だの。船内に三つあるレストランのメニュー（地元産の鮮度抜群な魚介類や、オーガニック農法、サステナブル農法によるフルーツが特徴）から、アクティビティの案内（一人乗りの小型潜水艇でサンゴ礁を遊覧）に至るまで、ぜいたくな演出がてんこ盛りだ。さらに、個人名入りの手紙まであった。ターコイズブルーの文字色で、ｉの点は小さなヒトデになっている。

メアリー・アリスさま、ヘレンさま、ナタリーさま、ビリーさま
アンフィトリテ号へのご乗船、まことにありがとうございます。退職祝いとのこと、おめでとうございます。四十年にも渡るすばらしい業績に敬意を表し、そのお祝いをお手伝いできますことをたいへん光栄に存じます。第二の人生の門出に向けて、より快適な船旅をお楽しみいただけますよう、なんなりとお申しつけくださいませ。

接客担当部長
ヘザー・ファニング
#退職　#豪華船旅　#アンフィトリテ号

わたしは首を振った。地球上でもっとも優秀な暗殺者集団で四十年も働いた結果が、船旅への無料招待と、署名にハッシュタグをつける小娘からの調子のいい手紙とは。
わたしが働く組織の名を明かすことを期待しているのなら、本を閉じた方がいい。それは機密事項だ——あまりに重要な機密なので、内部で働くわたしたちですら正式名は使わない。通称は〈美術館〉で、使うことばも美術用語。外部の人が聞いても、死に値する人物を排除する仕事だとは気づくまい。

〈美術館〉の創設者は、イギリス特殊作戦執行部《SOE》やアメリカ戦略情報局《OSS》の元工作員、フランスやポーランドやオランダの元レジスタンス、それに、第二次大戦下、ヨーロッパ大陸にナチの美術品略奪の嵐が吹き荒れたときに奪還に動いた〈モニュメンツ・メン〉の生き残りなどの、国際的集団だった。ナチの残党狩りをしようにも自国政府の指令が下りない人々が集まり、みずからに指令を与えることにしたのだ。

みな奇人変人で、論理は奇抜だし、常識を踏みつけにするようなひねくれものばかりだった。ドイツ第三帝国を支えたものならだれでも狩った――ヒトラーの靴みがきから、トレブリンカ強制収容所の守衛まで。ブラジルの密林でも、ブエノスアイレスの売春宿でも、プレトリア郊外の別荘でも、標的がいるとわかれば容赦なく追っていった。裁きを与えるべきナチのリストが尽きると、方向を変えた――独裁者、武器商人、麻薬密売人、性犯罪者などに。

正義への本能だけで行動する無法地帯のようなものだが、いい時代だったのだろう。もちろん、完璧というつもりはない。高い理想を掲げてはいても、社会的公正に関して〈美術館〉は反応が鈍《にぶ》い。お触りを受けたことは数えきれないほどあるし、最初の十二年間で黒人エージェントはたった一人しかいなかった。それでも入ったころは、生き生きとした空気がみなぎっていた。価値のある仕事をしてみせる、だれよりうまくやってみせる、という自信や期待が、火花を放つようだった。

わたしもそれに魅了されたのだ。ピースマークの刺繍《ししゅう》入りジーンズをはいた大学生のわたしを組織は見出し、歴史を変えるという餌《えさ》をぶら下げた。一九七八年の暮れ、初の女性部隊〈プロジェクト・スフィンクス〉のメンバーとして、メアリー・アリス、ヘレン、ナタリーとともにスカウトされた。わたしは抗議のプラカードを下ろし、過激フェミニスト活動からも抜けて、殺し屋へと変貌した。

ヘレンはこのことばが嫌いだけれど、わたしはいつも問うている。だったらなにがいいの？　シンプルだし的を射ている。わたしたちは生活のために殺す。一応いっておくと、悪くない生活だ。じゅうぶんな基本給にボーナス、医療保険――歯科治療含む――に、退職金まで。それと、わたしたちは命じられた人物しか殺さない。これは声を大にしていいたい。わたしたちは病んでいるわけではない。趣味で、あるいは無料で殺すことはない。報酬があるから殺すのだ。まあ、メアリー・アリスは理想主義者でいたいので、社会改革のためやむにやまれず殺す、という考えにいまだに固執しているけど。それが、わたしたちが採用されたときの建前だった。あのころとは時代がちがうけれど――パソコンも事務員も、費用対効果をさかんに計算するようになったけれど――この部分は譲れない。〈美術館〉が抹消すべしと判断した標的以外は殺さないし、個人で殺しを請け負うこともしない。ぜったいに。外科医がおもしろがって他人の胸を切り開いたりしないのとおなじで、わたしたちも仕事以外で殺しはしない。それが矜持《きょうじ》だ。

第3章

小包が届いたのは二〇一八年十一月下旬だった。当然ながら、いちばん陰鬱《いんうつ》な時季だ。暗殺事案が立てこむのは長期休みだ——標的もやはり恒例行事ははずさないし、おばあちゃんの家に行こうと野原や森を歩いているときなら倒しやすい。けれども、わたしはハロウィン翌週に最後の仕事を終え、賃貸のタウンハウスで無聊《ぶりょう》をかこっていた。まるで『大いなる遺産』のミス・ハヴィシャムだが、朝ごはんはウェディングケーキではなくタコスの残り。この先仕事はないし、先月のプレーオフでアストロズはレッドソックスに負けてしまったし、おまけに泣きっ面に蜂とばかりに、ヒューストンでまさかの雪が降った。要するにわたしは、多少なりとも心躍ることに飢えていて、クリスマス翌日に出航する全費用むこう持ちの退職記念クルーズでも、ないよりはましと思えたのだ。

パンフレットをぱらぱらとめくり、料金を明示しない配慮に気づいた。

それにしてもくわしすぎる。シーツの生地の話（ナイル川デルタ地帯で栽培された綿を手織りに）で力尽き、トートバッグに放りこんだ。そのまま一カ月がすぎ、日焼け止めやたばこや駄菓子の下敷きにして、船に持ちこむことになった。プエルトリコのサンファアン港を夕方に出航するときには、同窓会の気分だった。メアリー・アリスとわたしはダラス空港で合流して東へ向かい、マイアミでヘレンと落ち合っていた。あとはナタリーだけと思っていたら、出航ぎりぎりに大あわてで波止場へやってきて、バッグから口紅やらお酒のミニボトルやらをぽろぽろ落としながら、タラップを駆け上がってきた。

「あれじゃあ腰を痛めるよ」メアリー・アリスがやんわりといった。三人並んで手すりのところで見ていると、ナタリーは黄色いサテンリボンを編み上げる、十センチものヒールのサンダルをはいて、甲板をよろけながら歩いてきた。

「ついでに荷物係に失恋」わたしはいった。ナタリーは二十歳そこそこの、右も左もわからない気の毒な若者に向かって、強烈にしなを作っている。

「ほっときましょ」ヘレンがややきつくいう。わたしはメアリー・アリスに目配せしたが、おたがいなにもいわなかった。ナタリーは荷物を若者にすっかり預けて手を振ると、こちらへ駆け寄ってきた。ヘレンの肩にも届かないほど小柄だが、どうやったのか全員をうまいこと抱き寄せた。

「ひさしぶり！」と叫び、体を離してみなを見た。「顔をよく見せてよ。やだあ、みんな老けたわねえ！」

「たった半年じゃないの」とメアリー・アリスがいい、ナタリーが勢いあまってしわくちゃにしたリネンのチュニックを引っぱった。

ナタリーは手をひらひらさせた。「まさか。もっと長いわよ」

ヘレンが思案しながらいった。「わたしの誕生日に、みんなでワシントンDCへ来てくれて以来ね」それ以上はいわない。ディナーの予約やら『キャメロット』のリバイバル上映チケットやらで武装して、ヘレンを家から連れ出しに行ったときの話だ。

ヘレンを観察した。あのときは心が痛んだ。ケネスの死に打ちのめされ、立ちなおれないのではないかと思った。亡くなって三カ月がたっていたが、ブラインドが下ろされて家の中は暗く、酒と、不潔なシーツと、不潔なヘレンのにおいが満ちていた。四日間滞在して彼女を家から引っぱり出し、スパや映画や野球観戦に連れていった。美容院やボランティア活動にちゃんと行くと約束させ、陶芸教室や宅食サービスの申し込みをしてやった。帰宅して日常生活に戻ったときには、ヘレンという仕事を無事完了したような達成感を覚えた。〈夫を亡くした友人をなぐさめる〉のチェック欄に印を入れ、次の項目へ移動した。

だが、ヘレンは前進できていなかったらしい。身なりは完璧だ。淡いブロンドの髪には銀色のメッシュが入ってキラキラ輝き、腕に引っかけたオーストリッチのバーキンもよく似合う。でも、さらにやせた。ぎゅうっとハグしたら折れてしまいそうで、悲しくなった。

そのとき、さっきのナタリーの荷物係が、かごとトングを手に近づいてきた。「冷たいタオルはいかがでしょう？　レモンバーベナのかおりつきでございます？」この子はいちいち疑問形で話すのか。

「ありがと、ヘクター」ナタリーが満面の笑みでいった。

　彼は一人一人に、小さなタオルを名刺のように配った。メアリー・アリスは腕をごしごし拭き、ヘレンは上品に頬にあてた。ナタリーはブラジャーに突っこみ、わたしは首すじにあてて、気持ちよさにうめいた。

「ホットフラッシュ？」メアリー・アリスが気の毒そうに見た。

「たまにね」わたしは答えた。

「うそ、まだ終わってないってこと？」ナタリーは胸もとからタオルを引っぱり出した。

「わたしなんて、二〇〇五年から生理が来てないよ」

「ちょっと、ナタリー」メアリー・アリスがそわそわと見まわした。

　ナットは肩をすくめた。「聞かれたって困らないわよ。生理はごくあたりまえの現象なんだから」

「生理のしくみはちゃんとわかってる」メアリー・アリスがきっぱりという。「ただ、ほかのお客さんはナタリーの婦人科既往歴を聞きたくないかもしれないでしょ」

　若いときだったら、この手の発言にナタリーは食ってかかったものだ。だがいまは黙って肩をすくめると、通りかかったウェイターのトレイからよく冷えたロゼのグラスをふたつ取り、片方をメアリー・アリスに押しつけた。「ほら。これを飲んだら、懐中電灯があったか見てみるから」

メアリー・アリスは眉根を寄せた。「懐中電灯？」

「あんたに食わせるくそを探すためにね。食ってから出すときはいってよ」ナタリーは愛想よくいった。

わたしもグラスをふたつ取って、ヘレンにひとつ渡すと、自分のをすばやく持ち上げた。「乾杯しよ」メアリー・アリスとナタリーを軽くにらむ。「四十年たってもいけてるわたしたちに」

みな唱和した。グラスを合わせる力もなさそうなヘレンまで。やがて船が港を離れ、水平線に沈む夕日を眺め、ダイニングルームに移動し、メカジキのグリルを食するまでのあいだに、さらに二杯ずつ飲んだ。罰あたりな量のココナッツ・ティラミスをたいらげて、ベッドに倒れこむ気満々でいたときだ。恐れていたとおり作り笑顔でハイテンションなヘザー・ファニングが、にこにこしながら近づいてきた。

「初日のディナーをご満喫いただけましたか⁉」張り切っていう。「特別なお楽しみをご用意してます！」

手招きされてついていくときに、メアリー・アリスがとなりに来た。「あの子、きっとバトン経験者だね」

「燃えるバトンね」わたしも応じる。

ヘザーに連れられて操舵室に行き、船長に紹介された。イドリス・エルバ似で、たちまちナタリーがすり寄っていく。船長の案内で、階段を上ったりはしごを下りたり甲板をめぐったりし、豪華な趣向や安全対策について教わった。機関室は特にご自慢で、三十分も立ちっぱなしでNGLタンクのしくみについて語ってくれた――「嘘じゃないって《NGL》」じゃなくて天然ガス液《NGL》のことだからね、念のため。聞いているあいだに脚が痛くなってきて、そこらのエンジンの裏で丸くなって眠りたい、とばかり考えていた。それでもみな笑顔でお礼をいい、ラウンジに戻ると、船長おごりのシャンパンが置いてあった。〈ご退職おめでとうございます!〉というカードと、フルートグラス四本も。乾杯したとたんに、ノスタルジックな気分でいっぱいになった。

「まだ退職って気がしないな」ナットがしんみりといった。「仕事、好きだもん」

「わたしも」と同意した。

「わたしはほっとしてる」とメアリー・アリス。「第二の人生だよ」

「第一の人生をちゃんと終わらせたかったわ」ヘレンはグラスをもてあそんだ。「きれいにね。カタールの仕事が最後になるってわかってたら、心に刻みつけたのに」

「全部の仕事を刻みつけたかったな」わたしはいった。「あっという間だった」

「あのスリルが恋しくなりそう」ナットは焦がれるような顔だ。「だって、あんなにわくわくできること、ほかになにがある?」

「ドラッグとか?」メアリー・アリスが提案した。

ナタリーはあっかんべをしてから、わたしに向きなおった。「ビリーはわかるでしょ」

「わかるよ。いままで大金の賭けポーカーをやっていたのが、小銭でスロットマシンに成り下がる感じ」

ナタリーは大げさに両手を広げてみせた。「そうなのよ。やみつきになるのよね、たえず状況を読んで、あっちと見せかけてこっちへ行く感じ、絶妙に綱わたりする感じが」

その気持ちはわかりすぎるほどだった。どんなに念入りに計画して、なにからなにまで準備していても、想定とちがうことはかならず起こる。仕事のたびに、ダーウィンのシンプルな法則を証明することになった。適応できなければ死。こちらは適応した。むこうは死んだ。

メアリー・アリスに振った。「さびしい?」

少しだけ考えてから答えた。「たぶん平気。アキコと二人で楽しくやってるからね。ソフトボールのチームに入ってね、来年はアキコが先発ピッチャーなんだ。わたしもアマチュアオーケストラに入って、ひさしぶりでヴィオラを弾こうかと思ってる。旅行中も、急な任務が入って台なしになるんじゃないか、なんて心配しなくてすむし。もう言い訳もネタ切れよ。アキコは不倫を疑ってるんじゃないかな」

軽い調子でいっているが、パートナーにこういう秘密を持つのは大変だろうな、と想像できた。この仕事では、まったく予期していないときに、不意打ちで任務が降ってくることがある。通知が来たら、四の五のいわず出かけるしかない。数日になるか、数カ月になるかは、だれにもわからない。

メアリー・アリスは続けた。「不倫をしてるか、でなきゃスパイか、って思ってるみたい」

ナタリーが鼻を鳴らした。「なんでスパイだって思うわけ?」

「急にいなくなるとき、わたし、言い訳がほんとに下手なのよ。この前なんて、会計上の非常事態とか口走っちゃった」

〈美術館〉の給与は年俸制で、呼び出しにすぐ応じられるよう常時雇用されている。仕事のたびに報酬も出るので、お金に困ることはないし、続けて何カ月も留守にするようでは、定職に就くのはむずかしい。けれどもそれでは退屈だし、疑いを招いても困るので、フリーランスで働くものが多い。メアリー・アリスは会計士として顧客を何人か抱えている。ナタリーは芸術家で、作品が展示されることもあるが、悪目立ちしないよう気をつけている。ヘレンは嬉々として専業主婦を演じていて、わたしはおもに学術書を翻訳している。つまらない仕事に見えるだろうし、まあ実際そのとおりだ。だが、語学力を落とさずにいられるし、ひまを持て余すこともない。

メアリー・アリスに問うた。「会計上の非常事態って、どういうこと?」

「ほんとにねえ、そんなしょうもない嘘しか思いつかなかったのよ。普段は、守秘義務とかなんとかいって逃げ出すんだけどね。それか、母の具合が悪いとか」

「いっしょに行くとはいわれないの?」とヘレン。

メアリー・アリスは少しためらった。「心の底では嘘だとわかってて、真実を知るのがこわいから強く押してこないんだと思う。それに、うちの家族を知ってるでしょ。あれじゃあアキコも、嫌われてると思いこむって」

わたしは首を振った。「結婚して五年もたつのに、同性愛者嫌いの家族のせいだと思わせたままなの？　メアリー・アリス自身もそれで平気ってことになってるの？」

彼女は肩をすくめた。「アキコの安全のためだから。知りすぎなければ、トラブルもない」

ヘレンが口をとがらせた。「だけど、頼りにならないパートナーだと思ってるわけでしょ。家族からどんなことばを投げつけられても知らん顔だって」

「まあ、投げつけられたのはことばだけじゃないんだよね。クリスマスにアキコと帰ったときなんて、ひどかった」ため息をついた。「でも、そのうちに真実を明かせるかも。もう終わったんだから」

「どうして最初から明かさなかったの。ケネスは全部知ってたわよ」ヘレンは反論した。

「ケネスは元ＣＩＡだもん。おたがいさまでしょうよ」そういってから、メアリー・アリスは顔を赤くした。「話しとけばよかった。後悔してるよ。でも、タイミングがなかったんだよ。出会ってすぐに話すようなことじゃないでしょ。『趣味は弦楽器と編み物で、先週は国際犯罪組織のトップを毒殺したんです』なんて、どう考えても無理」

「初対面から結婚式まで、一度もチャンスがなかったの？」わたしは穏やかにきいた。

彼女はとてつもなく気まずそうに爪を噛んだ。「捨てられるかと思って。こわかったんだよね。自分がやってきたことを話して、受け入れられなかったらって。わたしも別れは受け入れられないし」

「それでも話した方がよかったわよ」ヘレンは譲らない。

「わたしはどの夫にも話さなかった」とナタリー。

「話す間もないほどすぐに別れちゃうからでしょ。下着とおなじ頻度で結婚相手を替えてるじゃない」メアリー・アリスが言い返した。

ナタリーは肩をすくめた。彼女は、貞操とは義務ではなく選択肢のひとつにすぎないと考えている節がある。二度目の離婚のあと、そういう主義だと結婚前に示すべきだとようやく気づいたようだった。三度目の離婚のころには、結婚制度そのものに見切りをつけ、若い子たちがいうところの、セフレをとっかえひっかえという方針に切り替えた。

ナタリーはこちらを向いた。「ビリーはどうなの？　さびしい？」

「トレーニングに関してはさびしくない」と正直に答えた。「生きのびるために鍛えなくちゃっていうのは、ちょっと飽きた。ひざにガタが来てて」

「ひまになって、なにをするの？」ヘレンがたずねた。

わたしは肩をすくめた。「さあね。刺繍か創作ダンスでも習おうかな」

ナタリーが首を振る。「ビリーがビリーじゃなくなっちゃうなんて、想像できない。わたしたちみんな殺し屋だけど、ビリーは超エリート殺し屋だもん」そういって、グラスを掲げ乾杯した。

みな笑ったし、わたし自身も飲み干したけれど、ナタリーのことばは思いがけずぐさりと刺さった。自分でも恐れていたことを、いわれてしまったから——仕事がなかったら、わたしなど役立たずだと。

第4章

一九七八年十二月

暗殺者の就職フェアなどない。採用過程は複雑で、もうじきお呼びがかかるとは、ビリー・ウェブスターは知る由《よし》もない。彼女はテキサス州オースティンの留置場に座っている。昨夜はコンクリートブロックの壁にもたれて、土曜夜の都市の警察ならではの物音を聞いていた。売春婦がビリーの肩にもたれて眠ってしまい、体臭とマリファナのにおいにもかかわらず、そのままにしてやる。

一度だけ電話できるけれども、していない。いつも保釈の保証人になってくれたテキサス大学法学部の二年生と別れたところで、ほかに電話する相手がいない。だから、売春婦に肩を貸して熟睡させてやりながら、待つ。やがて宿直の警官がやってきて、「ウェブスター！」とどら声で呼ぶ。

売春婦をそうっとどかして、立ち上がる。警官が出ろと合図して留置場の鍵を開け、手錠をかけてから、腕を取ってせまい廊下を進んでいく。抗議活動に出かけたときのフレアデニムは、血がしみてごわついているし、爪のあいだにも赤いものが詰まっている。警官は何部屋も通りすぎ、〈立入禁止〉と表示されたドアの前まで来る。手錠をはずしてドアを開け、入るよう促しながら、手錠をベルトに留める。

部屋の中には、傷だらけのテーブルと椅子が二脚。そのひとつに男性が座り、パイプをふかしながら新聞を読んでいる。文民の服装だが、どこか制服勤務歴を感じさせる姿勢だ。

警官はビリーに入れとあごで合図する。「外におりますので」と男性にいうが、ビリーの方を見ているので、彼女への警告だとわかる。

入ってドアを閉める。男性は顔を上げ、手招きしながら意外にもにっこりする。近づくと、新聞は漫画のページが開いている。

男性は新聞をたたみながら小さく笑う。「『マーマデューク』か」とひとりごとをいう。席につく彼女を注視していると、彼女の方もおなじように見返してくる。身なりは汚い。ダークブロンドの髪はもつれ、洗わないとまずい状態。薄手のセーターと、ヤシの木と虹を刺繍したベルボトムジーンズを身につけている。寮の部屋でひと針ひと針刺繍している姿を思い浮かべると、不思議なほどぐっと来る。器用な手仕事をする娘だとは、うれしいかぎり。自分の直感はあたっていたということだ。

六十の坂を越えたあたり、とビリーは読む。ウィペット犬のように引き締まった体つき、清潔感のある白髪まじりの砂色の髪。こざっぱりとした細い口ひげを生やし、カジュアルな服装――カーキ色のズボンにオックスフォードシャツ――だが、サヴィル・ロウのスーツのような気品がある。といっても、ビリーはサヴィル・ロウをまだ知らない。何カ月ものちにオーダーメイドについて学び、上質な服を初めて見せてくれたのが彼だった、と思い至るのだ。

彼は静かに見守る表情を崩さない。ビリーの視線もおもしろがっているようだ。「おはよう、ウェブスターさん」

彼女の腫れて血だらけの手の甲を見て、握手を回避する。その配慮が好ましい。

「どういうことですか?」彼女はたずねる。

寛容で温厚な笑顔。「それはおいおい。けがの痛みはどうかね? その唇の上の傷は、縫《ぬ》わないといけないだろうな」たしなめるようにいう。かすかにイギリスなまりがあり、それも好ましい。

「だいじょうぶです」と答える。

「軽食でもどうかな? 甘いものか、コーヒーでも? 警察の食堂にたいした種類はないだろうが」

ビリーは首を振り、男性はくつろいだ姿勢になる。儀礼的なやりとりに満足しているようだ。

「よろしい。では始めよう」彼は両手をすばやくこすり合わせる。「わたしはリチャード・

ハリデイ。イギリス陸軍少佐だ。退役したが」

「なのにオースティン警察へ？」

それには答えず、新聞をどかす。下から彼女の名前を記した書類ファイルが出てくる。

「ウェブスター、ビリー」ことばを切って彼女を見る。「実をいうと、驚いた。てっきり長い名前の愛称だと思っていた。ウィルヘルミナとかね」彼女が見つめ返すと、書類の記載を拾い読みしはじめる。IQ――一四二。成績――学力試験の点数はすばらしいが〈素行に問題〉あり。奨学金で大学に入学。劣悪な里親家庭で高校時代をすごしたことへのおざなりな同情コメント。単独行動を好む、と読み上げかけたところで、さえぎる。

「これ、意味あります？　全部知ってることです」

彼は書類ファイルを閉じる。「わたしは、ある組織の代表として来た」嚙んで含めるように話し出す。「秘密組織だ。だから、この面会については口外しないでもらえると、ひじょうにありがたいんだが」そこで黙りこみ、表情で訴えるので、つられてうなずく。「どうもありがとう。で、わたしの属する組織は、人材を求めている――具体的には、若く、未経験で、われわれの特殊な業務に応じて、才能を伸ばし発揮できる人材だ」

「ポルノってことですか？　ポルノなんでしょう？」

細い唇が笑いそうに見える。「ポルノグラフィーではないよ」

「じゃあ、どういう目的ですか？」彼がわずかにぎくりとするのを見て、真正面からぶつかるのは好みでないらしい、と悟る。カニ歩きで側面から寄っていく方がいいようだ。

「それはのちほどわかる。まずは組織の任務全般について説明するのがいいかと思う。ＯＳＳやＳＯＥについて聞いたことはあるかね？」

「アメリカ戦略情報局と、イギリス特殊作戦執行部」ビリーは即答する。彼の驚いた顔を見て、肩をすくめる。「本をよく読むんで」

「なるほどね」元の表情に戻る。「では当然知っているだろうが、ＯＳＳは第二次世界大戦中に、アメリカ各軍の諜報活動を統括するために創設された」

「スパイですよね」無感情にいう。

「スパイだ」と認める。「戦後、ＯＳＳを母体に中央情報局《ＣＩＡ》が作られた。ＳＯＥの方は少し事情がちがう。チャーチル首相自身の主導で、戦時経済相のもとに組織された。多くの文民が、ヨーロッパ全土できわめて危険なレジスタンス運動や妨害工作に従事した」

「非紳士的戦争省」ビリーはつぶやく。

今度は彼もほほえむ。だがほんのかすかな、幻のような笑みで、唇をかすめたと思うや消えている。「そういう通称もあったな。ほかにも、ベイカー街遊撃隊とか。いずれにせよ、戦後はＯＳＳとちがい、ＳＯＥは政府組織には改編されなかった。ごくごくひと握りのエージェントだけが、イギリス政府の他の情報部門に異動した」

「ほかの人たちはどうなったんです？」

「解散した」簡潔な答え。マッチを擦《す》って、パイプに詰めたたばこの葉に火をつける。強く吸いこむと、甘やかな煙が立ちのぼる。木のような、さくらんぼのようなかおり。会員制クラブや大邸宅に漂っていそうなかおり、お金のかおりだ。彼は続ける。「訓練と、勇気ある働きと、多大なる犠牲的行為の末に、組織そのものが消えた。暗黒の日だった」

「あなたもその一人だった」質問ではない。彼の厳しい目つきがすべてを物語っている。

「まさに」そっけなくいう。「何人かは、すごすごと帰って傷をなめるかわりに、OSSの同類と結託した」

「イギリス人とアメリカ人が、それぞれの政府をぎゃふんといわせるため結託したんですね」ビリーはにやりとする。

「そうもいえるな。ただし、表には出ない。隠密行動こそがお家芸だから」彼が息を吸うと、パイプの煙が頭上に渦巻《うずま》く。「SOEの解体も悲劇だったが、おなじくらい不愉快だったのは、戦後、相当数のナチがおとがめなしだったことだ。連中はあとかたもなく消え失せてしまった。多くの場合、西洋美術の至宝を持ち去った。三〇年代から四〇年代にかけて、美術館や個人のコレクションから略奪を働き、回収できたのはごく一部にすぎない」

せつなげな顔をする。おそらく、欲深いゲーリングのせいで歴史から消し去られてしまった、カナレットやカラヴァッジオの傑作に思いを馳《は》せているのだろう。それからまた口を開く。「あの人でなしどもに正義の鉄槌が下されることもなく、盗まれた品々も二度と日の目を見ないと思うと、いたたまれなかった。政府組織として正式に認可されていないからこそ、自由に対処できると考えた」パイプを嚙みしめながらひと吸いする。「一九四六年後半に発足したころ、人員募集は完全に口コミに頼っていた。ポーランドやフランスでレジスタンスとして活躍したものたちを引き入れた。イタリアやスペインで、ムッソリーニやフランコと闘ったものたちも。オランダ人やベルギー人もいた。志《こころざし》をおなじくするものなら、だれでも受け入れた」

「ロシア人はいないんですか？　連合国の一員だったのに」

なんともいえない表情を浮かべる。「終戦時にわかったのだが、ロシア人は戦争犯罪人を厳格に裁くことには熱心だったが、略奪された美術品を本来の持ち主に返還することにはさほど興味を持たなかった」

「つまり、見つけた美術品をわがものとした」

「なんとソ連には、ゲーリングに負けるとも劣らない略奪の才があったんだ」と皮肉る。「発見した美術作品はなんでも懐《ふところ》に入れて、それを返還と称した。だから今回の組織では、かの国の協力なしに任務を遂行するしかなかった」

「ナチの残党狩りの任務を」

「ナチの残党狩りの任務をね。過去三十年で、かなりの成果を挙げたよ」パイプをくわえたまま、すごみのある笑みを浮かべる。「しかし、創設メンバーは歳を取り、疲弊してきた。

任務遂行中に死んだものもいる。彼らのかわりとなる新たな人材を、徐々に採用しているんだ」

「あのう、いまもナチの残党を狩っているんですか？」ビリーはまばたきする。「まだ死んでないんですか？」

「残念ながら、まだだ。野放しになっているものもいるんだ。だがわれわれの任務は、当初の目標から広がってきた。スペインやイタリアの反ファシストが加わったことで、活動の幅が増したんだ。独裁者などの好ましからざる人物を、世界じゅうで無力化してきた」

最後のひとことがパイプの煙といっしょに宙を漂う。彼女は努めて無表情を保つ。反論したり、ショックを見せたりしたら、どうする気だろう？　丁重に追い出す？　留置場へ戻す？　それとも、放免するには知りすぎているとみなす？

彼をじっくり眺めると、静かに見つめ返してくる。パイプを吸い、待っている。唇がわずかにゆがみ、彼女の凝視を楽しんでいるかのような、いくらでもつきあうといっているかのような表情だ。

「殺人を婉曲にいうと〝無力化〟ですか」やがて彼女はいう。

彼はパイプを口から離し、灰皿に慎重に置く。両手を組み、まっすぐに彼女の目を見ながら、少し身を乗り出す。「ウェブスターさん、世の中のために死んだ方がいい人間がいると、こっそり考えたことはないものかな？」

「そりゃ、あります」小声で答える。

思いのほか魅力的な笑顔が返ってくる。突然、戦時中の彼の姿が思い浮かぶ。三十歳ほどで、粋なスーツか、ひょっとしたらタキシードに身を包み、カジノで大金を賭け、ドライマティーニを口にし、ドイツの将軍の部屋に忍びこんで絞殺する計画や、高価な宝石を盗む計画を立てている。

「ウェブスターさん？」穏やかにたずねてくる。「なにを考えている？」

「あと三十歳お若かったら、恋に落ちていたかもって」

パイプをふたたび手に取り、元どおり口に落ちつける。「それは、われわれの調査結果から推測するに、あなたの男性の好みが多少は進歩したということかな」真顔だが、瞳はいたずらっぽくきらめいている。「さて」もみ手をしながら話し出す。「わたしの役目は、〈プロジェクト・スフィンクス〉という事業にふさわしい人物を探し出すことだ」

「〈プロジェクト・スフィンクス〉って、なんですか？」

「通常、新人は少人数のグループに分かれて訓練を受ける。育成や評価を適切に行なえるからね。〈プロジェクト・スフィンクス〉は組織の歴史上、最高級のグループになる。メンバーは女性のみ。初の女性暗殺者集団だよ。訓練を行なうのは、わたしの姉のコンスタンス。ＳＯＥでもっともほまれ高いレジェンドだ。正直、わたしも頭が上がらない。一九四五年、ドイツ軍の懐深くにパラシュート降下した女性部隊の隊長だった。部隊名は〈復讐の女神〉

「すてきな名前ですね」

「降下中にドイツ軍の機銃掃射を受けた」淡々という。「コンスタンス、コードネーム〈女羊飼い〉が、唯一の生存者だった」

「失礼しました」ビリーはつぶやく。

彼女の鼻に散らばるそばかすを見ながら、気の毒な子ども時代に彼は思いを致す。「部隊は占領地で十七もの任務をやりとげた。その後コンスタンスは、女性チームを訓練することに乗り気でなかったのだが、やっと重い腰を上げたわけだ」

彼は期待する風情《ふぜい》で背をもたれる。ビリーはとまどう。

「わたしにどういう関係があるんですか?」

謎めいた笑み。「なにもないかもしれないし、おおいにあるかもしれない。ここの窓口になってくれている友人がいてね、ゆうべあなたが連れてこられたときに目を留めたんだ。彼女が電話をくれたんで、朝いちで飛んできた」

「飛んできた? どこから?」

「ワシントンDC」

じっと見つめる。「なんでわたしなんかのために?」

「これだよ」書類ファイルの下から茶封筒を引き出す。押収された彼女の私物が入っている。ひとつずつ取り出す。「財布。中身はバスの定期、テキサス州発行の運転免許証、七ドル四十三セント、メキシコの一ペソ硬貨、それから写真が一枚。赤ちゃんを抱いた十代のかわいい女性だ。なにも書いていないが、服装から見て、一九五八年に撮ったものじゃないかな？」

「一九五九年です」ビリーは訂正する。

うっすらとほほえむ。「お母さんだろう？」

「母です」

引きつづき封筒の中身を出していく。「吸いかけのマリファナたばこ。ボンヌ・ベル・リップ・スマッカーなるもの――」キャップを取り、おそるおそるにおいを嗅いでみる。

「リップクリームです」ビリーが助け船を出す。「ルートビアのにおいの」

「ああ。サルサパリラの根か」秘密めかしてほほえむ。「子どものころは好きだったな」作業に戻る。「それから、これ」といって、ペーパーバックを引っぱり出す。廉価版で、読み古され、背に何本も筋が入っている。緑のボールペンで書きこみがあり、角を折ったページを開くと、数文にくりかえし線が引かれている。

「『死の味』。著者はピーター・オドンネル。モデスティ・ブレイズのファンかね？」やさしくたずねる。

「お気に入りのキャラクターです」

「なぜ？」質問もすばやければ、返答もすばやい。

「なににも引け目を感じていないから。恵まれない出自だけれど、自力で這い上がったんです。そして思うままに生きてます。自分の能力も、望みもわかっていて、自分の得意なことを生業《なりわい》にしてます。しかもそれを楽しんでいる」

「だが、夫はいない」注意深く見てくる。「子どももいない」

「わたしもそんなものいりません」はっきりと口にするのは初めてだが、いつもそう考えていたのだ、とあらためて気づく。「そんなものいりません」もう一度いう。「仕事をしたいんです。自分の人生を切り開きたいんです」

「どんな仕事？」

「速記とかでなければ、なんでも」即答するが、まじまじと見つめ返されて、正直に告げる。「わかりません。自分の強みがまだわからなくて。でもそれを見つけたい。それに、旅をしたいんです。広い世界をこの目で見たい」

彼は唇をすぼめる。「この本にいくつか書きこみをしているね。いちばん気になったのは、ここだ」咳払いをすると、朗々と読み上げる。「『関心があるのは、法ではなく正義。このふたつは残念ながらちがう』」本から顔を上げ、目を輝かして彼女を見る。「教えてくれるかな。この文に印をつけたのは、どうして？」

小生意気な返事をしてやろうと口を開くが、なぜか出てこない。そこで本心を話す。「そのとおりだと思うからです。正義と法は、おなじじゃない。ナチを追ってたんですよね。彼らの行為は、厳密にいえば合法だった。でも、正義ではなかった」

彼は急に冷たい表情になる。「ゆうべの行為も、そうやって正当化するのかね？　平和的な抗議活動のはずが、警察官に暴力を振るったとか」

「そうじゃありません。むこうが挑発してきたんです。ばかにしたり、暴言を吐いたりして」

非難するような舌打ち。「おやおや、たかがことばで？　警察官に殴りかかる正当な理由といえるかな？」

「大ばか野郎だったから」肩をすくめる。「自分の地位を利用して、なんの落ち度もない人たちを攻撃したんです。ほかの子を銃で殴ったから――」

「だから警棒を奪って殴打した。その結果、相手はほんのかすり傷を口実にあなたを制圧し、拘束することに成功した――技術ではなく運によるところが大きいな」唇がほんの少しゆがんでいるので、笑っているのだとわかる。

「おもしろいですか」ぴしゃりという。

「なつかしいんだよ。姉が若かったら、まさにおなじことをしただろうな。法より正義を、と」

彼は期待感を醸《かも》しながら、深々と身を沈める。「さてそれでは、われわれ組織への就職に向けて、話を進めることに異論はないだろうか？」

長々と黙りこむ。

「ウェブスターさん？」

「資金はどこから出てるんですか？　税金じゃありませんよね、政府の仕事じゃないんだから」

「重要なことだろうか？」感じのいい口調だが、本音でないことは明らかだ。

「重要です」ビリーは譲らずにいう。「資金を出す人が、指令も出すわけでしょ。だれが指令を出しているんです？」

「SOE解体とともに去ったエージェントの中には、金融業の才能を持つものが複数いた。彼らはシティに職を得た」

「シティ？　どこの町です？」

「シティというのは、ロンドンの金融街だよ。アメリカでいうウォールストリートだ。実は、ウォールストリートにも仲間はいるんだがね。彼らが、好意的な慈善家たちからの多額の寄付をもとに基金を設立し、いまでは莫大な金額にまでふくらんでいる」

「組織の責任者は？　そもそもなんていう組織ですか？」

「この場で正式名を明かすことはできないが、内部では〈美術館〉と呼んでいる。現場で動く部門や、調査部門があり、理事会が世界規模の活動を統括している。民主主義を守り、独裁政権を倒し、正義を実現するために、エージェントを派遣しているんだ」

「だれにとっての正義？」

「〈美術館〉創設者たちが考える、民主主義の維持に必要な正義だ――創設者とは、母体であるSOEやOSSのメンバーたちだ。だがさっきもいったように、その数は減ってきている」

それから、彼女を見極めるように、なにやら考えこみながら、長く沈黙する。彼女もその沈黙を破りたい気持ちを抑え、静けさで場を満たす。ようやく、彼がうなずく。脇に置いたかばんから、ファイルを取り出して開く。濃紺の地に、流れ星を模した小さなロゴが入り、金文字のモットーで囲んでいる。〈フィアット・ユスティティア・ルアット・カエルム〉。

このラテン語ならわかる、とビリーは思わずほほえむ。〈天が落ちようとも正義を為せ〉。

彼は一枚の用紙をテーブルごしに差し出す。「われわれのもとで働くと決意したなら、現在かけられている容疑は取り下げとなる。逮捕記録は消滅し、学業成績も抹消される。大学にも、法執行機関にも、あなたの記録は残らない。この場で話したことを口外しないと約束した上で契約書にサインすれば、〈美術館〉内の〈展示〉部門の職に正式に応募したとみなされる」万年筆を出してキャップをはずし、契約書ときちんと並べて置く。

「〈展示〉? ほんとうにポルノじゃないんですか?」

「〈展示〉というのは、現場に赴いて仕事をする部門だ。作戦に関することばは、すべて美術用語から取られている。ルーツである軍や政府組織を連想させないよう、苦慮した結果だ」

ビリーは書類を熟読する。ひな型どおりの契約書で、経営学初歩の授業で扱いそうな代物だ。訓練中も少額の給金が出ることが記されている。訓練は不特定の場所で行なわれ、じゅうぶんな成績を挙げたら、正式な採用を打診される。

「人を殺す訓練か」のろのろという。椅子に背を預け、薄紫の文字を見つめる。二年生の音声学の授業で配られるプリントとおなじガリ版刷りで、スープのようなにおいがする。

「連合国軍兵士が命を捧げた価値観を、守る訓練だ」彼は静かにいう。

「わたしは兵士じゃありません」

本を指先で叩く。「モデスティ・ブレイズもだ。わたしの姉も。それでも闘う」

今度はビリーが長い沈黙に陥る。ハリデイも賢明に沈黙を守る。ビリーは傷だらけの手の甲を見下ろす。「自分は傷つかずに相手にダメージを与える方法を、教えてくれますか?」

「それが専門だ」ほほえんでいう。専門。この先、〝専門〟などと口にする人とまた出会うだろうか?

万年筆を手に取る。「わかりました、ハリデイ少佐」ペン先をなめらかに走らせてサインする。「わたしを殺し屋にしてください」

書類に手を伸ばし、ピンとさせてから、万年筆を受け取る。ていねいにキャップを閉め、心得顔でほほえむ。「ウェブスターさん、聞き捨てならないね。われわれが殺し屋にしてあげるんじゃない。ふさわしい人物を見出し、正しい方向へ導くだけだ。あなたもそうなんだよ」

第5章

　メアリー・アリスとわたしが同室になり、ヘレンとナタリーはとなりの部屋に入った。どちらもぜいたくなバルコニーつき船室。この階（プライバシーと静寂に最大限の配慮をした、洗練のネレイス階）のわずか十室専用の小さなプールとバーもある。あしたの朝はそこで落ち合い、朝食を取ってから最初の寄港地観光にくり出そうと相談した。セント・クリストファー島観光で、ヘレンの気分も上向くといいけれど。配偶者の死を悼むのに不思議はないが、ヘレンの場合はすっかり打ちひしがれ、ケネスといっしょに魂が死んでしまったかのようだ。

　翌朝バセテールで下船するときに、メアリー・アリスにそう話したが、日焼け止めを顔に塗りこみながら一蹴された。

「だいじょうぶだって」鼻の下に白い縞《しま》を作りながらいった。

　わたしは、ナタリーと並んで前を歩くヘレンを指さした。「ぜんぜんだいじょうぶじゃないよ。髪の毛まで悲しそうじゃない。もしアキコだったらどう思う？」

「あ、それは平気。アキコと取り決めてあるんだ。先に死んだ方は、がっつり化けて出ることになってるの。再婚なんて論外ね。新しい妻なんか見つけようもんなら、思いっきりポルターガイスト起こすからね、っていってある」

日焼け止めのチューブをよこす。「ほら。鼻がもう赤くなってるよ。ヘレンの心配はもうやめな。そのうち立ちなおるって」

メアリー・アリスに押されてタラップを下り、その日は一日、ショッピングや散策をしたり、ロブスターのグリルを食べたり、夜遅くまで武勇伝を披露し合ったりした。ヘレンも、マイタイ二杯のおかげか、少し元気が出たように見えた。海風と白ワインにあてられて、わたしは死んだように眠りこけ、朝のアナウンス前の柔らかなチャイムで目を覚ました。船長がマイクごしにあいさつし、現在地やら天候やら海の状況やらを説明した。各部屋に備えつけの地図を見ると、バセテールを出てからセント・クリストファー島の南端を回り、ネービス島とのあいだのナローズ海峡を進んできたとわかった。船長によると、クリストフ・ハーバーに新しくできた、おしゃれな〈パーク・ハイアット・リゾート〉の沖を通りすぎ、いまは南東のモントセラト島に向かっている。きょうは船上でゆったりすごすらしい。

わたしは新調した黒の水着を引っぱり上げた。うたい文句では、しっかり包んでばっちりカバー、だという。コットンのパレオを巻くと、プールに向かった。メアリー・アリスがすでに、ふかふかのカウチソファーに陣取っていた。なにやら複雑なものを編んでいて、目を数える表情は真剣そのものだ。かたわらの編み図を押さえているのは、雑誌数冊と小説一冊。時代ものの衣装に身を包んだイケメン二人が、熱烈にいちゃついている表紙だ。

「『高慢と偏見』のダーシーって、ゲイだったの？」パレオとバッグを彼女の横に置きながら、いった。

「だれでもゲイにできるの」編み地を返しながら教えてくれた。「つけたし設定ってやつ」

わたしはにんまりして、プールに入った。海水を温めてあって、たまらなく気持ちいい。ゆっくりと何往復も泳ぐうちに、指がふやけてきて、メアリー・アリスに手招きされて上がった。

「食べ物が来たよ」といいながら、ソファーの前の低いテーブルに並んだ朝食を示した。バスケットに入ったミニサイズのデニッシュ、ギリシャヨーグルト、小さなポットに入ったはちみつとジャム、手の込んだカットのフルーツ。ミモザとブラッディ・メアリーのピッチャーが端に置いてあり、メアリー・アリスに注いでもらった。

ナットとヘレンもやってきて、乾杯すると食べはじめた。ヘレンはまず、骨粗鬆症《こつそしょうしょう》の薬を出して、顔をしかめながらオレンジジュースで飲み下した。ナットのお気に入りのヘクターがウェイター役を務め、ポーチドエッグが山盛りのお皿を持ってきた。スパイシーな味つけで、コーンパンケーキにのせてある。

お皿を置きながらヘクターがウィンクしてみせた。ナットはサングラスをずらして、去っていく彼のおしりを見つめた。

「脈あるかな？」

「熟女好きってのもいるからね」わたしはナプキンを広げながらいった。「年寄りっぽいにおいでも体にすりこんで、アタックしてみたら、おばちゃん」

「ちがうちがう」メアリー・アリスが口を出す。「おばちゃんじゃなく、おばあちゃん」

ナタリーはメアリー・アリスに中指を突き立て、わたしはフルーツサラダを食べはじめた。朝食にはのんびりと時間をかけた。スパイシーなポーチドエッグを三口食べたところで、わたしはソファーに背を預け、毒づいた。

「ホットフラッシュだ」

「プールで涼んできたら」メアリー・アリスがすすめた。

「温水なの」ナプキンであおぎながらいった。

「各階のバーの裏に冷蔵室があるよ。飲み物や食べ物を冷やしとく部屋。そこへ行って立ってれば、ひんやりするんじゃない」とナット。

「それって、食品衛生法とかをたんまり破ることになるんじゃないの?」メアリー・アリスが、老眼鏡の上からナットを見た。

ナットは肩をすくめた。「ここは公海上だもん、食品衛生法なんて存在しない」

「食品衛生法はどこにだってあるはずだよ」メアリー・アリスは食い下がった。

ホットフラッシュの始まりはゆるやかで、ウイスキーをぐっとあおったときのような温かさが広がるだけだった。いつもならそこから頂点に達し、徐々に消えていく。だがきょうのはしつこくて、耳の内でどくどくと脈打つ音が止まらず、がまんできないほどのほてりに襲われた。日差しと、アルコールと、からい食べ物が合わさると、最悪だ。ナットのでもいいからアドバイスに従ってみよう。

彼女は場所の感覚をつかむのが早い。初めて行った場所でも、いちばん近い出口はどこか、トイレはどこか、飲み物をもらえるのはどこか、すぐさまわかってしまう。

ナットはミモザのグラスで指し示した。「あっち。バーの裏手に回って、左側の最初のドアよ。ヘクターならだいじょうぶだけど、もしだれかに見つかったら、迷ったっていえばいいよ。おばあさんだから、もっともらしいでしょ」そういって笑った。

歩いていくと、バーでヘクターが海を見やりながらグラスを拭いていた。手を振ろうかと思ったが、こちらを見てもいなかった。六十歳なんてそんなものだ——気を引かないかぎり、気づかれない。自尊心はけっこう傷つくけれど、こういうときにはすこぶる都合がいい。

左手の〈業務用〉と書かれたドアを開けると、巨大なエスプレッソマシンや、わたしが初めて買った車くらいの大きさのホットサンドメーカーなどがあった。その先には分厚い金属のドアがあり、引っぱって開けた。うっとりするほどひんやりとした、冷媒のにおいのする空気が流れ出す。中に入り、ドアをおおむね閉めた。開けたときに明かりがついたので、ホットフラッシュが落ちつくまで、きょろきょろ見まわしながら立っていた。作りつけの棚の数段には、白ワインやスムージー用のグラスをのせたトレイが整然と並んでいる。カットフルーツを詰め合わせた容器もあれば、生鮮野菜の棚もある。チーズの盛り合わせの棚の下には、さまざまなディップ――ワカモレ、フムス、ババガヌーシュなど――の大きな器が収まっていた。戸口からでも、ガーリックが香った。フルーツのチョコレートがけが気になって、奥へと踏みこんだ。よくあるいちごではなく、ラズベリーをわざわざミニサイズのケバブのように透明な串に刺し、そこへジャクソン・ポロックのアクションペインティングさながらに、ホワイトチョコとダークチョコを垂らしてある。

こういう凝《こ》りすぎたものは好みではないし、ホットフラッシュが引いたところで、ただの果物がほしかった。なんとか切りとか、なんとかがけとか、なんとか絡《がら》めとかではなく。いちばん下の棚板のさらに下に、柑橘の箱がしまってあるのに気づき、引っぱり出してみた。中にはたっぷりのマンダリンオレンジ。どれも小さな枝葉がついている。二個手に取ると、箱を元どおりに押しこんだ。

冷蔵室を出てドアを閉めたとき、廊下を歩いてくる足音がした。やばっ。クルーズの料金はすべて込みだ。食事代も含まれており、好きなだけ食べていい。このオレンジだって、どうぞどうぞと快くくれるはずだ。そうわかっていても、つまみ食いを見つかった子どものような気分を、味わいたいとは思えなかった。この歳にもなって、成人したての若造からお説教をされるのは、ごめんだ。

エスプレッソマシンの後ろへ入り、マンダリンオレンジの皮をむいた。ひと房口に入れると、まるでお日さまのような味わいだった。きりりとして、ジューシーで、ファーストキスより甘い。廊下側のドアが開いたので、かがんで、エスプレッソマシンの陰からのぞき見た。若い男性らしき姿が見えた。乗務員の制服である、白いカーゴハーフパンツ——意外とタイトだ——と、真っ白でしわひとつない、ぴっちりしたポロシャツを身につけている。きちんとして見えるが、ほかの乗務員とくらべると、肩の厚みが少し目立った。

おしりまわりも大きい。オレンジの箱を運んでああいう体型にはならない。筋肉のつき方が気に入らなかった。四十年前は、わたしたちの仕事には必要最低限のさりげない筋肉がよしとされた。二階の窓から忍びこんだり、せまい出口をすり抜けたりできる程度の。最近の若手はジムでがっちり鍛えているけれど、それでは逃げ足が遅くなるだけだ。なにかというと銃や爆弾に頼り、なにもかもめちゃくちゃに吹っ飛ばしてしまう。仕事をきれいに仕上げる気などないらしい。いま目の前にあるのもその手合いのおしりで、横顔が目に入ったとたん、持ち主の名前を思い出した。

ブラッド・フォーガティ。〈美術館〉の若手工作員だ。あいさつしようと出ていきかけて、はっとした。ブラッドは乗務員に扮している。つまり任務中だ。わたしたちが乗船していることを知らないはずがない——知っているのに、接触してこなかった。避けられる理由は山ほど思いつくが、どれもよくないものばかりだ。

すぐ近くを通りすぎたので、ポロシャツに留めた名札が読めた。ケヴィン・C。

彼が冷蔵室へ入っていくまで、息をこらして待った。それから駆け出し、プールまで急いで戻った。メアリー・アリスは、パンくずをスカートにぼろぼろこぼしながら、クロワッサンを食べていた。ヘレンはイングリッシュマフィンをかじっていた。

ナタリーはシャツを脱ぎ、ビキニの胸が下がるのをがっかりした顔で見ている。「やんなっちゃう。このおっぱい、日なたに置きっぱなしにしたアイスみたい。溶けてだらっとなって、のってたチェリーも下向きになっちゃって」下から持ち上げてみたが、手を離したとたん元どおり垂れ下がった。

そこでメアリー・アリスがわたしに気づいた。「ナタリーが、自分のおっぱい状況を教えてくれてたの」と、親切に説明する。「ビリーのはどんな感じ?」

ナタリーは鼻を鳴らした。「ビリーのは手術を受けたか、でなきゃその水着が神がかってるかよ。十八歳の小娘みたいに、鎖骨に貼りついてるじゃないの」

ヘレンは悲しみに包まれてはいるが、あいかわらず勘が鋭かった。「なにかあったんでしょう。なんなの、ビリー?」

「トラブル発生」

第6章

訓練では、状況を簡潔に伝える方法も身につけた。わたしは手短に報告した。

「ブラッドとはナイロビで仕事をしたんだ」と言い添えた。「乗務員の扮装をしてるってことは、任務中だね」

ヘレンがうなずいた。「ナイロビのあと、爆破専門になったのよね。いい仕事をしたから。わたしはブカレストでいっしょだったけど、見事だったわ。大使館の一角をきれいに吹き飛ばしながら、二次被害は最小限に食い止めた」

彼女の記憶力に驚きはしない。ヘレンはティファニーのアドレス帳に、出会ったすべての人について、きれいな字で短い記録を取っているのだ。イニシャル入りのマーククロスの鉛筆で。なぜ鉛筆かといえば、線を引いてつぶすのが嫌いだから。死んだ人やかかわりのなくなった人は、ていねいに消しゴムで消す。ヘレンとは何度も衝突しているけれど、アドレス帳から消されていないうちは、わたしも用済みではないのだろう。

メアリー・アリスの反応は端的だった。「むかつく」

ナタリーはシャツをまたビキニの上から羽織って、ボタンを留めた。「わたしたちのだれかを狙っているとはかぎらないんじゃない」

「ちょっとナタリー、やっぱり現実と向き合えてないね」わたしのことばに、ナタリーが引っぱたかれたかのようにのけぞったので、思わず謝りそうになった。でも、悪いと思っていないのに謝るのはわたしの信条に反する。

「ほかに九十六人も乗客がいるし、乗務員も入れたらその倍よ」ナタリーは冷ややかにいった。「そのだれが標的でもおかしくないでしょ」

「そうかも」ヘレンが割って入った。「もう少し情報がないと、結論は出せないわ」

メアリー・アリスは裏編みをいくつか編んだ――編み物用語ではそういうんだっけ。端まで進むと、編み針を毛糸玉に突き刺して、脇へ置いた。「オーケー。じゃあ情報を手に入れよう。だれか一人がそっと接触して、説明の機会をあげればいい」

「わたしがやる」ミモザに手を伸ばしながらわたしはいった。「だけど、この中の一人が標的だった場合、面と向かったら刺激するだけだよ。まずは彼の部屋を探ってみて、どういうつもりか見当をつける。本人が現われたら、説明させてやってもいい」

メアリー・アリスは思案げにうなずいた。「応援がいるね。それに、うろつくにも二人連れの方が自然だし。わたしも行く」

わたしはヘレンを盗み見た。「だれでもいいんだけど、ヘレンに頼もうかな」さらりといった。

ヘレンは驚いたように顔を上げ、それからブラッディ・メアリーをひと口飲み下した。「いいわよ」だが、グラスをぎゅっと握りしめるのを見て、ほんとうにだいじょうぶだろうかと不安になった。

「わたしが行こうか」ナタリーが申し出た。

「いいえ、行くわ」ヘレンの声に少し自信が戻った。決意の表情でブラッディ・メアリーを飲み干すと、義務のように二杯目を注いだ。

それでも、ブラッディ・メアリーのおかげで気持ちが落ちついたらしい。わたしたちはその後もプールサイドにいて、泳いだり焼いたりしてすごした。お気楽な乗客に見せかけながらも、無言のうちに危険な単独行動を避け、トイレにも二人で行くようにした。昼食後は部屋に戻り、シャワーを浴びて休んだ。乗務員はディナータイムには全員シフトに入る。嗅ぎまわるならそのときだ。全員分のドリンクを取りに行ったときに、ナタリーがうまいこと乗務員区画の場所をヘクターから聞き出した。わたしはそれを、ポケットに入れた船内図上に思い浮かべながら、ディナーに向かった。

前菜の〈ツキヒガイの炙《あぶ》り　ふんわりしたアボカドのムースをのせて〉を心ゆくまで味わったあと、メイン料理が給仕されているあいだに、ヘレンとわたしはそっと抜け出した。ちょっと化粧室へ行っただけ、と見せるため、ハンドバッグは席に残した。接客担当部長のヘザー・ファニングが、テーブルからテーブルへと飛びまわっている。口もとに笑みを貼りつけ、このすばらしい船上の全員がすばらしいときをすごして〈#大満足〉できるよう、心を配っている。わたしはヘレンに向かって、見えないほど小さくうなずいた。ヘザーは部長だから、カードキーがマスターキーになっているはず。

通りすがりに、ヘレンがほっそりした腕を絶妙に動かし、ヘザーのポケットからカードキーを抜き取った。わたしはウィンクを投げた。手は少し震えたかもしれないが、四人の中で最高のスリの腕前は衰《おとろ》えていない。カードキーをさりげなく渡してきたので、階段を下りながら手の内に隠した。

わたしは動きやすさを考えて、ジャージ素材の黒いジャンプスーツとフラットシューズに着替えてあった。ヘレンはレモンドロップ色のリネンのシフトドレスに、少し濃い同系色のパシュミナストールだ。不規則な形の琥珀が連なるネックレスが、首もとに華を添えている。それが、しんと静まり返った乗務員区画で、じゃらじゃらと音を立てる。いまにも聞きつけられてしまいそうだ。ネックレスをはずすよう身振りで示した。

彼女はドレスの腰のあたりをつまんでみせた。「ポケットないの」と黙って口を動かした。わたしが自分のポケットを指さすと、ネックレスをよこした。

乗務員の部屋が並ぶ通路は、すぐに見つかった。掃除用具入れをこじ開けて、部屋割り表を見ようと思っていたが、必要なかった。大学時代、寮の部屋のドアに茶色い紙袋を切り開いて貼っておいたものだ。留守番電話もなかった時代の話。そこに色鉛筆やフェルトペンでメッセージを残してもらい、いっぱいになったり、落書きされまくったりしたら、はがしてまた新しいのを貼った。ここのドアについているのはかわいらしいホワイトボードだが、使い方は同じだ。拭けば消えるマーカーがひもでぶら下げてあり、上部にはターコイズブルーの名札がついている。iの点がヒトデなのが、いかにもヘザー・ファニング好みだ。

ホワイトボードを見ながら廊下を進んでいき、二十四号室にたどり着いた。ケヴィン・C。カードキーをスライドさせた。ほんの一瞬、反応がなかったが、緑のライトが光って、かちゃりと音がした。ドアを開けて入りこみ、しっかり閉じた。

ヘレンが恐ろしそうに目を見開いた。「カメラは？」とささやく。

部屋を見まわし、遅ればせながら答えた。「見かけなかったけど」

「あったかもしれないでしょ」と食い下がる。

「ねえヘレン、落ちついてよ。もしあったら、いい歳して盗癖持ちで、盗めるものを探してたんです、っていおう。せいぜいで、手を引っぱたかれて、デザートなしの罰ってとこでしょ」

わたしの軽口は気に入らなかったようだが、言い返しはしなかった。部屋の捜索に取りかかった。彼女を指名したのはまちがいだったのだろうか。カードキーのスリは見事だったが、やけに神経質だ。わたしたちの仕事で、冷静さを欠くことは許されない。

引き出しを調べるよう指示したが、そんなところになにかあるとは思わなかった。マットレスの下も同様だが、それでも一応、端から端まで手探りした。たんすの中身は予備の制服と私服ひと組だけで、およそ無個性だ。

ヘレンは徹底的に引き出しを調べていく。きちんと重ねられた下着——白のブリーフばっかり、つまんない——やTシャツしかない。

「なにもなし」最後の引き出しを閉めて、残念そうにいった。「疑わしきは罰せずで、むこうから言い出すまで待った方がいいんじゃない？」

わたしは応じなかった。たんすの足もとにキャンバス地のバッグがあり、ケヴィン・コクランの名札がついていた。

「雑だなあ」わたしはいった。むかしは、偽名は本名とおなじイニシャルにしていた。うっかりいいまちがえてもごまかしが利くし、イニシャル入りの品を仕事でも使うことができる。すみずみまで気を配るよう教えられたものだが、時代は変わった。いまは訓練といったら、銃の照準だの爆発半径だのばかりで、嫌になる。なにが嫌だって、自分が時代遅れだと思い知らされることだ。むかむかしながらバッグを力まかせに開けた。

本が転げ落ちた。古びたペーパーバックで、作者は銃と自分のペニスが大好きな男。好きな順は逆かも。ずいぶん大きなバッグなのに——ちょっぴりの私物を入れるには大きすぎるのに——それしか入っていない。バッグを元に戻したとき、ヘレンがそっと呼んだ。

壁に作りつけの戸棚の下を指さしている。AVラックと、机と、整理だんすが合体した代物で、おしゃれでコンパクトだ。白っぽい木目で、下は床に届きそう。そのすき間に、つやのある革製のアタッシェケースが隠してあった。

「さすが、目がいいね」わたしは取り出そうと身をかがめた。腰が軽く文句をいったけれど無視して、さらに手を伸ばして引き出した。ずっしりと重い。彼の別人格が持ちこんだ、安っぽいキャンバス地のバッグとはわけがちがう。スウェーデンの専門工房で、特殊な目的のためにオーダーメイドされるものだ。わたしも任務で手にしたことがあるからわかる。鍵の六桁の暗証番号は、任務決行の日付と決まっている。

わたしはダイヤルを回して、数字をあしたの日付に合わせた。失敗。

ヘレンもじっと見ている。「あさって?」

やってみた。その翌日も、翌々日も。だが鍵はびくともしない。心底むかつく可能性が思い浮かんで、とある日付にしてみた。ボタンを押すや否や、かちっと開いた。

「きょうか」わたしはベッドサイドの時計を見た。「きょうって、残り六時間もないけど」

ヘレンの顔にほっとしたような色がよぎったと、断言してもいい。ヘレンの自殺願望には、いずれ対処しなくては。アタッシェケースのふたを開けた。中身は思ったとおり、ぎっしりの爆発物と、楽しげに五時間三十二分と示す小さなデジタル表示器。「時限爆弾だ。あと五時間半でこれをどうにかしなくちゃ」

ヘレンはこっぱみじんになる気になりかけていたかもしれないが、わたしたちが反対するのはわかりきっている。それに、船にはおよそ二百人もの罪のない人たちが乗っている。その人たちまで巻きこむなど、言語道断だ。ヘレンは姿勢を正した。「海に投げ捨てちゃいましょう」と手を伸ばしかけた。

その手首をつかんで止めた。骨ばって、細くて、折れそうだ。

「だめ。スピードボールだよ」爆発物を指さした。それで伝わった。スピードボールとは〈美術館〉の爆発担当ご自慢の発明品だと、ヘレンもちゃんと知っている。作り方はいたってシンプル。硝酸《しょうさん》アンモニウムをふんだんに使い、水中でも確実に爆発するようになっている。放り投げれば、設定時間前でも爆発する。もう一度スピードボールを見た。これだけ大きければ、アンフィトリテ号の舷側《げんそく》をざっくりとえぐり取り、絵本に出ている船の断面図みたいにしてしまうだろう。そこから水がどんどん入り、救命ボートの準備などとても間に合わない速さで沈んでいく。

「だったら、みんなを避難させないと」ヘレンはいった。

「解除方法がわかるなら別だけど」爆発物の訓練は全員が受け、吹っ飛ばすのが特にうまいものが〈仮設班〉に配属される。このネーミングも〈美術館〉一流のギャグだ。残りのわたしたちは、彼らが仕事をしているときは邪魔しないように、とだけ学ぶ。それから、タイマーの解除コードは担当者にしか知らされない、ということも。下手に分解や解除を試みれば、自衛装置が働いて爆発する。

「フォーガティから解除コードを聞き出すしかないね」

「それから？」ヘレンはたずねた。

わたしは肩をすくめた。「知らない。わたしだって、行きあたりばったりだよ。だけど少なくとも、これで問題はわかった。戻って報告しよう」

もう少し戸口を向いていたなら、彼が見えただろう。わたしが気づくまでの一瞬で、フォーガティは踏みこみ、ヘレンをなぎ倒した。ヘレンは後頭部を壁にぶつけて、ゆっくりと床に崩れ落ちた。放り出された人形のように、両脚をまっすぐ前に伸ばして。

彼がヘレンに費やした一秒で、わたしは椅子をつかんだ。振りかぶる間はなかったので、ライオンの調教師のように体の前で構えた。やつはにやりとした。

「よくやるな、ばあちゃん」そういって椅子に手を伸ばし、軽量木材でできているかのように軽々と持ち上げた。

頭上まで持ち上げられても、手を離さなかった。両足を上げ、相手の膝頭《ひざがしら》をかかとで蹴《け》りつけた。彼はうめいて体をふたつに折り、椅子を力まかせに振り下ろした。わたしは先を読んでさっと向きを変え、背中で受けた。勢いに押されるまま四つん這いになると、衝撃をうまく吸収できた。彼は椅子を放り投げ、決然とした顔で襲いかかってきた。その手をつかんで、親指をねじり上げると、両足の幅が開き、股間が無防備になった。気合を入れ、四つん這いから片足を後ろへ蹴り上げた。かかとがもろに睾丸《こうがん》にあたった。そこでは終わらない。

最後まで力いっぱい蹴りこむと、息を詰まらせながらくずおれた。

わたしの上にのしかかろうとするのを、転がってよけ、ベッドで反動をつけて背中に飛び乗った。腰に片脚を巻きつけ、もう片方のひざは背骨の下の方に食いこませた。ポケットからネックレスをつかみ出し、彼の首に引っかけると、両手に一周させて固定した。

それから、絞め上げた。暴れ馬を引き止めるような勢いで、両のこぶしを肩まで引き寄せ、ひざをねじこんで背骨がぽきぽき鳴るくらいそらせながら。彼は両手で首をかきむしり、ネックレスを引きちぎろうとした。

「切れたら承知しないからね」わたしはネックレスにささやいた。しっかり握りなおし、もう一度絞めた。彼はやみくもに叩いてきた。こめかみにあたり、一瞬視界がぼやけたが、力は抜かなかった。

数秒たつとぐったりしてきたが、手はゆるめなかった。ヘレンが身じろぎし、やがてはっきりと目を開けたときには、終わっていた。琥珀を手に食いこませながら、まだ馬乗りになっていたが、彼は最後にもう一度びくりと動くと、完全に脱力し、床の上に丸まった。

ヘレンは、必要だったのかなどとたずねもしなかった。ゆっくり立ち上がって近づくと、彼のまぶたをめくった。それから、うなずいた。「完了」

「よかった」わたしは手をゆるめた。手のひらにも手の甲《こう》にも、真っ赤な跡がついていた。

「このジュエリー、いったいなんなのよ?」

ヘレンは肩をすくめた。「ヘルシンキの仕事のために作ったんだけど、このドレスに映えるからとっておいたの」琥珀の粒を寄せて、つないである糸を見せる。「ピアノ線よ。フィンランド国立銀行の頭取に使ったの」

ネックレスをつけなおし、ブラッド・フォーガティのなれの果てを見下ろした。

「これでも、疑わしきは罰せず？」わたしはきいた。

彼女は唇《くちびる》をすぼめた。「ビリー、批判する気はさらさらないんだけど、解除コードを聞き出さなくてよかったの？」

休みなく残り時間を刻むタイマーに目をやった。

「あーあ」

第7章

わたしは前かがみになって、必死に息を吸った。ようやく呼吸が普通に戻り、腰を押さえながら体を起こすまで、ヘレンは見守っていてくれた。

「だいじょうぶ?」

わたしはこくりとうなずいた。「不意打ちだったから。先にストレッチしとけばよかった」

そもそも、プレッツェルみたいに絡《から》みついて格闘するなど、長らくやっていなかった。まして絞め殺すなど。大事なのは、ばか力ではなくて、この原理なのだが、正しいやり方をしても、終わったとたんに二頭筋や僧帽筋に来る。前腕を使うと誤解されがちだが、それではテニスひじになってしまう。

加齢はおおむね受け入れている。六十歳になったからといって、落ちこんだり、あせったりはしなかった。この仕事では、歳を取ることすらかなわなかった人もいるのだから。けれども、前は簡単にできていたことに手間取ったりすると、正直、むっとする。毎日十五キロのウォーキングと二時間のヨガをやり、週に十二時間はボクシングやウェイトトレーニングに費やす。サプリメントも、ラムネ菓子みたいに口にしている。それでもときどき、ブラッド・フォーガティのようなむかつくガキに出くわすと、年齢を感じずにはいられない。

カーペットの上に四つん這いになってから、腕を伸ばして胸を床に近づけ、子犬のポーズになった。ヘレンは爆発物を調べている。

「ビリー、もう一度いうけど、文句をいってるんじゃないのよ。でも、こういう時間の使い方でいいわけ？」辛抱強くいった。

「腰がかなりやばいんだよ。今夜はまだ働かなきゃいけないかもしれないから、なんとか背骨をなだめてる。よかったら、黙ってそれを解除できないか調べててくれないかな？」

不機嫌に答えてしまったが、実際いらついていた。ヘレンはいつも一流だった――冷静沈着で、じたばたしなかった。なのにいまは、どこからどう見てもじたばたしている。けれど、わたしがチャイルドポーズへ移行し、キャットアンドカウを何度かくりかえすあいだに、彼女らしさが少し戻ってきた。わたしは立ち上がった。

「どう？」

ヘレンは首を振った。「こういうのはむかしから嫌い」と顔をしかめた。爆弾は始末が悪い。カーニバルのあとのごみみたいに、ばらばらになった人体が散らばってしまう。ヘレンは几帳面だ。彼女の自慢は、強風の中、七百メートルも先の標的の眼窩《がんか》を、骨ひとつかすらずきれいに撃ち抜いたこと。表彰もされた。

わたしはアタッシェケースをかちりと閉じた。「じゃあ持っていこう」

そのとき、フォーガティが不快な音とともに、おなじみのあのにおいを発した。人間の体には六十以上もの括約筋《かつやくきん》があって、死ぬとどれもゆるむのだ。

普段はミントキャンディーで対処している——手軽だし疑われもしない——が、ペパーミント系ならなんでもいい。バスルームから歯みがき粉を拝借し、鼻の下に少量塗った。彼のそばにひざをつき、ポケットを探った。ネックストラップつきの乗務員の名札だけ。

「身分証やお金は逃走用の荷物に入れたんだね」わたしはいった。「もう出よう」

視線を交わした。ヘレンがため息をついて、ベッドカバーをはがし、床にばさっと広げた。彼をくるんで、たんすに押しこんだ。ヘレンは彼の洗面ポーチから安物のアフターシェーブローションを取り出し、たっぷり噴霧した。わたしはできばえを確認した。ちらりと見ただけなら、汚れた寝具を丸めてたんすに突っこんだと思うだろう。じっくり調べられたらばれるだろうが、時間稼ぎにはなる。

ヘレンがアタッシェケースを抱え、ストールで覆った。外へ出て、わたしがドアを閉めた。自分たちの船室まで二階分を上りながら、なにげないおしゃべりをしているふうを装った。

「お客さま！」部屋の前でへザー・ファニングに見つかった。「だいじょうぶです？　すてきなディナーだったのに、残念でしたねえ！　デザートに、きれいなバラの花びら入りライスプディングまで出たのよお」やたらと高い声だ。存在すら知らなかったような年寄りと話すときに、こういう声を出す輩《やから》がいる。

ヘレンが応じた。「ありがとうございます。この人がちょっと船酔いしたようなんで、部屋まで連れてきたんです。横になった方がよさそう」

わたしは胃のあたりを押さえて背を丸めた。ヘザー・ファニングが不快そうに顔をゆがめた。「あらあ、困ったわねえ！　お医者さまが必要なら、おっしゃってね。それか、ショウガ由来の自然療法セットも、ヒュゲイア階の健康グッズショップで扱ってますよ」

わたしは喉の奥で少しうめいてみせた。

「ご親切にどうも」ヘレンはにこやかにいった。「離乳食を持ってきてますから」カードキーをわたしから取り上げると、乱暴にスライドさせ、わたしを部屋に押しこんで、呆然としているヘザー・ファニングの鼻先でドアをぴしゃりと閉めた。わたしは笑い転げた。

「離乳食？」

アタッシェケースをメアリー・アリスのベッドに置いた。「ああいう人、大っ嫌い。赤ちゃん相手みたいな話し方して」高い声をそっくりまねてみせる。「すてきなディナーだったのに。デザートはおかゆよお！」

「すごくきれいなバラの花びら入りライスプディング、っていってたよ」

「そんなのどうだっていい。どっちにしてもおかゆでしょ。歳を取るって、もうほんとにうんざり」わたしのベッドにどさりと腰を下ろすとき、目に涙が光った。わたしはバスルームからハンドタオルを取ってきた。アイスバケットがいっぱいになっていて、蘭の花が挿してある。蘭は捨てて、氷をつかみ取り、タオルで包むと、ヘレンの後頭部にそっとあててやった。

「頭を打ったでしょ」

彼女は氷を受け取った。「もうじき爆発する時限爆弾の横で、加齢がどうのとグチをいっても無駄ね。これ以上歳を取りっこないんだもの」と、もっともなことをいう。「ケネスが亡くなってから、二十歳も老けた気分。体も硬くなっちゃって、さっきのビリーみたいなこと、ぜったいできないわ」うらめしそうにいった。

「ヘレン、自分に厳しくしないで。あれは、まだ生きていたくてやったまでだよ。お別れって、手ごわいよね。時間もかかる。ヘレンはまだ通り抜けてないんだよ」

「そうよね」彼女もいった。「でももう通り抜けたころよ。というか、通り抜けたい。目が覚めたときの、手足をもがれたような感じが、ほんとうにつらくて。毎朝、ほんの数秒は忘れてるの。むかしとおなじに思えるの。なにも感じず、平穏で。それから突然、現実が襲いかかってくる。それが嫌なの。嫌で嫌でたまらない」

寄り添って座った。「つらいよね。いわれても楽にはなれないだろうけど」

「なれないわね。ぜんぜんなれない。文字どおりの重荷なのよ。押しつけられて、一人で抱えている重荷。そんなものいらない。少しずつ切り取って、いろんな人に分けたい。大勢で担ってほしい」

「だれでもいつかは担うんだよ」いいながら抱き寄せた。骨ばかりで肉がほとんどないことに、気づくまいとした。強く息を吹きかけたら、タンポポの綿毛のように飛んでいってしまいそうだった。どこまで飛んでいくか、わかりはしない。

ヘレンは大きく息を吸った。「まあ、今夜死ぬことになっても、気にしないわ。いい人生だったもの。ケネスと三十年以上いっしょにいて、そのうち十八年はとっても幸せだった。悪くないでしょ」

「あとの十二年はどうなったの?」

「勃起不全と、ワイマラナー犬の繁殖への不毛な努力」

わたしは吹き出した。一瞬、彼女はつんとして、怒り出しそうに見えた。それから、いっしょになって笑い出した。

そのとき、ドアが開いてメアリー・アリスとナットが入ってきた。わたしたちのハンドバッグと、持ち帰りの箱を持っている。「二人とも、どうしたの?」とメアリー・アリスがきき、ナタリーが箱を掲げてみせた。

「バラが入ったおかゆみたいな代物だけど、おいしかったよ」といい、スプーンも渡してくれた。メアリー・アリスはベッドの上のアタッシェケースに目をやった。

「なにあれ?」暗証番号を教えてやると、ふたを開けた。「ひえっ」と声を上げ、あとずさった。

ナットはライスプディングを口に運んでから、近寄ってくると、まるで生まれたてのわが子をいとおしむ母親のように、爆発物をのぞきこんだ。

「へえ、よくできてる」と漏らす。「つまり、あのおばかさんはこの船を爆破するつもりだったわけね——わたしたちを乗せたままで」

「わたしたちが標的なのか、巻き添えにしていいと〈美術館〉が判断したのか」と、わたし。

「ひどくない？」メアリー・アリスがこぼした。「こっちは四十年を捧げたのに、こんな仕打ちって。でも、なんで？　意味がわからないんだけど」

「それは、いますぐの問題じゃない」わたしは訓練時代のようにいった。目の前の仕事に集中し、正しく優先順位をつけようと促す決まり文句だ。「いまは、これを止める方法か、爆発前に全員を避難させる方法を考えないと」

「簡単よ」ナットがまたプディングをすくった。「解除コードでしょ」

ヘレンが咳払いをした。「それを手に入れる前に、ビリーがフォーガティを排除したの」

「どの程度排除したの？」メアリー・アリスがたずねた。

「徹底的に」わたしが答えた。

「まずいよ、ビリー——」ナットがいいかけた。

ヘレンがそれを制した。「やむを得なかったのよ」神経質ではあっても忠実だ。「もう終わったこと。部屋もポケットも調べたけど、そのへんに置きっぱなしになんかせずに、ちゃんと暗記していたんだと思う」

「そこまでだらしなくなかったとは、運の尽き」ナタリーはスプーンをくわえながらいった。

メアリー・アリスが目を泳がせた。「避難させないと」

わたしは立ち上がった。「わたしがやる。わたしのミスだから、始末をつける」

メアリー・アリスはじっと見すえた。「機関室に放火?」

うなずいた。「煙もたっぷり出す。だれか警報を鳴らして。そうしたらすぐに避難が始まるから」前日の避難訓練を思い出しながらいった。

「だけど、全員は逃げないよ」メアリー・アリスが反論した。「機関士は残って火を消そうとするでしょ」

「救命ボートが出てきたら、やめるよ。一艘《そう》ずつに乗務員がつくことになっていて、機関士にも受け持ちがあるから。だれも残さないようにする」と請《う》け合った。「混乱を大きくしたいから、何カ所も火をつける。それできっと急いで逃げてくれる。船長が脱出前に遭難信号を発するはず。救助が来るまで、何時間か大海原で揺られることになるかも。爆発の原因は機関室の不具合とされるんじゃないかな」

「わたしたちはどうなる?」ヘレンがきいた。

「どうなるって、どうなるの?」ナタリーが応じた。

「〈美術館〉がわたしたちに刺客を差し向けている。救命ボートが回収されたら、全員避難したか調べるでしょう」

「そうしたら?」ナットはまだ不審な顔だが、わたしにはわかってきた。

「わたしたちは死んでいないとばれる。生存者として正式にリストにのる」

「そうしたら、また殺しに来る」メアリー・アリスが加わる。「もしかしたら、フォーガティにも応援がいたのかも。わたしたちが気づいていないだけで」

四人で顔を見合わせた。「最悪」ナタリーが吐き捨てた。

「だから、爆発前に逃げるけれど、ほかの乗客といっしょではだめ」ヘレンがまとめた。

「計画を立てる時間もない」とメアリー・アリス。「救命ボートの予備はないから、その線は無理だし」

「えらく悲観的ねえ」ナタリーが指摘した。

わたしはそれをさえぎった。「たしかに。バセテールで下船するとき乗ったモーターボートしかないな。燃料タンクが小さいから、陸まで行き着くはるか前にガソリンが切れちゃうだろうけど、帆も海図もある。ヘレンだけは、セーリングの心得があるよね。必要と思われるものをかき集めて。ナットは、警報を鳴らして。おびえた顔で騒いで、みんなを救命ボートに向かわせて。おばあさんらしくパニックを演じてみせたら、みんな不安になると思う。メアリー・アリスは食料確保ね。水と、なんでもいいから保存のきく食べ物。救助されるか上陸するまで、けっこうかかるかもしれないから。みんな携帯は置いていくよ。クレジットカードもだめ。現金を全部持って。それから、パスポートも置いていく。この船を離れたら、もうどこにもつながらない」

ナットはうめき、ヘレンはあきらめ顔になった。パスポートやクレジットカードを手放すと、やがて陸に着いたときに苦労するけれども、足がつくようなものはどのみち使えない。行動開始しようとして、メアリー・アリスに止められた。「どういうことか、わかってる？　人格を捨てるんだよ。自分自身の人格を」

厳しい顔でおたがいを見た。任務のたびに、偽の人格を与えられた。偽名も偽の身分証も、仕事が終われば破棄した。本名で移動したり、任務を行なったりしたことはない。危険だから。偽名のおかげで、一般市民としての暮らしと、遂行する仕事とのあいだに隔《へだ》たりが生まれ、守られてきた。

だがいまは、仕事の方が強引に、望んでもいないのに割りこんできた。

「しかたがない」わたしは簡潔にいった。

彼女はうなずいた。「わかってる。ただ……アキコが」

おたがいにまた黙りこんだ。アキコは電話を受けるだろう。運命の電話を。おそらく、国務省の担当者から。短く、非情に、配偶者が海で行方不明だと告げられるだろう。

「いますぐの問題じゃない」感情をまじえずいった。

今度は止められなかった。ミニバーから酒のボトルを数本つかみ取り、新聞やTシャツといっしょに洗濯物袋に入れた。

　身分証などの書類は、部屋に残した。もし断片が発見されれば、わたしたちが爆発で死んだという筋書きを裏づけてくれる。現金——数百アメリカドル——とミントタブレットの缶をポケットに突っこんだ。電子書籍リーダーからはずした薄い合成ゴムのカバーも入れ、そこで手を止めて、大きな安全ピンを化粧ポーチからいくつか取り出すと、ポケットの入口を留めた。

　反対のポケットには、検査を受けて持ちこんだスイスアーミーナイフを入れた。いざというときにさっと取り出せるよう、こちらの入口は綴《と》じなかった。ずっしりとした銀のライターもいっしょに入れた。ジュエリーケースにはたいしたものはない。フープピアスが何組かと、ダイヤモンドのスタッドピアスぐらいだ。スタッドを耳につけた。それぞれ一カラットずつあり、透明度が高く傷もないので本物には見えないけれど、現金が必要なときにはいい質草《しちぐさ》になる。もうひとつ、金貨をつないだ細いベルトもある。レプリカのように見えるが、イランでの仕事の記念に買った本物のパーレビ金貨だ。手もとにある値打ちものはそれだけ。腰に巻こうとしたが、恐ろしくガチャガチャ鳴るので、ヘレンに預けることにした。アドレス帳や薬といっしょにバーキンにしまってくれた。

　持ち物をまとめて振り向くと、みな立ち上がっていた。姿勢が変わると、雰囲気も変わる。集中が高まり、真剣な仕事モードになっていた。腕時計の時刻を合わせ——こういうところはむかしふうにやりたい――おたがいを見た。四人がかたまって立っている。ヘレンのシャリマーの香水や、ナタリーのネロリ精油、メアリー・アリスのグリーンティーシャンプーのかおりもわかる近さで。みなへの愛情がどっと押し寄せ、その場にしゃがみこみそうになった。

「やっつけよう」きっぱりといった。感情に流されると簡単に殺されますよ、と女羊飼いに教わった。アタッシェケースを持ち上げた。

「持っていくの？」ヘレンがきいた。

「その方がいい。爆発の瞬間に下の階にあった方が、船全体を破壊できるから」戸口でもう一度みなを見た。「あの世で会おう」

「あの世で」みなも返した。うなずき合う三人の老婆。まるで『マクベス』の魔女みたい。人生の三分の二をともにしてきた、しょうもない魔女たちを、命に代えても守ってみせる。

第8章

船内を進みながら、何度か乗務員と鉢合わせしそうになって、角に引っこんだ。機関室にたどり着くまでずいぶんかかったように感じたが、腕時計を見ると十分もたっていなかった。よくあることだ。仕事中、時間は伸び縮みする。数秒がはてしなく長いこともあれば、あっという間に何時間もすぎていることもある。ヘザー・ファニングのカードキーのおかげで、目的の部屋に簡単に入れた。近くに機関士はいないかと、耳をすます。九時をすぎて、おそらく夕食を終え、乗務員専用のバーにでも向かうころだ。異常はないか監視するものもいるだろうが、モニターでこと足りるはず。ガスタンクの近くへ来る必要があるとは思えない。アタッシェケースを据えるにはうってつけだ。ふたつのタンクのあいだに押しこんだ。ちょうど影が落ちて、よく見なければわからない。

ひとつ上の階の、無人の図書室へ向かった。椅子の陰でTシャツを取り出し、スイスアーミーナイフで細かく裂いた。新聞紙を軽く丸めてその上にのせ、全体にミニバーの酒をふりかけた。新聞は火がつきやすいが、激しく煙を出すのは繊維の方だ。煙感知器を作動させてくれるだろう。ドアを開けて廊下をのぞいた。だれもいない。そっと出てドアをしっかり閉めた。

三番目の立ち寄り先は自室だった。酒はもうないが、メアリー・アリスの洗面用具入れから除光液を失敬し、シーツにしみこませて火をつけた。わたしとメアリー・アリスのベッドが燃え上がると、ドアのロックを確実にかけ、バルコニーへ出た。こちらのドアは開けっ放しにした。海風にあおられて、すでに火は天井に届くほど燃え盛っている。カーテンが大きくふくらみ、いまにも火が燃え移りそうだ。

バルコニーに立ち、ナタリーの合図を待った。突然、キリストの再臨を告げるらっぱのように、警報が高らかに鳴り響いた。手すりを乗り越え、下の階へ飛び下りた。下もおなじような船室で、客はまだ戻っていないと読んでいた。気が利くことにバルコニーのドアまで開けておいてくれた。部屋を通り抜け、廊下へ出た。

甲板では大混乱が生じていた。ナタリーが、煙のにおいがすると騒ぎ立て、困り顔の客室係二人が必死でなだめていた。ヘザー・ファニングは誤作動だといってみなを落ちつかせようとしていたが、そのとき船長の声で放送が流れ、大至急救命ボートに向かうよう指示した。

乗務員たちはよくやった。訓練どおり、乗客をボートごとに並ばせ、一人一人名前をチェックした。ヘレンとメアリー・アリスは二回列に並び、一回目は自分たちの名前を、二回目は別の乗務員にわたしとナットの名前を伝えた。二度とも乗務員は簡単にうなずくと、近くで順番を待つようういった。二度ともヘレンたちは人ごみにまぎれこんだ。

ナットとわたしは、待ち合わせ場所の船尾に向かった。テイア階で角を曲がったとき、後ろから大声がした。「お客さま！　心配いりませんよ。お二人の乗るボートを確保しました」ヘクターだった。どぎつい蛍光オレンジのライフジャケットを着て、ヒーローを決めこんでいる。「ありがとう、でもちゃんとボートは決まってるから」わたしはいった。「自分のボートに乗って。わたしたちは気にしないで」

「だめですよ！　お客さま方を置いていくわけにはいきません。さあ、いっしょに行きましょう」

「うっそでしょ」ナタリーはつぶやいた。「時間がない。この子を追っ払わなきゃ」

「最初からあんなにベタベタしなきゃよかったんだよ」わたしは小さい声で叱りつけてから、ヘクターに向きなおった。「わたしたちの受け持ちは別の人だよ。だいじょうぶだから、自分のボートに行って」

彼は首を振ってわたしの腕を取った。「こわくてパニックになりますよね」と、なだめているつもりの声を出す。「ほら、行きますよ」

「やさしいおにいさんごっこは、ここまで」わたしはクロスで強打を放った。耳のすぐ下のスイートスポットに入り、彼は声もなく、まるで骨抜きにされた魚のように、くたくたと甲板に崩れ落ちた。

「うわ。繊細なあごの持ち主ね」ナットが述べた。

二人で気を失ったヘクターを抱え上げた。わたしが肩を、ナットが足を持ち、手すりから放り投げた。海に落ちて、派手に水しぶきを上げた。

近くにいた客室係をつかまえ、「だれか落ちた！」と叫んで、下の海面を指さした。ヘクターは安らかに浮かんでいた。

客室係は悪態をつくと、人を呼びに走った。ナットとわたしは、メアリー・アリスとヘレンが待つ船尾へと急いだ。二人はゴム製のモーターボートのそばにいた。錨泊《びょうはく》した船から船着場までのたかだか百メートルを行き来するボートだ。湾内を航行するためのもので、大海原には向いていないが、これしかない。ロープをほどく手間を省いて切り落とし、船尾の張り出し部分から海へ下ろした。ボートはたちまち潮の流れに乗って、船体から離れていく。

迷わず飛び下りなければならないが、水面までは五メートル以上。目標は思ったよりずっと小さく見えた。ナットが最初に飛んだ。ボートのど真ん中に着地し、急いで場所を空けてヘレンを迎え入れた。メアリー・アリスは無理せず海に飛びこむ方を選んだ。うまいことボートの二メートル脇に着水し、少し泳いで近づくと、ヘレンとナットが引っぱり上げた。警報が鳴り続け、船の奥深くから轟音《ごうおん》がした。それでさらに騒ぎは大きくなり、みな叫びながら救命ボートに押し寄せた。

息を吸い、メアリー・アリスのようにボートの横へ飛びこんだ。温かくなめらかな水に包みこまれた。真っ暗でどちらが上かわからない。止めていた息を鼻から少しずつ吐き出すと、銀色のあぶくが細く一列に上っていって、方向を教えてくれた。追いかけていき、水面を破った。頭上に星々がまたたいていた。

ヘレンとメアリー・アリスが腕を持って引き上げてくれた。ボートの底に倒れこみ、せきこんだ。

ヘレンは夜空を見上げ、星から針路を定めようとした。

「わかる?」わたしはたずねた。

彼女はうなずいた。

「よかった。ネービス島めざして、とっとと逃げよう」

そして、そのとおりにした。

第9章

一九七九年一月

飛行機は雨の中を着陸する。機体から吐き出され、さかんにのびをしている若い女性四人組は、大学の友達どうしに見える。荷物を拾い、パスポートに入国スタンプを押してもらいながら、イギリス訪問の目的をきかれると、笑顔で嘘をつく。ツイードのスーツを着た男性が案内の札を手に待っており、ステーションワゴンへと誘導する。車内に用意されていたサンドイッチを食べるあいだに、車は田園地帯へと入っていく。一時間、二時間。到着は夕方で、四人とも息苦しさと時差ぼけを感じている。車からよろよろと降り、豪邸の前に立つ――彼女たちの目には豪邸だ。

ヴィクトリア時代の、赤れんがの巨大な邸宅で、庭と、崖まで続く広い芝生とに囲まれている。傷んだれんがの小径《こみち》から、横手の温室の薄汚れたガラスまで、すべてが古ぼけている。木造部分はペンキがはげ、真鍮《しんちゅう》のドアノッカーは黒ずんでいる。

だがドアが開いた瞬間、どれも目に入らなくなる。彼女が戸口に立っている。部隊を視察する将軍のように、四人を見ている。コンスタンス・ハリデイ。コードネームは女羊飼い。彼女の生み出した伝説を、四人はまだすべては知らない。実話でありながら神話のような彼女の人生について、この先少しずつ聞くことになる。やわらかそうな白髪を地肌が見えるほど短く切り、杖を手にしている。歩く支えにするためではなく、動きの鈍《にぶ》い新入りを叩くために。

若き日にはケンブリッジ大学で古典を学び、女性に学位が認められていたならば最優等を取れるほどだった。弟のハリデイ少佐は四人それぞれに、コンスタンスが率いた女性諜報部隊〈復讐の女神〉のことを話した。隊員たちの死のことも――ドイツへのパラシュート降下中に、ナチに狙い撃ちされたと。コンスタンスが生きのびたことは話したが、その際に負ったけがについては伏せている。捕虜としてラーフェンスブリュック強制収容所へ送られ、骨折した脚の手当ても受けられなかった。その後収容所から脱走し、癒《い》えていない脚でヨーロッパを半ば横断した。脚に残った障害を名誉の負傷というものもいるが、彼女にとっては、奪われたもののすべての象徴だ。チャーチル首相が表彰状を送ってよこしたが、びりびりに引き裂いた上、本部の責任を痛烈に批判する一文を書き添えて、突き返した。

〈美術館〉の初代理事に就任したものの、心は満たされなかった。まもなく現場へふたたび身を投じ、三十年に渡って最高級の暗殺者を育成してきた――男性の暗殺者ばかりを。新人の女性グループを結成して訓練し、組織に新しい風を入れようと提案したのは、彼女だ。軽い脳卒中を何度か経験し、体も動きにくくなって、みずからの老いを明確に認識している。人生の残り時間を初めて計算し、同性にレガシーを遺したいという思いに駆られている。〈復讐の女神〉が、女性同士の連帯が、なつかしい。弟が彼女の理想にかなう若い女性たちを見つけるのに三年かかったが、待った甲斐はあるはずだ。この四人こそが、彼女の最後にして最高の仕事になるだろう――〈復讐の女神〉を完結させるのだ。この四人を、部隊の後継者たる殺人マシンに育て上げ、数奇な運命をまっとうさせよう。

けれども、やってきた四人にはいっさい口にしない。四人の調査書は、紙がよれよれになって文字がかすれるほど何度も読んだが、実際に顔を合わせるのは初めてだ。冷たい青い目でじっと見つめてから、一度だけうなずき、中へついてくるよう身振りをする。外より暖かいことはないが、少なくとも濡れない。応接室の暖炉には火が燃えている。四人を招き入れ、立たせたままでゆっくり一周すると、暖炉の前でぴたりと足を止める。

「ベンスコム・ホールへようこそ。ここにお招きしたのは、みなさんに可能性を感じたから。まったくの見込みちがいということもありえますが」冷徹なまなざし。「でも、長年この仕事をしてきましたから、見る目はあると思いたい。〈プロジェクト・スフィンクス〉は特別な事業です。われわれ組織のもとで女性工作員が一団となって訓練を受ける、初めての試みです。期待を裏切っては困ります」

返事は想定されていない。話すあいだにも、室温がぐっと下がっていくようだ。

〈美術館〉の中にも、女性だけでこの仕事をこなせるようになどなりはしない、と考えるものもいます。でも、みなさんならできる。やるのです。女性だからといって、男性のように殺しができない理由など、なにひとつありません。むしろ男性にはない利点もあります。みなさんのような若くて魅力的な女性を、男性は見くびってかかります。それを利用するのです」

メアリー・アリスの印象的な胸もとに目を留め、片眉《かたまゆ》を上げる。「目立つ利点もそうでないものもありますが、四人が合わされば、およそどんな好みにも対応できるでしょう。たとえば」と、杖でヘレンを指す。「あなたはジャクリーン・ケネディみたい。高貴で、とても上品。そして」ナタリーを示す。「あなたは少女のようで、まるでオードリー・ヘップバーンね」二人は一瞬、笑みを交わす。コンスタンス・ハリデイはメアリー・アリスの方を向く。「あなたの魅力はいうまでもないわねえ。そういう豊満な体つきは、一九五〇年代にはずいぶん人気があったのですよ。いまでも、男性はどちらかといったら——」漠然とビリーの方へ手を振る。ビリーは無表情に見返す。コンスタンス・ハリデイは杖の上部を両手で握る。杖の素材は濃い赤茶色の木で、ヘッドは黒いガラス玉の目をつけた銀製の鳥だ。

「そうね、あなたにはタトルさんのような目に見える美点はない」と、メアリー・アリスを目顔で指す。たずねもしないのに名前を知っていることに、ビリーは感銘を受ける。が、自分たちそれぞれのあらゆる情報がのった報告書があるのだろうと思い至り、落ちつかなくなる。

コンスタンス・ハリデイは首をかしげながらビリーを眺める。「そう、タトルさんとくらべると、目立たない魅力ですね。でも、セックスに積極的な感じがする。そのとおりかしら?」

「はい」

「よろしい。男性はそれを嗅ぎつけます。そうなればこっちのもの。男性というのは、放埒《ほうらつ》さに第六感が働くのです。けれど、つねに制御していなくてはなりませんよ」厳しい声。「ウェブスターさん、セックスは武器です。それを自分に向けさせないように」

一歩下がる。「部屋は二階です——二人部屋です。荷物をしまったら、ディナーのための身支度《みじたく》をなさい。十五分後にダイニングルームで待っています」

四人は玄関ホールから荷物を取ってきて、階段を上がる。さほど相談もせずに、メアリー・アリスとビリー、ヘレンとナタリーに部屋分けが決まる。質素な部屋で、ベッド二台には無地のウールのカバー。家具もほとんどなく、どうやら廊下のおんぼろバスルームを共用するらしい。

メアリー・アリスは靴を脱ぎ捨て、ベッドに倒れこむ。「ここ、いいね。ヘレンがいってたけど、『くまのプーさん』や『たのしい川べ』から抜け出てきたみたい。ハリデイさんもすごい人だし。わたしは好き」

「まあそうだろうね、尻軽っていわれてないんだから」

メアリー・アリスは笑う。「それこそビリーの強みでしょ。ナタリーとヘレンは高嶺《たかね》の花ってところだけど、ビリーやわたしは……」踊るように体を揺すってみせる。ブラジャーをしていなかったら、相当卑猥《ひわい》に見えるだろう。

身ぎれいにして一階へ行くと、さっそくテーブルマナーのレッスンだ。銀や磁器の食器が並ぶ、正式なディナーのテーブルにつく。ヘレンは平然としているが、ナタリーはフィンガーボウルを取り上げ、浮かんだレモンのスライスをつつく。

「これ、なんのスープ？　ただのお湯みたい」

「ただのお湯ですよ、スカイラーさん」コンスタンスが応じる。椅子に浅く腰かけ、背すじをぴしっと伸ばして、鷹《たか》のような鋭い目を四人に向ける。「任務では、世界じゅうのあらゆる人と接することになります。最高位の外交官たちと交わるかもしれない。ふさわしいふるまいができなければなりません」反論を待ち受けるようにいう。「わたしのコードネームが女羊飼いなのは、教え導き、能力を見極め、開花させるのが得意だから。みなさんがどんな危険にも備え、なにがあっても動揺しないよう、心構えを教えるのがわたしの務めです。SOEで最後にわたしが属した部隊は、神話にちなんだ〈復讐の女神〉という名でした。どういうキャラクターか、知っている人？」テーブルを見わたして質問する。

ヘレンが口火を切る。「古代ギリシア神話で、罪を償《つぐな》わない人間を苦しめる、復讐のもたらし手たちです」

コンスタンス・ハリデイの口もとにかすかな笑みがひらめく。「闇に住まい容赦しないと、ホメロスは歌っています。夜の娘たちとも呼んでいます。彼女たちを支えているのは、義憤です。わたしの仲間たちにぴったりの名前でした」

大きくひと口ワインを飲む。口の両端に紫色の小さな三日月形の跡が残る。「ですが、世界は変わりました。怒りだけでは足りません。残忍性だけでなく、知恵や技術も必要なのです。スフィンクスの姿を知っていますか?」全員に向かってたずねる。

メアリー・アリスが答える。「体がライオンで頭が人間です」

「それはエジプトのスフィンクスですね」と否定する。「みなさんの名前はギリシア神話のスフィンクスから来ています。胸から上は美しい女性、下は雌ライオン。翼もあります」

「げっ、キモい」ナタリーが目を真ん丸にする。

コンスタンス・ハリデイはそれには答えず、椅子に背をもたせかけて、手にしたグラスの中でワインに光が反射するのを見つめる。「スフィンクスの語源については諸説ありますが、ギリシア語のスフィンゴだという説が好きですね。絞めるという意味です。スフィンクスは雌ライオンであり、雌ライオンはそうやって殺すから。獲物を窒息《ちっそく》させ、死ぬまで力を抜きません。性悪だからでも、恨みがあるからでもない。ハンターだから。それがハンターのやり方だからです」口を閉ざし、みなの理解を待つ。「それからスカイラーさん、罰金入れに小銭を入れてもらいます。自由時間になら、好きに汚いことばを使って結構。でもこのベンスコムでの時間は、わたしが管理します」

第10章

　ヘレンはほぼひと晩じゅうボートを西北西へ向けていた。三人が交替で舵《かじ》を取り、ヘレンが指示を出した。燃料節約のためスピードは出さず、針路を修正するときにエンジンをかける以外は、もっぱら風まかせで進んだ。漕ぎ出してどのくらいたったころか、あたりを揺るがす爆発音が轟《とどろ》き、夜空高くに火柱が上がった。油くさい煙が月を隠した。

「まあ、そうなるわね」ヘレンはため息をつき、西の方にはてしなく広がる暗闇を見やった。海も空もただただ黒く、うっすらと星がちらつくだけ。強まってきた風をよけながら、みなボートに縮こまった。

　楽しい夜ではなかったが、みなもっとひどい経験はある。翌日の昼前には、ヘレンの操縦でネービス島の小さな入江にたどり着いた。荷物を持つと、アンフィトリテ号とのつながりを消すためボートを沈め、歩き出した。民家やホテルを避けて、舗装された坂を上っていった。三十分も歩くと、わたしが先頭に立ってビーチへと下りはじめた。

「どこへ行くの？」ナットが歩きづらそうにしながらたずねた。わたしのサンダルはフラットだが、彼女のはヒールがあって、砂にずぶずぶ埋まってしまう。

「あそこ」〈サンシャイン〉というロープライトの文字を指さした。昼間なので光ってはいないが、カリブ海の超有名ビーチ・バーのひとつだ。「あそこでお昼を食べて、キラー・ビーを一杯ずつ飲もう。もしきかれたら、旅行でセント・クリストファー島に滞在中って答える」

魚料理や名物カクテルへの期待からか、だれも文句は言わなかった。料理をぺろりと平らげ、カクテルを最後の一滴まで飲み干すと、現金で支払った。チップは、けちくさくないが気前よすぎでもない程度にした。タクシーを呼んでもらい、水上バスの乗り場へ行った。ナローズ海峡のむこうには、セント・クリストファー島の南端に建つ〈パーク・ハイアット〉が、陽光を浴びて輝いている。海岸線と背後の丘とにはさまれ、風光明媚だ。

水上バスは、観光客や通勤客を乗せて、ナローズ海峡を六分で渡す。船長は常連とことばを交わしていた。メアリー・アリスは、〈サンシャイン〉でもらってきた観光情報誌をこれ見よがしにめくった。まもなく、〈ハイアット〉専用の船着場で降りた。

ネービス島の方を向いて一列に並ぶビーチベッドをあごで示した。「そこに座って、ちょっとのんびりしてて。部屋を取ってくる」

「パスポートもないのに、どうやって?」ヘレンが問うた。

ポケットに手を突っこみ、アンフィトリテ号から持ってきた、合成ゴムの電子書籍リーダーカバーを取り出した。継ぎ目にナイフを差しこむとすぐに開いた。中に封印してあったのは、カナダのパスポート。写真はわたしだが名前は別人だ。

「ありえない」ナットがのろのろといった。「いつも予備のパスポートを持ち歩いてるの？」

「アルゼンチン以来ね」わたしは渋い顔でいった。アルゼンチンの仕事は、最上級に危険だった。予備の身分証があったなら、手荒く尋問されることも、大草原の収容所に二カ月も入れられることもなかっただろう。

「それで、カナダのお方はホテル代をどうやってお支払いになるの？」とヘレン。

カバーから今度はアメックスのブラックカードを出した。「クレジットカードをお持ちなの」

そこへ、ストライプのTシャツを着たホテル従業員が、キュウリのスライスを飾った背の高い水のグラスを手に、満面の笑みでやってきた。ナットとメアリー・アリスは受け取り、ヘレンとわたしは高台のホテル本館へ向かった。こんなときでなかったら、感嘆しただろう。開放的で、池には鯉《こい》が泳いでいて、ナローズ海峡ごしのネービス島の眺望もすばらしい。静《せい》謐《ひつ》な空気が漂っていて、くつろぎたい気分になったが、まだ早い。

フロントは、建築雑誌にでものっていそうだった——黒光りする長い一枚岩のカウンターに、籐《とう》のスツール、こんもりとした蘭のアレンジメント。薄いタブレットだけが、ビジネス感を与える。フロント係がうやうやしく迎えた。わたしは硬い笑みを返した。ちょうどいい空気感を醸《かも》し出さなくては。いらだっているような、いばっているような、絶妙な感じを。

フロント係の名札に目をやった。「ソフィア、ちょっとお願いできるかしら。島の反対側の高級ヴィラを予約してたんだけど、想像とちがっていて」そこで、ものいいたげに唇をすぼめてみせた。「こちらのお部屋は空いていません？」

「それはお気の毒さまです。お調べしますね」すばやくタブレットをタップした。「海側のいいお部屋が空いております。クイーンベッド二台のお部屋でございます。ただ、敷地のいちばん端にございまして、レストランやプールからは離れてしまいます」湾の反対側を手で示す。

わたしは小さくため息をついた。「それでいいでしょう」少しがっかりした声を出す。

「お部屋はすぐにお使いいただけます。海側の一階にございますので、直接ビーチに出ていただけます」

「結構ですね」ヘレンが口をはさんだ。オランダ人か、デンマーク人か、その中間を思わせるなまりを、ごくかすかに混ぜる。

ソフィアはほっとしたようにほほえんだ。「ありがとうございます。それでは、クレジットカードとそれぞれのパスポートをお願いいたします」

ヘレンは、ハンドバッグがないと身振りで表わしてみせた。わたしがカウンターの小さなトレイにカードとパスポートをきっぱりとのせた。「いいの、ここはわたしが」

「悪いわねえ」と小声でいった。

「この人、ヴィラにバッグを置いてきちゃって。あとで荷物を取ってきたら、提示しますから」

ソフィアはほんの一拍ためらったが、にっこりした。「かしこまりました。少々お待ちください」カードとパスポートを手に奥へ消えた。もしなにかまちがいが起こるなら、いまだ。深い呼吸をくりかえしながら、ケララのヒンドゥー僧院での任務で習ったマントラを唱えた。ヘレンは、ローナ・シンプソンの大型写真集をめくっている。

たまらなく長い数分ののち、ソフィアが冷たいタオルのかごとミネラルウォーターを手に戻ってきた。それらと、カード類と、部屋の鍵をよこした。

「〈パーク・ハイアット〉へようこそ。どうぞごゆっくり」

ランチの約束があるからと施設案内を断わり、本館を出ると、ビーチからナットとメアリー・アリスを呼び寄せ、案内図に従って部屋へ行った。

「さしあたって安全」ナットがつぶやいた。これも女羊飼いの金言だ。つかの間でも安全が確保できたら、かならず緊張を解いて、栄養と休息を取り、次の闘いに備えること。

わたしはサンダルを脱ぎ捨て、ベッドに寝転がって頭の後ろで手を組んだ。

「で、どうする?」メアリー・アリスがたずねた。「なんとかここまで来たけどまだカリブ海だし、四人合わせてパスポート一冊とクレジットカード一枚しかないんだよ。どうやって帰るの?」

「帰れないわよ」ヘレンが指摘した。「隠れ家が必要。なにがどうなっているのか、考える時間を稼がなくちゃ」

しばらくだれもなにもいわなかった。たぶん、みなおなじことを考えていた。これまで、組織の後ろ盾に慣れきっていた。危機から救出してくれ、尻拭《しりぬぐ》いをしてくれ、攻撃から守ってくれた。四十年で初めて、自力でどうにかしなくてはならないのだ。

わたしはそろそろと起き上がった。「助けてくれそうな友達がいる。〈美術館〉とはまったく無関係の人」電話に目をやる。「ただ、ホテルの電話では連絡できない。特定されちゃう」

電話帳を引っぱり出し、バセテールの電子機器店に電話をした。プリペイド携帯がほしいと伝えると、一時間で届けるといってくれた。部屋で待っているあいだ、メアリー・アリスはテラスでむっつりしていて、ヘレンとナットはホテルのショップをのぞきに行き、洗面用品や、ぼったくり価格の洋服を四人分、部屋づけで買った。プリペイド携帯が来ると、充電器につなぎ、暗記している番号を打ちこんだ。ミンカは四度目の呼び出し音で出た。厚底ブーツの足を机に上げて、みずから開発したゲームでエイリアンにレーザー銃をぶっ放している姿が、目に浮かぶ。

前置きは省略して、必要なものを羅列した——身分証やチケットなど。問いただすような人ではない。

ミンカは二十四時間以内に発送すると約束し、電話は切れた。ナットとヘレンが戻ると、状況を説明した。メアリー・アリスは話の終わりごろに、目頭を押さえながらテラスから入ってきた。泣くまいとがんばって、結局あきらめたようだ。

「ミンカって？」

「長い話なんだ」わたしは返答を避けた。「でも、信頼できる。命を預けてもいいくらい」

「わたしたちの命も」ヘレンが冷静にいう。

「ほかに案があるなら、自由にやって」

案はなかった。ルームサービスを頼み、疲れて黙々と食べた。ヘレンはショップで買ってきた本や雑誌の中から、リース・ウィザースプーンのおすすめ本を手に落ちついた。ナットはテレビのチャンネルをひととおりチェックした末、濃い口紅の女性がせりふをがなり立てるベネズエラのソープオペラを選んだ。

「散歩に行ってくる」だれにともなくいった。

メアリー・アリスがついてきた。引き戸から出てテラスを通り抜け、ブーゲンビリアやバナナやパパイヤが並ぶ、緑豊かなエリアにさしかかった。少し先には、ビーチベッドが端に寄せてあった。

「危険だと思う？」メアリー・アリスがビーチベッドをあごで指した。

肩をすくめた。「みんな夕食中でしょ」食器の音や抑えた音楽が、敷地内に点在するレストランから漏れてくる。ここはビーチの端で、人気もなく静かだった。

腰を落ちつけると、わたしはたばこに火をつけた。宵闇《よいやみ》にひらめく緋色の炎が、まるでホタルのようだ。

「まさかそれ、海に浸かっても無事だったの？」メアリー・アリスはにやりとした。首を振った。「ヘレンだよ。加湿器とか糸ようじとかといっしょに、ショップで」

「ヘレンは、ビリーがたばこ吸うの嫌がるよね」二人とも海を向いて、ひざとひざが触れそうな距離で座っていた。太陽は右手の岬《みさき》のむこうに沈んでしまい、空気まで紫色に染まっていた。

「それでも買ってきてくれた。友情だね」

メアリー・アリスは鼻を鳴らした。しばらくのあいだ、寄せては返す波の音しかしなかった。ずっと左手に、ヤシの木が一本、海へ向かって傾いて立っていた。海の秘密を聞きたくて身を乗り出しているかのように。

鼻をすする音がはっきりと聞こえた。「メアリー・アリス、ティッシュを切らしてるんだ。鼻をかむんだったら、自分の服で頼むね」

「ウェブスターのあほ」袖で目を拭う。でも、口調は上向いたし、背も少ししゃんとした。

「つらすぎて――アキコに会えないし、どう思ってるか、どうしてるかもわからない」わたしは答えなかった。自由に全部吐き出させた方がいい。「隠しごとなんて、これひとつきりだったのに。そのう、重要なやつはね」といいなおした。「階段のカーペットの張り替えにいくら払ったか、とかは別にして」

「ウールの?」

「しかもオーガニック。ニュージーランド産。今度リンクを送るよ」

わたしのたばこを取り上げ、深々と吸った。先が赤く明るく輝いたところで、返してよこした。そのままずいぶん長く煙を胸にためこんで、やがてしずしずと吐き出した。

「なつかしくってね」

わたしがちらりと見ると、口をとがらせた。「やめてよ、その目。吸っちゃいけないのはわかってる。それもまた、乳がんのおかげさまで」なんとなく胸のあたりを示す。

「いい感じじゃん」わたしはいった。「ナットがうらやましがってた」

「ナットはわたしの真ん丸なおしりも好きだもん。いい感じだけど、八カ月もゲエゲエ吐いてたし、感触もわからないんだから」

「でも生きてる」

「生きてる」体を寄せ、肩をぶつけてきた。「だけど、いつまで?」

首を振り、たばこをサンダルの底で踏み消した。吸殻は拾った。「あのおばかさんに吹っ飛ばされそうになったなんて、心外。どういうわけで指令を受けたのかな」

「指令とはかぎらないんじゃない。勝手にやったのかも」

「引退した四人を勝手に殺す?　なんで?」

「まずいことを知られて」

「ブラッド・フォーガティみたいなしけた爆弾屋が困るようなことは、なんにも知らないよ」

「うん、フォーガティがわたしたちに敵意を持ってたはずがない」考えをまとめるようにいった。メアリー・アリスはなにごとにも、じっくりと丹念に取り組む。ヘレン以上に目配りが行き届き、時間はかかっても、ほかの面々が見落としていたことに気づく。わたしはといえば、スピード重視で直感のままに動き、悪運に助けられることも多い。わたしたちはいいコンビだった。わたしがウサギ。

彼女がほほえんだ。この二十四時間で初めて見る、本物の笑み。「やっぱりわたしってカメだね。ちょっと時間をちょうだい」また黙りこんだ。わたしは波打ち際の網目模様を眺めていた。砂の上に広がっては引っこむ波が、フラメンコのスカートのようだ。小さな灰色のカニが、わたしの足の甲を這っていった。

振り返って彼女を見つめた。暗がりの中に、青白い顔が浮き上がっている。見えなくても、眉間《みけん》のしわが思い描ける。そこで急に待てなくなった。「ねえ、現実から目をそむけたり、希望を見出したり、なんとかなるって思おうとしたりしても、無駄だよ。四十年間給料を払ってくれてた連中が、わたしたちを吹っ飛ばそうとしたか、損得勘定の結果見殺しにしようとしたか、どっちかなんだよ。どっちでも大差ない。このまま終わりにはしてくれないよ。知りすぎちゃったからね。きのうまでのわたしたちは使い捨ての駒だったけど、いまや甚大な脅威なんだ」

「なんでそうなるわけ?」けんか腰だ。

「いいかげんにして。そこまでばかじゃないでしょ。文字どおり、命取りになることを知っちゃったんだよ。軽く見すごせるわけない、重大なことを。そう認めようとしないのは、アキコの問題がめんどうになっちゃうからでしょ」

鼻から大きく鋭く息を吸うのが聞こえた。突進する前の闘牛のように。「わたしの妻はめんどうなんかじゃない。理解できないだろうけどね」

そう言い捨てて足音も高く去ろうとしたが、砂地ではむずかしそうだった。「ちょっと、メアリー・アリス」声をかけると振り向いたので、中指を立てて見せた。

彼女も同様に指を突き立て、歩き去った。わたしは新しいたばこに火をつけ、たっぷり吸いこんだ煙をゆっくりと吐いた。「もっといいやり方はなかったのかね」とカニに向かってつぶやいた。

第11章

マイアミ着陸までは三時間。人目を引かぬよう、あせらずに機を降りた。入国審査を通ったが、ミンカの仕事はさすがだった。手続き後三十分の余裕をもって、アトランタ行きの別の航空会社の便に乗り継いだ。ハーツフィールド・ジャクソン・アトランタ国際空港では、クリスマス旅行帰りの客が押し合いへし合いしていた。地には平和、人には善意、はもう終了。そんなものは、トナカイ柄《がら》の包装紙といっしょにごみ箱行きだ。

すでに夜十一時だったが、バーミングハム行き最終便に飛び乗り、十二時すぎに着陸した。ナタリーは疲れたと文句たらたらだったが、わたしは先を急いだ。メアリー・アリスと、なぜかいちばん元気そうなヘレンは、おとなしくついてきた。ミンカが予約しておいてくれたレンタカーで、最終行程に突入した。ナタリーは後部座席に身を投げ出すや、たちまち寝入ってしまった。あとの三人が交替で運転し、五時間後にわたしがふたたびハンドルを握ってから、ツイン・スパン橋を渡って夜明けのニューオーリンズに入った。朝のラッシュで混み合う州間高速道路十号線を走り、フレンチ・クオーターに近づいた。メアリー・アリスは助手席でうつらうつらしており、ヘレンとナタリーは後ろで子犬のように身を寄せ合って眠っていた。

メアリー・アリスをついて起こした。「二人を起こしといて。もうすぐ着くけど、車を停めたらさっさと動かないといけないから」

ヘレンとナットが覚醒すると、わずかな荷物をまとめた。車はランパート通りの脇道に、エンジンをかけたまま停めた。三十分もしないうちに盗難車解体業者に持ちこまれ、部品を流用される手はずだ。わたしたちがこの町に来た痕跡は残らない。たどれるのはせいぜいでバーミングハムまでだ。

「次は?」メアリー・アリスがバッグを肩にかけた。

「歩く」フレンチ・クオーターの方角を指さした。わたし一人だったら、用心のためぐるっと大回りするところだが、ヘレンはまたうなだれているし、ナタリーは立つのもやっとというありさま。二十歳のころは徹夜など苦ではなかったが、六十になるとヘロヘロだ。アースリンズ通りをよろよろ歩くうち、睡眠不足が骨身にしみてきた。このあたりは、フレンチ・クオーター界隈《かいわい》とは思えないほど静かだ。千鳥足で歩く酔っ払いもいなければ、道端に嘔吐《おうと》物《ぶつ》もない。ひっそりとしている。

なんの変哲もない門の前で止まった。キーパッドがついており、詰め物入りの黒い帆布《はんぷ》が裏から目隠ししている。番号を打ちこむと、期待の高まる一瞬の静寂ののち、ウィーン、カチャッ、と小さな音がして、門が開いた。行く手には、れんが造りのアーチ形のトンネル。

ちらつくガス灯でぼんやりと照らされている。湿った地面の上の暗がりを、なにかが走りまわっている。

「なに?」ナタリーが目をこらした。

「ネズミだと思う」明るく答えた。みなを通してから門を閉め、しっかりと施錠した。「ようこそわが家へ」

トンネルを抜けると中庭だ。四方を囲むれんがの建物は、どれも似たり寄ったりのおんぼろ。渡り廊下や階段でつながっていて、まるで生涯最後のうわさ話をする老女たちが、たがいに寄りかかっているかのようだ。

三人は立ち尽くしたまま、じっくりと見まわした。朽《く》ちたれんがが積まれた一角に、育ちすぎたギンモクセイがそびえている。スレートや板材やセメント袋の山もあり、さまざまな成長具合の低木が植わった鉢もある。中央には停止したままの噴水が、緑色の水をたたえている。さざ波が立ち、ナタリーが飛び上がった。

「水の中になにかいるよ?」メアリー・アリスが声を上げた。

「鯉のルイだよ。購入時からいた」

「ふうん、ペットがいるなんてすてきね」ヘレンは気をつかっている。

「いまにも崩れそう」二階の渡り廊下を支える、はげはげの黒い錬鉄を見上げながら、ナットがいった。

「かもね。あそこは注意して歩いて」わたしはいった。

「元は立派だったんだろうね」メアリー・アリスがお世辞を試みた。「手を入れたらきれいになるよ」

「重労働とダイナマイトが必要だけどね」ナタリーが混ぜっ返す。

「ただで泊めてあげるよ」わたしは釘《くぎ》を刺した。

メアリー・アリスがなに食わぬ顔できいた。「下水はちゃんと流れるの？」

「ときどき」どうやらメアリー・アリスとナタリーはお気に召さないらしい。ヘレンを見た。驚いたことに、彼女はにっこりした。「完璧ね。泊めてくれてありがとう、ビリー」

メアリー・アリスは恥じ入った顔をしてみせたが、ナタリーはあくびをしただけだった。

ちょうどそのとき、ターコイズブルーのペンキがはげた大きなドアが開き、ひょろっとした若い女性が出てきた。紹介するより早くすっ飛んできてわたしに抱きつき、さらには少しばかり抱き上げた。メープルシロップと焦げたトーストのにおいがした。

「こわかった。二度とあんなことしないで」彼女は力をゆるめながらきっぱりといった。

「だいじょうぶだから。すごく助かったよ」

わたしの肩をつかんだまま、リスのように小首をかしげて、みなを見た。「この人たちが友達？」

「メアリー・アリスと、ヘレンと、ナタリー」わたしは答えた。「こっちはミンカ」

みなもごもごとあいさつし、ミンカはうなずいた。それからわたしに向きなおった。「朝ごはん作ってある」

「料理できないでしょう」

彼女は肩をすくめた。「おいしくはないよ。でも食べて」

ミンカが先頭に立ってターコイズブルーのドアを抜け、ぼろ家に入っていく。構造上必要なれんが壁は残してあるが、間仕切りは取り払い、上階の床も撤去したので、二階分の吹き抜け空間になっている。積み重ねたれんがの上に古いドアを渡し、間に合わせのキッチンカウンターにしてあった。のっているのは、コーヒーメーカーやホットプレート、オーブントースターなど、必要最低限の品。紅茶用の高価な電気ケトルが、唯一のぜいたく品だった。

四十人は座ったであろう大きなディナーテーブルが部屋の中央にあり、ふぞろいな椅子がばらばらに置いてある。窓には聖書の物語を表わすステンドグラスがはまっているが、元のガラスが割れてしまった部分は、安い透明のガラスで修理してある。残っているガラスもほとんどにひびが入っていて、昇天するイエスを仰ぎ見るマグダラのマリアの顔にも、ギザギザの線が走っている。

「ここ、なんなの?」メアリー・アリスがたずねた。

「元修道院」テーブルへとみなを促した。冷たくなった焦げたトーストが大皿に山と積まれ、バターにはパンくずがびっしり張りついている。だが、コーヒーと紅茶は温かかった。

みな椅子に座りこむと、大失敗のトーストは無視して、マグカップを手に取った。わたしは続けた。「マグダラのマリアに連なる修道会だったらしい。近所に聖ウルスラ会の修道院もあって、その何十年かあとに来た修道女たちがここを建てたんだって。看護活動に熱心でね、黄熱病の流行で全滅しちゃった」

「呪われてるの」ミンカが、コーヒーを手に加わりながら、楽しそうにいった。

メアリー・アリスが見た。「呪われてる?」

「亡霊が出るの」ミンカがさらにいった。

「修道女の亡霊」わたしも補足した。「そのせいで所有者が何人も逃げてったけど、わたしは気にならないし、ミンカも平気みたい」

ミンカは肩をすくめた。「一人暮らしには、いい話し相手だよ」

「ここに住んでいるの?」ヘレンが社交辞令的にきいた。

ミンカはうなずいた。「そう、いまは正式にアメリカ国籍だから」彼女の顔立ちはどう見てもスラヴ系だ。頬骨が張っていて、目は深くくぼんでいる。身なりは週単位で変わるが、きょうはフランス映画のエキストラのような装いだ。ストライプのボートネックTシャツに、小さく結んだ水玉のスカーフ。髪はベリーショートになっていて、真っ黒にチェリーレッドのハイライト。小さな丸めがねもかけている。あとは、自転車のかごから突き出たバゲットがあれば、完璧だ。

ヘレンはわたしをまじまじと見た。「この家は、ビリーの名義?」

「ううん。ケイマン諸島の持ち株会社。わたしと結びつけるものはなにひとつない」

「すごすぎる。隠れ家を持ってるなんて」とメアリー・アリス。

わたしは肩をすくめた。「仕事柄、このくらい用心しとかないと」

「わたし、隠れ家なんて持ってない」ナタリーがふくれたが、ヘレンはまだ思案げな顔をしていた。

ヘレンがなにもいわないので、ナタリーはミンカの方を向いた。「いくらビリーでも、屋内のお風呂ぐらい整えてあげてるよね? なかなかのシンプルライフだけど」

ミンカはネコのように目を細めた。「ビリーは完璧に整えてくれたよ」その後もしばらく同席していたけれど、空気は一気に冷えこんだ。ミンカがいなくなると、ナタリーがきいた。

「なにか悪いことといった?」

「そうじゃなくて」ヘレンが口をはさんだ。「ビリーをけなされたと思って怒ったんでしょ」

ナタリーが目をむくより早く、ヘレンは立ち上がった。「もう疲労困憊《こんぱい》」

わたしも椅子から立った。「寝る場所に案内するね」

メアリー・アリスは動かなかった。「この先どうするのか、考えなきゃ」

ヘレンが座りなおそうとしたのか、ふらついた。わたしは肩をつかみ、支えてやった。

「そうだね。そうしよう。でもいまは疲れきってて、頭も働かない。寝て、食べて、それから考える。ハリデイの掟《おきて》だよ」

メアリー・アリスは明らかに納得していない顔だったが、立ち上がってついてきた。中庭のむかいの建物は、一階部分を例のれんが造りのトンネルが貫いている。その左右がそれぞれ広い部屋になっていて、片方は中にも入れないくらいがらくたがぎっしりだが、もう片方は小さならせん階段があるきりだ。それを上ると、長い廊下に沿って十以上のドアが並んでいた。

「修道女の部屋。せまいけど、個室ではある」わたしは説明した。

端のドアを開けた。幅の広い床板は、きれいに拭き上げられている。シングルサイズのマットレスが、ビニールをかぶったまま壁に寄せられ、どうにか歩くスペースができていた。壁のくぼみには、頭部のない聖人の石膏像《せっこうぞう》が置いてある。

ナタリーがなにかいいかけたが、ヘレンが鋭くにらんだ。

「いい部屋ね」ナタリーはしおらしくいった。ベッドへ一直線に歩み寄り、どさりと座りこむと、セーターを脱ぎ出した。

「ねえ、ナット」ヘレンが声をかけた。「せめてシーツを敷いたら?」

「いい」声はくぐもっていたが、きっぱりと手を振ってみせた。

彼女を置いて部屋を出た。メアリー・アリスとヘレンは並びの二部屋に黙って入っていった。わたしも自室へ行き、ベッドに倒れこむと、一瞬で眠りに落ちた。重苦しい眠りで、寝なければよかったかと思うほどだった。夕方近くに目覚めると、シーツは足もとでくしゃくしゃになり、嫌な汗をかいていた。起き出してさっと顔を洗い、保管してあった服に着替えた。ブーツカットジーンズと、ジャニス・ジョプリンの着古しのTシャツで、よしとしよう。お気に入りのカウボーイブーツをはき、ミンカが生まれる前から持っている革ジャンをはおり、サングラスをかけた。出る直前にキャップも引っつかんだ。尾《っ》けられていたとは思えないが、危険は冒せない。

門をそっと出て、アースリンズ通りを進み、ディケイター通りへ曲がった。マファレッタ・サンドイッチで有名な〈セントラル・グローサリー・カンパニー〉の前を通ったときには、おなかがぐうっと鳴ったが、閉店していたのでそのまま歩きつづけた。ぐるりと一周したり、無駄に何度も曲がってみたり、脇道をのぞきこんだりしたが、危険を直感させるものはなかった。〈カフェ・デュ・モンド〉に入り、ベニエを五個買った。帰りの道中で、紙袋は湯気と油でべちゃっとなってしまったけれど、最高にいいにおいだった。

ヘレンはシャワーを浴びたようだった。ボブの髪は湿っていて、プラチナ色の輝きを取り戻していた。二〇〇九年の〈ヴァニティ・フェア〉誌をのんびりとめくっている。ナットはわたしのお気に入りのキモノをはおって、テーブルを指先で叩いていた。メアリー・アリスがベニエの袋を開放してやり、ペーパータオルとチコリコーヒーを添えてみなに配った。

わたしは部屋を見まわした。「ミンカは?」

「出かけた」メアリー・アリスが短く答えた。

「体が欲してる感じ」ナタリーが真っ先にベニエを手に取った。粉砂糖を舞い上げながら、まだ温かいドーナツ生地をがぶりとやると、うめき声を漏らした。「最高」

　わたしは上着を脱ぎ、キャップをテーブルに放り投げた。「ニューオーリンズのベニエなんてありがちだけど、おいしいんだよ」みな黙って、ことさら熱心に食べた。その様子を観察した。疲労の色は見えるが、持ちこたえている。そこへミンカが帰ってきた。近所の総菜屋の袋には、ガンボ（アメリカ南部料理で、スパイスを効かせとろみをつけたオクラなどのスープ）とポテトサラダ。スーパーで赤ワインも数本買ってきてくれた。それからパンと、キングケーキ（ニューオーリンズで二〜三月に開かれるカーニバル、マルディグラの期間に食されるケーキ）も。まだ時期が早いので、バーボン通りの観光客相手の店で買ったのだろう。

「すばらしいね」袋を開くミンカに礼をいった。ミンカは続いて皿やスプーンを用意し、わたしは容器を開けていった。「食べながら話そう」

　ヘレンはワインボトルと栓抜きを手に、ミンカの背中に向かって眉《まゆ》をひそめた。

「その子の前ではやめましょう《パ・ドゥヴァン・ラ・プティット・フィーユ》」と釘を刺す。

　ミンカは振り向きもしなかった。「その子はフランス語がわかるんですけど《ラ・プティット・フィーユ・パルル・フランセ、マダム》」

「あらま《メールド》」とヘレン。

　ミンカが向きなおった。「あたしとしゃべるのが嫌なら、部屋に行ってる」

「そんなことないって」メアリー・アリスがなだめた。「みんなミンカには恩があるんだもの」

そしてヘレンをにらんだ。ヘレンは硬い笑みを浮かべてワイングラスを手渡した。「もちろん。ただ、この先の細かい話で、ミンカを退屈させても悪いかなと思って」

わざとらしくて感じが悪かったが、けんかをするには疲れすぎていた。

ミンカは肩をすくめ、ガンボをすくって自分のポテトサラダにかけると、さっそく食べはじめた。ナットが興味津々で見ている。「おいしいの？」

「食べてみれば」ミンカがぴしりという。

ナタリーはいわれたとおりスプーンを口に運び、目を丸くした。「うわお。めっちゃおいしい」

ミンカはにんまりした。二人ともティーンエイジャーのようにがっついた。

「胃薬飲むことになるよ」ナタリーがタバスコに手を伸ばしたので、メアリー・アリスが注意した。

「ひと晩のたうってもいい。おいしすぎるもん」ナタリーはわたしを見た。「このあとは？」

「状況確認ね」ヘレンが快活にいった。ベニエを上品にちびちびかじってから、脇へ押しやった。手には砂糖ひと粒ついていない。ガンボは手つかずだが、ワインは半分飲んでいた。

「そうだね」わたしもいった。「状況確認しよう。〈美術館〉が命を狙ってきてるのはまちがいないけど、理由はまだ不明」

「誤解のような気がしてならないんだけど」ヘレンが述べた。「だってわたしたち、能力があったし、天才的とまでいわれたのよ。それにもう引退してる。どうしていまになって狙うの?」

「それこそが最大の謎だよね」わたしはいった。「その答えがわかれば、なにもかも見えてくるはずなんだけど、いまは五里霧中」

「〈美術館〉って、なんなの?」ミンカがガンボを口に入れたまま質問した。

ナタリーが不思議そうに見た。「ビリーの仕事を知ってる?」

「知ってるよ。同僚なんでしょ? みんな殺し屋?」

「そう」わたしは認めた。「〈美術館〉っていうのは、わたしたちが属している組織。そこの理事会が、わたしたちを消そうと決めたの」

ミンカは首をかしげた。「よくわかんないな」

テーブルには、かつてはきれいだったろうビニールクロスがかかっていた。前の所有者は、気持ち悪い濃いしみやたばこの焦げあとをちらりと見て、置いていったのだろう。ミンカに、筆記用具を取ってという手振りをした。見つけてくれたのは、あざやかなブルーで、フルーツらしきかおりのついたマーカー。〈マイリトルポニー〉の交換日記にでも使いそうなペンだ。そのペンで、テーブルクロスの端に枠を三つ描き、それぞれに名前を書き入れた。

「〈来歴〉、ティエリー・カラパス。〈入手〉、ギュンター・パール。〈展示〉、ヴァンス・ギルクリスト」ミンカが読み上げた。

「そのとおり」三つの枠を括弧《かっこ》でまとめて〈理事会〉と記し、さらにその上に〈美術館〉と書いた。

「〈美術館〉には三人の理事がいて、各部門を統括している」わたしは一人目を指さした。「カラパスは、〈来歴〉部門の責任者。コンピュータおたくの集団ね。政府のデータベースに潜りこんだりして、調査をする。デジタル監視もしてる。情報収集に特化した部門だよ」

「なんのために？」とミンカ。

「〈美術館〉にとって大切な二種類の人物を特定するために」ヘレンが説明した。「標的候補と、新人候補」

ミンカがうなずいた。わたしは〈来歴〉から理事会へと線を引いた。「四半期ごとの会議で、〈来歴〉は理事会に、殺すべき人物や、採用すべき人物についての調査書を提出する。理事たちは非公開で審議し、採決する。満場一致で賛成とならないかぎり、殺害指令も、採用の申し入れも成立しない」

二番目の枠を示す。「殺害指令が下されると、〈入手〉部門が――パールの指揮下で――備品調達に動く。ソーシャルメディアの偽のプロフィールから爆弾まで、なんでも作る。武器、扮装、移動手段。任務成功のため必要なものはなんでも手配する。ここまでわかった？」

ミンカはうなずいて、三つ目の枠をつついた。「〈展示〉。これが、実際に殺しをするエージェント？　ビリーのこと？」

「わたしのこと」そう答えた。「わたしたち四人のこと。ヴァンス・ギルクリストを責任者として、任務を遂行する」

「学芸員の話もしないと」ヘレンが老眼鏡ごしに図を見つめた。

わたしは理事たちの下に小さい枠を三つ書き加えた。「理事にはそれぞれ学芸員がついていて、各部門の日常業務をつかさどっている。〈来歴〉のティエリー・カラパスの下には、ナオミ・ヌジャイ。〈入手〉のギュンター・パールの助手は、マーティン・フェアブラザー」

ヴァンス・ギルクリストの下の空欄で、手を止めた。

「そこはだれなの？」ミンカがたずねた。

「空席なの」ナタリーが応じる。「半年前に前任者が死んで、いまだに穴埋めできてないの。ヴァンスって選り好みが激しいから」

「選り好みが激しいなんていわれるのは、女だけだよ」メアリー・アリスが口をはさんだ。

「男の場合は、完璧主義とか」空になった器を押しやると、スプーンがカチャカチャ鳴った。

「先へ行こう。計画を練らないと。それも急いで」

こんなにせっかちなのはメアリー・アリスらしくないけれど、アキコのことを考えているせいだろう。早く始末がつけば、早く妻と再会して、やりなおすことができる。

「そうしよう」わたしはいった。「少しは時間を稼げたけど、いつまでもここにはいられない。狙われる理由を探り出さないと」

「理事会に裏切られるとは思わなかった」ナタリーが心底苦々しげにいった。「あんなに働いたのに」

「あんなに働いたから、なのかも」とヘレン。「たとえば、殺すべきでない人を殺してしまったとか。あるいは、まずいものを目にしてしまったとか」

「やっかいもの扱いされる理由は山ほどあるけど」わたしはいった。「暗殺指令を出せるのは理事たちだけだし、それも三人の合意があったからこそなんだよ。どういういきさつか、正確に知りたい」

「直接きけないのが痛いね」とナタリー。

メアリー・アリスが初めて意見をいった。「きけばいいじゃん」

そんな斬新な案がメアリー・アリスから出てきて、うれしかった。そういう独創的な考えがあるということは、完全に理性が飛んでいるわけではなさそうだ。

「でも、だれにきくの？」ヘレンが反論した。「理事会に乗りこむわけにもいかないでしょ。殺せといった張本人だもの」

ミンカが青いマーカーを手に取り、ギルクリスト、パール、カラパスの名前を消した。

「学芸員は？」メアリー・アリスが提案した。

「だめだめ」ナタリーは突っぱねた。「ナオミなんて、これっぽっちも信用してないからね」

名前を指さしながらいう。「〈来歴〉の担当なんだから、理事会に報告を上げたのは彼女でしょ。そのせいでいま追われてるのよ」

「ほんとにそうかな」メアリー・アリスがいいかけたけれど、ナタリーがさえぎった。

「〈来歴〉の情報提供なしに理事会が決定を下したことなんて、いままでに一度でもあった？　標的を提案するのが〈来歴〉の仕事なんだから。あの人たちには近寄らないようにしてるのよね。ぞっとするじゃない、パソコンになにを打ちこむかまで監視して。気味が悪い」

ナオミには数回しか会ったことがないが、わたしはちょっと好きだった。三十代で、子どもがたしか二人いて、明確に上昇志向だ。理事はそれぞれ、自分につく学芸員の指導的立場なので、彼女はいずれカラパスの後釜に座ることになる。その期待を隠しもしない。愛想よく無駄話をしたりもしないから、ナタリーは気に食わないのだろう。

わたしはナオミの名前を消した。「マーティンは？」

「本気なの？」ヘレンが反対した。「あの子がかわいそうだわ」マーティン・フェアブラザーは〝子〟ではない。ナオミとおなじく三十代半ばだが、年齢以外の共通点はひとつもない。ナオミが自信家で冷淡なのに対し、マーティンは控えめで話し下手だ。一度、水素爆発についての一日がかりの研修でとなり合わせに座ったが、彼が発したことばといったら、「ペン貸してもらえませんか？」だけだった。自分のペンが爆発して、袖口までインクまみれになったのだ。わたしのボールペンをあげて、居眠りに戻った。そんな彼も仕事に関しては有能で、任務のたび、必要とあらばどんな些末な品も確実にそろえてくれた。もしもメアリー・アリスがペパーミント味の健康食品がほしいといったり、ヘレンが中国製の刻印のある銃弾を要求したりしても、マーティンなら断わらない。

「一度、荷物にカルシウム入りのソフトキャンディーを入れておいてくれたの。わたしが骨密度検査の結果をぼやいていたのを、聞いたらしくて」ヘレンがほほえんだ。「マカダミアチョコ味だった」

「長崎に行ったときには、すごくかわいい隠し武器を買ってきてくれたのよ」ナタリーも発言した。

視線を向けられて、わたしも肩をすくめた。「テキサスの革職人から、革の警棒を取り寄せてくれた」あれは便利な武器だった。一見革のしおりのようだが、端に鉛が仕込んであって、頭蓋骨を砕くこともできる。「細かいところまで気が利くよね」

「ね？　いい子なのよ」ヘレンがいった。「理事会は、わたしたちが死に値する失敗を犯したと思いこんでる。最初の襲撃がうまく行かなかったことには、もう気づいてるでしょう。となれば、だれかに質問するはずだと読んでる。質問した相手が危険になる」

「ヴァンスの学芸員がいない以上、どう見てもマーティンが第一候補だよね」わたしはひたいをさすった。「ヘレンのいうとおり、マーティンに危害が及ぶ」

「ほんとにそうかな」メアリー・アリスが異議を唱えた。

わたしが制した。「マーティンは次の手にしておこう。ほかにも、現状を把握できてる人がいるはずだよ。マーティンほどは目をつけられない、でも情報通の人が」

みな黙って考えこんだ。わたしは背をもたせかけ、椅子の脚二本を浮かせながら思案した。ナタリーはマーカーでテーブルクロスの隅に落書きをしていた。メアリー・アリスはペーパーナプキンを細かくちぎって山を作っていた。ヘレンはただ座って、遠からぬあたりをじっと見つめ、ミンカはベニエを食べ切った。

突然、わたしは椅子の脚をガタリと下ろした。「スウィーニーだ」

「もう二十年も会ってないよ」とメアリー・アリス。

ヘレンは身を乗り出した。「いいかもしれない。わたしたちのこと、気に入ってたから」

「去年引退したんだよね」わたしは考え考えいった。「悠々自適の身になっても〈美術館〉の秘密を守らねば、なんてタイプじゃないし」

「秘密を知ってたとして、の話でしょ」メアリー・アリスが指摘した。「活動してないなら、新しい情報も入ってないかもよ」

「工作員四人を標的にするなんて話、漏れないわけないよ」とわたし。「ぜったいうわさになってるって」

ナットがいたずら書きから目を上げた――男性のヌードで、雰囲気があるというべきかややポルノ的というべきか、微妙なところだ。「スウィーニーは力になってくれるよ」

わたしはじろりと見た。「やけに言い切るね」

彼女はしたり顔だ。「そりゃそうよ。去年寝たんだから」

その後の会話ときたら、世界最高齢のパジャマパーティーかと思われそうだった。

「げっ、よくスウィーニーなんかと――」

「赤毛は嫌いでしょ」

「まさか、よかったとか？」

最後のはわたしだ。ナタリーはにんまりした。「案外よかったわよ」

「なんでそうなったの？」ヘレンは悲しげだ。

ナタリーは思い出にふけりながら、満足げにのびをした。「大阪でね、犯罪者一家の二人をそれぞれ狙っていたの。〈来歴〉がヘマをして、二人が家族だってつかんでなかったのよ、名字がちがったから。わかってれば、二人まとめてやっちゃったんだけど。そんなわけで、〈リッツ〉でばったり会って、計画が台なしになるところだった。情報交換のために、彼がわたしの部屋に来て、そこからは当然のなりゆきよ」肩をすくめた。

「じゃあ、連絡先もわかる？」わたしはきいた。

彼女はかぶりを振った。「仕事前に手早く一発やって、終わってからしっぽりともう一回。で、夜明け前に出ていった。早朝の便に乗るとかで」

ヘレンが突然叫んで、バッグの中をあさった。「あった」と、アドレス帳を振ってみせた。

ページを繰《く》っていく。「マクスウィーン、チャールズ。カンザスシティ」

番号を書き写し、ナタリーに渡した。ナタリーは、まるで動物の死肉を盛ったクラッカーでも差し出されたように、凝視《ぎょうし》した。「電話なんてできない」

「なんでよ?」メアリー・アリスがたずねた。「最後に接触したのはナットじゃない」アキコのことで頭がいっぱいでなかったら、〝接触〟という表現に自分でウケていただろう。わたしだってツッコみたかった。だがいまの彼女は、軽いイライラから、順調に激怒へと向かっている最中だ。

紙を横取りした。「わたしがかけるよ。元彼に電話なんて、気まずいもんね」

「よくご存じで」メアリー・アリスが辛辣《しんらつ》にいった。今度は中指は立てなかったが、いずれツケを払わせようと心に留めた。外へ出て、ドラッグストアで新たなプリペイド携帯を現金で買った。細い通りを縫《ぬ》うようにジャクソン広場へ向かった。日が落ちて、占い師や大道芸人は営業を終えていた。残っているのはホームレスだけ。ベンチを今宵《こよい》の宿にしようとしているが、長続きはしまい。ニューオーリンズ警察署はわずか三ブロック先で、じきに警官たちがやってきて追い払うだろう。そうなると、暗い脇道へ入りこんでいってどこかの戸口に陣取り、多種多様な段ボールと、かびくさい寝袋とで寒さをしのぐのだ。

川に面したベンチがひとつ空いていたので、腰かけた。大きく息を吸ってから、ヘレンがくれた番号を打ちこんだ。そして待った——三回、四回。切ろうかと思ったとき、スウィーニーが少し眠そうな声で答えた。背後からバスケットボール中継のやかましい音が聞こえてくる。テレビを見ながら寝入ってしまったのか。セント・ルイス大聖堂の正面の時計を見上げた。六時五十分。

名を名乗り、当然の反応を待った。

「ビリー？　おお、ひさしぶり――おい」最後は息を吐き出しながら、ゆっくりと口にした。「死んだんじゃなかったのか」

「ラザロの復活」

「どういうこと？　あのさ、ほんとにどういうことなんだ？」声が大きくなり、バスケの音は急に消えた。ミュートにして、答えを待っているのだろう。

「複雑なんだ。いまは説明できないけど、会えないかな」

「会えないかって」おうむ返しして時間を稼ごうとしている。だめ押ししてみた。

「重要なことなんだ、なんとかお願い」

「ビリーが生きてるんなら、みんなはどうした？　生きてるの？　ナットも？」まったくもう、中学生じゃないんだから。次には、体育のときロッカーに手紙を入れといて、とか言い出しそう。〈すきかきらいか、○をつけて〉みたいな。

「電話ではいえない。あしたニューオーリンズで会おう」

「あした？　そりゃ無理だ」きっぱりといった。「きょうは大みそかだぜ」

「そっか」日付の感覚がなくなっていた。「じゃあ、一月二日の水曜日」

「ちょっと待って。書くものがいるな。めがねはどこだ?」ぶつぶついっている。

「おでこにのってる」わたしはいった。

「えっ、なんでわかった? 見えてんのか?」

「あのねえ、カンザスシティでのぞき見してるわけないでしょ。想像しただけ」

「なんだよ、がっかりだな」それからしばらく声はせず、キーボードを叩く音だけだった。

「よーし、水曜日の朝いちの便があるぞ。到着は三時ごろ。どこで会う?」

「ジャクソン広場で四時に」

「見つかるかな?」

「知らないけど、大丈夫。わたしが見つける。もしなにか起こったり、遅れたりしたら、夜九時に〈ルーズベルト・ホテル〉の〈サゼラック・バー〉で会う。それもうまく行かなかったら、バーテンダーにメッセージを残して。わかった?」

「電話すればいいんじゃない?」

「この話が終わったらすぐに処分するから」

「うえっ、まじでトラブルなのか」

「たぶんね」

ため息。「かならず行くよ」

「気をつけて」

彼が答える前に、通話終了をタップした。大聖堂の西どなりの博物館、カビルドに向かって歩きながら、電源を切った。近くの細い通りには、幅の広いいい側溝があった。足を止めることもなく、携帯を持つ手をゆるめて、どぶへ落とした。

カビルドと大聖堂のあいだのせまい道を通り抜けた。長く延びる闇の中、あちらこちらの戸口が光に浮かんでいる。そこにはたいてい、つぶした段ボールをベッドにして、ホームレスが横になっていた。が、むこう端の戸口では、ピエロが段に座って、割れた鏡を見ながらドーランを塗っていた。五ドル札を出し、通りすぎざまに投げ銭の器に入れた。ほかには、小銭がぱらぱら入っているだけ。ピエロもこの時季は大変だな、と思った。離れかけたとき、呼び止められた。

「あの、ちょっと」なにかを差し出してきた。教会の売店にあるような、ラミネート加工した祈りカードだ。古びてよれよれになっている。赤いローブを着た男性が、幼子を抱いて川を渡っている絵柄。男性も幼子も、後光が差している。

「聖クリストファーだよ」ピエロにいわれるまでもなく知っている。いまも首から細いチェーンで下げている、小さなメダルの図案とおなじだ。

「どうも」カードをポケットにしまった。

「せいぜいよいお年を」ピエロはいった。

「そちらも」

風が強まってきたのでマフラーを巻きなおし、家へと急いだ。

第12章

一九七九年一月

コンスタンス・ハリデイの机の罰金入れは、ナタリーとビリーの暴言のせいでいつもいっぱいだ。ヘレンは下品なことばなど吐かないレディだし、メアリー・アリスがののしると外国語のようにぎこちない。

コンスタンスの指導のもと、四人はフォークを使い分けて食べたり、音を立てずにスープを飲んだりすることを学ぶ。下着を見せずに車から降りることや、ウィーンの良家の子女のようにワルツを踊ること、二十秒以内にキーなしで車のエンジンをかけることも教わる。爆弾を作製し、暗号を解読し、尾行を撒《ま》き、殺す方法も。窒息死《ちっそくし》や刺殺はもちろん、コツのいる毒殺や首吊りもマスターする。軍隊仕様の武器は繊細さに欠けるし見かけ倒しだからコンスタンスの好みではないが、四人には銃器の扱いを徹底的に教えこむ。とはいえ、自他ともに認める彼女の得意分野は、素手や、即席の武器だ。ボールペン、縄跳びひも、縫い針——どれも凶器となることを学ぶ。

おのおのの強みもわかってくる。ナタリーは音の派手な武器が好きだ。爆弾や手榴弾、それに彼女の小さい手で扱えるかぎり大きな銃など。メアリー・アリスは毒物と相性がいい。コンスタンスが提供する食べ物にも、手さばきの練習のため無毒な薬品を混ぜこむ。自由時間にまで、軍隊をまるごと麻痺《まひ》させる量の毒薬を調合する。ヘレンは意外にも、射撃の名手だ。生来の注意深さで、風向きの変化や弾道への影響を正確に読み取る。あまりに巧みなので、コンスタンスが秘蔵の銃を貸し出すほどだ。手入れされたコルト三八口径で、ポケットに入れても引っかからないようハンマーシュラウドもついている。グリップには刻み目が何本もつけてある。殺した人数だろうかとみな考えるが、質問するのはためらわれる。

けれども、ビリー・ウェブスターはコンスタンス・ハリデイの悩みの種だ。手榴弾の扱いは悪くないし、射撃の腕もヘレンに劣らないが、気を入れない。まじめにやらず、なにかにあたるだろうと、わざと狙いをはずして撃ったりする。コンスタンス好みの庭の彫像――意地悪そうな鉄のウサギ像――の片目を撃ち抜いたときには、杖で肩を強く小突かれる。

「ウェブスターさん、わたしの書斎へどうぞ」

ビリーはぶつくさいいながら従う。書斎に入るのは到着の日以来だが、今回はあいさつ目的ではないらしい。座れともいわれないので立ったまま、コンスタンスの背後にかけられた絵画をにらみつける――妖精かなにかが、無念な顔をしている絵だ。

コンスタンスはずっと黙っている。座って、机の上のペーパーナイフをカタカタ鳴らしている。沈黙の力をビリーに知らしめるように。

やがて、ペーパーナイフから手を離す。「ウェブスターさん」ため息をつく。「残念ですね。新人として悪くはないのですけど――」

「それはどうも」

ビリーの発言を無視して続ける。「でも、このところすっかりお荷物になっていますね。射撃は上手だけれど、ランドルフさんほどではない。語学に長《た》けているけれど、タトルさんにはかなわない。身の安全に無頓着で、勇敢という見方もあるでしょうけど、スカイラーさんほど大胆ではない。要するに、長所が見あたらないのです」

そこでことばを切るが、ビリーには反論のしようがない。コンスタンスはそれを的確に読み取って、明るい口調で先を続ける。内容以上に、あっさりとした軽い言い方が胸に刺さる。「ロンドンの立派な秘書養成校に、推薦状を書くことができます。そこへお入りになったら？　速記やタイピングくらい、難なく身につけられるでしょう。資格を取れば、事務職をあっせんしてもらえますよ。経理なんていいんじゃないかしら？　なかなかいい仕事らしいですよ」

コンスタンス・ハリデイの目が小さくきらりと光り、わざといっているのだとかろうじて示す。ビリーの反応を求めている。どうしてほしいのだろう――怒る？　否定する？　その手には乗るまい、と心に誓う。

がまんくらべのように黙っていると、コンスタンスが先にあきらめ、うっすらとほほえむ。

「あなたにはむずかしいでしょうね。わかりますよ」

「なにがわかるんです?」

ついにビリーをしゃべらせたけれど、うれしそうではない。机の上のファイルを叩きながら、変わらずそっけない調子でいう。「努力をした経験がないでしょう? 本物の試練を受けたことがない」

幼いころの記憶がよみがえり、こみ上げる怒りを抑えこむ。「その書類になにが書いてあるか知りませんけど、わたしはあの人たちとちがうんです。庭つきの家にも、ゴールデンレトリバーにも縁《えん》がなかった」

コンスタンスは肩をすくめる。「幸せな子ども時代の象徴は、どうでもよろしい。あなたの内面の話をしているのです——あなたの知性と、それをどう生かすかの話。というか、どう生かしてこなかったか、ですね。資料によると、能力は高いのに結果は平凡。平凡というのは、気楽なものですね。限界まで背伸びしてなにかを勝ち取ろうとしなくていい。恐怖と向き合い、必死に勇気を振り絞らなくていい。自分の力量も知らず——知ろうという気もまるでない。たしかに悪くはないですけれど、はっきりいって、あなたほど能力がなくても熱意を持った新人を、喜んで採用しますよ。どうやら、弟の見込みちがいだったようですね」

まだ笑顔を浮かべているが、そこにあわれみの色がよぎる。

「あほらしい！」こらえきれずビリーは吐き捨てる。

コンスタンスはゆっくりとうなずく。「やっと腹を立ててくれましたね」立ち上がり、ビリーを机の反対側へ手招きする。肩に手を添えて向きを変えさせると、杖で絵画を示す。

「古典を学ぶ機会はなかったのでしたね。この人物をご存じ？」

ビリーは黙って肩をすくめる。

「アストライアーです。聞いたことは？」

ふわりとした白いドレス姿の、ほっそりした女性を見つめる。地面からわずかに浮き上がり、つま先が草に触れている。片手は、嘆《なげ》く羊飼いたちに別れを告げるように差しのべ、もう片手は天秤を胸に抱いている。「ないと思います。ギリシア神話ですか」

「よくわかりましたね。アストライアーは星空の神と暁《あかつき》の女神のあいだに生まれ、神々から正義の天秤を授けられています。神々のうち、最後まで人間のもとにとどまっていましたが、われわれの悪行に絶望し、ついには星空へ去っていきました。そして乙女座となり、手にした天秤がとなりで天秤座となったのです。地上へ戻る日を待っているともいいます」

女神をよく見る。引き止めようとする人間たちに、あきらめたような悲しげな顔を向けている。

コンスタンスは続ける。「イギリスの偉大な詩人たちが彼女のことを歌っています。シェイクスピア、ミルトン、ブラウニング。エリザベス一世や、エカチェリーナ二世になぞらえる歴史家もいます。それから、チャールズ二世のスパイでもあった女性劇作家のアフラ・ベーンは、彼女にあやかってアストライアーというコードネームを使っていました。有名ではなくとも、語り継がれてきた存在です」

もう一度、今度はアストライアーの足もとを示す。銀色の細いものが、草に見え隠れしているのがわかる。目立たないが、たしかにある。

「よくご覧なさい。アストライアーは天秤は持ち去りましたが、剣は置いていったのです——正義を為すため神々から与えられた剣を。さてウェブスターさん、それを拾う気はありますか?」

答えを待つことなく、ビリーを退出させる。部屋に戻ると、ベッドに寝転がり、禁止されたたばこを吸いながら、日が落ちて部屋が暗くなるまで考える。

翌日、精いっぱいやってみる。教えられたとおり、銃に油を差し、手入れをしてから、弾をこめ、狙いをつけて、七発撃つ。六発ははずれる。コンスタンス・ハリデイが背後にいるのはわかっているが、振り向かない。もう一度。さっきよりましだが、大差はない。頬が熱くなり、目の奥に涙がこみ上げてくる。気をゆるめたら、みっともなくしゃくり上げてしまいそうだ。だから、コンスタンス・ハリデイのいうとおりだ、という落胆を、どうにか飲み下す。わたしはいいかげんだし、わがままだ。そういう人間が携《たずさ》わったら、犠牲者が出る。

驚いたことに、コンスタンスが杖でそっとつついてくる。「うまく行っていますか、ウェブスターさん？」

銃の重みを手に感じながら、目を閉じる。屈辱感がのしかかってくるが、しっかりと受け止める。その瞬間、気づく。目を開き、つやつやした銃身を指先でなでる。「なくすかもしれない武器には、頼りたくありません」そう師匠に告げる。

コンスタンス・ハリデイはじっくりと見つめたのち、うなずく。「なるほど。手はなくしませんね？」

プログラムからはずされ、速記用メモとタイトスカートを与えられてロンドンへ送られるものと覚悟する。ところが翌日、稽古場に出ていくと、コンスタンス・ハリデイが男性と並んで立っている。筋骨隆々として、世にも醜《みにく》い男性だ。スウェットパンツを身につけ、恩着せがましい表情を浮かべている。

コンスタンス・ハリデイはうっすらと笑みを見せる。「この人は狂犬と呼ばれています。この人の指導をお受けなさい」

彼はビリーにツケを払わせる気でいる。ビリー一人のために、コンスタンスにわざわざ呼びつけられたからだ。ほかの三人がそれぞれの技術を磨くあいだ、素手の格闘を徹底的に教わる。初日は百回も投げ飛ばされ、息が止まりそうな勢いで地面に引っくり返される。

その日の訓練が終わると、立つこともできないありさまで、階段を四つん這いでどうにか上る。寝室が寒すぎるので、四人はいつもリネン室に集まる。コンスタンスがヒヨコの飼育箱を置いていて、スチームパイプで暖房してあるのだ。窮屈《きゅうくつ》ではあるが、ヒヨコのふんとラベンダーのにおいに包まれて、ぬくぬくと夕べをすごす。ビリーは満身創痍《そうい》で腕も上がらず、メアリー・アリスに食べ物を口へ運んでもらう。ナットはかごいっぱいの錠前と錠前開けの工具をいじり、ヘレンは爪にはさまった土を取り除いている。ベンスコムではみな雑用を割り振られており、ヘレンは銃器の訓練の合間に家庭菜園の草取りを担っている。薬品の管理担当でもあるので、ビリーに痛み止めの処方薬を取ってきてくれる。ナットも食料庫からワインボトルをくすねてくる。

翌日になると、全身が青黒いあざだらけになっている。それでもベッドから這い出すと、さらに痛めつけられに行く。この日は、五十回しか投げられない。

四週間後の、じめじめした気の滅入る朝、ビリーは狂犬の重心より下に組みつき、濡れた草地へうつ伏せに倒した上で、背中にひざ蹴《げ》りを食らわしながら勢いよく飛び乗る。反射的に息をしようと頭が上がったところで、その首に片腕を引っかける。そのまま一気に絞め上げることも可能だが、あえてじわじわと、着実に引き寄せる。彼は脚をばたつかせるが、体力を失うだけでなんら効果はない。ひざを抱えて体を起こし、彼女を振り落とそうと試みるので、ひざを腰に食いこませてしがみつく。彼の顔色がきれいに変化する――ピンクから赤に、さらに紫に。必死に小鼻をふくらませ、口をぱくぱくさせて息を吸おうとするが、かなわない。

ついに観念し、地面をタップしながらぐったりする。ビリーは思い知らせるためもう少しだけ続けてから、解放する。彼は身を震わせながらむせ返る。ビリーは両脚を大きく開き、彼をまたいで立っている。耳の内でどくどくと脈が響く。両のこぶしを握りしめ、逆襲に備える。立ち上がり、向かってくるのを期待する。だが彼は打ちのめされたまま動かない。

顔を上げると、コンスタンス・ハリデイが笑みを浮かべて見ている。そこで初めて、自分もほほえんでいることに気づく。

「やっとですね、ウェブスターさん」やさしくいう。「やっとつかみましたね。この仕事で大事なのは、怒りではなく、喜びなのです」

狂犬が教えるのは、正々堂々たる闘い方ではない。卑劣なけんかの手法だ。睾丸《こうがん》や目玉を狙うこと。手のひらの下半分を相手の鼻に打ちこみ、骨をセロリのようにぽきぽき折ること。脳天にとどめの一撃を加えることなどを教わる。ニワトリを使い、首を一瞬でへし折る方法や、太ももや曲げた腕で窒息させる方法も学ぶ。

訓練が終わるころには、彼は脚がだいぶ不自由になり、片耳が変形しているが、コンスタンス・ハリデイは満足だ。彼女のスフィンクスたちは上々の仕上がり。弟が見出したときとはまるで別人だ。ヘレン・ランドルフは即決だった。父親がOSSの創設メンバーだし、祖父は秘密交渉に長けた外交官だった。隠密行動は家業のようなものだ。

ナタリー・スカイラーの場合も、血筋がものをいった。祖母は幼いころ、戦火に追われ一家でロシア帝国を脱出した。オランダに落ちつき、改名して、過去と決別しようとしたが、戦争の記憶は脳裏を離れなかった。ヨーロッパで戦争が起こると、生後まもない息子と両親をアメリカに避難させ、みずからはオランダにとどまって、レジスタンスに身を投じた。両親はのちに、何年にも渡って安否を問い合わせたが、杳《よう》として知れず、胸も張り裂ける思いでいた。それを、リチャード・ハリデイ少佐が突き止めた。祖母についての調査結果を見せられたナタリーは、騒乱を求める血がみずからに流れていることを理解した。

　メアリー・アリス・タトルのケースは、もっと明快だ。兄と姉が一人ずついる末っ子で、なんの期待もされずに育った。取ってつけたようにかわいらしく着飾らされるだけで、自分は家族には無用の存在だと感じていた。兄がベトナムで戦死するまでは。兄の親友も無言の帰宅を果たし、婚約者であった姉はその場で卒倒した。両親は打ちひしがれ、姉は病み、メアリー・アリスははっきりと悟った。戦場に送られるのは、否応《いやおう》をいえぬ若者ばかり。まちがっている。殺戮《さつりく》を止めるためならどんな行為も許されるべきだ。ジュリアード音楽院を蹴って、カリフォルニア大学バークレー校（アメリカでもっともリベラルな大学のひとつで、ベトナム反戦運動もさかんだった）に入った。学生新聞に過激な論説を執筆し、州議会議員から非愛国的だと糾弾された。だがこの論説こそが、〈美術館〉の採用担当者の目に留まったのだ。

　メアリー・アリスと同様、ビリーもまた、大義のためなら闘って傷つくことをもいとわない理想主義が、採用の決め手だった。訓練でもっとも成長した彼女に、コンスタンス・ハリデイはかつての女性戦士たちの姿を見ている。〈復讐の女神〉の仲間たちの。自分たちが始めたわけでもない戦争のただなかへ送りこまれたとき、子ども同然だった。勇敢で、不屈の精神を持ち、その勇敢さゆえに命を落としたのだ、と苦い思いがこみ上げる。おなじ轍《てつ》は踏まない。スフィンクスたちは狡猾《こうかつ》に立ち回ることができる。不利な立場に置かれても、はね返すことができる。そうやって生きのびる。生きのびさせる。

戦闘訓練は九カ月に及ぶ。その後、ロンドンの秘書養成校で速記やタイピング、機内サービス業務の基礎を学ぶ——秘書やスチュワーデスは便利な扮装だからだ。家政婦や看護婦にも化けられるよう、料理や健康管理も勉強する。自動車学校では、メンテナンスや事故回避について教わる。応急処置の集中講座を受け、現場でみずからのけがの手当てをできるようになる。外国語や教養の授業で、洗練を身につける——フランス語、スペイン語、アラビア語、オペラ、ワインなど。メソッド演技法を受講し、偽の人格になりきって自在に涙を流せるようになる。

最後の仕上げに、パリへ送られて見た目をいじられる。ナタリーのくせっ毛はすっかりなめらかになり、半分別人にされちゃった、と不平をこぼす。メアリー・アリスは微妙にすき間のある前歯にかぶせものをしてもらい、印象に残りにくい笑顔になる。ヘレンの整った容姿にはほとんど手の入れようがなく、髪を少し切って、まじめさを強調するめがねを与えられるだけだ。

ビリーは枝毛の処理はおとなしく受けるが、唇《くちびる》の上の傷あとに美容整形手術を提案されると、断固拒否する。ヘレンは納得せず、度なしめがねごしに気がかりそうに見る。

「目立つ特徴をなくさなきゃ」と指摘する。「その傷あとで特定されちゃうかも」

「傷もかわいいよ」メアリー・アリスが助け船を出す。

「かわいいとかの問題じゃないの。そのせいでビリーが顔を覚えられたら、危険じゃない」

「これでやってみるよ」ビリーは押し切る。

ほんとうは、こわいのだ。すでに元の自分はかなり消えている。話し方講習のおかげで、テキサスなまりは目立たなくなった。読書課題のおかげで語彙《ごい》が増えた。美術や歴史を学び、存在すら知らなかった世界を知った。いまや自分は何者なのだろうと、不安になる。けれども唇の上の小さなふくらみを指先でなぞると、自分を思い出せる。

二週間後、四人は飛行機でニースへ向かう。

第13章

スウィーニーに電話した翌朝は、みな寝坊した。まだ疲れが取れていなかったし、待ち合わせのプランも練らなければならないが、ありがたいことに準備期間が少しはある。朝食のあいだ、メアリー・アリスは涙ぐましい努力をして普通に振る舞っていた。ホットプレートと格闘して、卵をおのおのの好みの方法で調理してくれた。食後、わたしはヨガをした。ひざがこわばっていて、ダウンドッグのポーズがかっこ悪い猛犬みたいになってしまい、内心で悲鳴を上げた。百歳になった気分。シャワーのあとで鏡を見たら、顔まで百歳みたいだった。ローズヒップオイルをすりこんで、どうにかなることを祈った。カシミヤのジョガーパンツをはきかけたところで、考えを変えてジーンズを手に取った。ジョガーパンツはふわふわのほかほかだけれど、ジーンズの方が闘志が湧く。中庭を歩いていくと、門からガチャガチャと音がした。鍵をいじっているようだ。〈美術館〉からの追っ手という可能性は低いが、用心に越したことはない。中庭の建材の山から鉄の棒を取り上げた。いざというときの武器だ。

足音を忍ばせ、門に近づいた。鉄の棒は、落とさない程度に軽く握っておく。たいていの人は力いっぱい握りしめるが、それだと手が疲れるだけ。ピアノを弾くときや、手でいかせるときとおなじで、重要なのは手首だ。

目隠しのすき間からのぞき、あやうく棒を落としそうになった。

「ありえない」とつぶやき、門を大きく開けた。

外にはアキコが立っていた。手に提げたペットキャリーから、ガサゴソ、ドタバタと音がしている。それをわたしに押しつけ、駆けこんでいった。歩道に置き去りにされたかばんも拾い、ひっそりとした通りの左右を確認してから、また門をきっちり閉めた。

かばんを肩にかけ、彼女のあとから中庭に入っていった。メアリー・アリスが両腕を広げ、家から飛び出してきた。二人が固く抱き合い、声もなく涙を流すのを、残りの面々は見守った。

キスをして、また抱きしめ合って、ようやく離れたところで、わたしが持っているキャリーが地震かと思うほど激しく揺れた。「ポルターガイストでも入れてきたの?」わたしはアキコにきいた。

頬の涙を拭《ぬぐ》った。「ケヴィンよ。移動が嫌いなの」

キャリー正面のメッシュ部分からのぞきこむと、中から悪魔の呪文みたいなうなり声がした。

「ネコ連れで来たわけ?」メアリー・アリスの顔に笑みが広がった。

「もちろんネコ連れで来たわけよ」アキコが髪をなでつけながら答えた。「家族の一員だもの」

それからわたしたちにあいさつをして、みなで家に入った。「これ、出してやった方がいいの？」わたしはたずねた。

アキコは手を振った。「前だけ開けといて。出たくなったら出るから」

振り返ると、キャリーを床に置き、できるだけ離れて指先で扉を開けた。中の生き物はじっとしていた。ヘレンとナタリーも座って、もの問いたげにわたしを見た。わたしももの問いたげにメアリー・アリスを見た。

「説明があるよね？」ときいてみた。

メアリー・アリスは、恥じ入った顔をするか、開きなおってみせるか、迷ったようだ。結局あいだを取ることにして、つんと頭を上げながらも真っ赤になって、話し出した。「電話したの。バーミングハム空港でレンタカーの手続きをしてるあいだに。そんな目で見ないでよ――手荷物受取所にいた、すごく感じのいい女の人に携帯を借りたんだよ」

「自宅の電話を盗聴されてたらどうするの」

メアリー・アリスはムキになった。「お説教はやめてくれる？　じゅうぶん注意を払ったよ。尾行を振り切る方法も、事細かに教えたし」

「そうそう」アキコがうれしそうにいった。「わたしもスパイの素質があるかも」

「スパイ？」わたしは落ちついてたずねながら、メアリー・アリスをじろりと見た。

彼女は赤いような青いような顔色になって、妻を見た。「説明した方がいいかも」

「スパイじゃないとか言い出すの？」アキコはまだにこにこしている。

「そうなんだ」とメアリー・アリス。

アキコは笑った。「スパイなら当然そういうよね」

「スパイじゃないんだよ」わたしはさらりといった。「わたしたちみんな」

初めてアキコの笑みが凍りついた。メアリー・アリスを見つめ返した。「じゃあ、なんなの？」

「暗殺者」ナタリーが間髪を容れず答えた。

アキコは笑おうとしたが、途中で詰まり、うがいのような音になった。「なんなの、そのあほな作り話？」

「いいえ、ちっともあほな作り話じゃないのよ」

ヘレンが上品な声で、柄の悪いことばを口にしたので、かえって説得力があったようだ。

アキコはメアリー・アリスの手をつかんだ。「嘘でしょ？」

「ほんとうなの。わたしたち、暗殺者なの。四人とも一九七九年に、非政府の小さな国際組織に雇われたんだ」

「どういうこと?」

「政府とはかかわりのない組織ってこと」

「非政府の意味くらい知ってる——ばかにしないでよ」アキコは手を離した。「どういうこと、とかってきいてるの。だれを殺すの?」

「武器商人とか、性犯罪者、もしいれば独裁者、あとはカルトの教祖とか汚職判事とか。基本的に、よからぬ人物だよ」メアリー・アリスは答えた。

「ちなみに、組織は初め、ナチを殺していたの」ヘレンがフォローした。

「でも、もう長いこと見つかってないのよね」ナタリーも加わった。「だから、おもにメアリー・アリスが挙げたような人たちね。ほかには、ドラッグの売人とか、海賊とか——最近海賊ってほんとに多いのよ」

「でも、殺すなんて」アキコは声をうわずらせ、立ち上がった。「ごめんなさい、少し考えさせて」ネコが入ったキャリーを閉め、抱え上げた。「わたしの部屋は?」

「こっちよ」ヘレンがすばやくいった。案内されていくアキコのキャリーから、ネコのすさまじい鳴き声が聞こえた。

「まあ、思ってたよりましかな」しばらくしてメアリー・アリスがいった。

「そうなの?」わたしが問うた。

「もちろん。本気で怒ってたら、ネコを連れて〈マリオット〉にチェックインするよ」

第14章

スウィーニーと会う日は夜明け前に起きたが、メアリー・アリスには遅れを取った。すでにフレンチトーストのりんごサンドをホットプレートで作り、電子レンジでベーコンも用意していた。体の内から脈動する光を放っているように見えた。なにが輝かせているかといえば——期待だ。スウィーニーとの対面がどう転んでも、一歩前進できる。この件に片をつけて、元の暮らしに戻る方へ一歩近づく。

少なくとも、メアリー・アリスはそう考えているのだろう。全員、口数が少なかった。アキコは——いまだにメアリー・アリスに対してだんまりを決めこんでいる——ミンカと連れ立って、バーボン通りにある禁酒法時代の隠れ酒場へ出かけていき、残ったわたしたちは対面の準備にいそしんだ。メアリー・アリスはヘレンとナタリーにも朝食を出してやり、四人で計画のおさらいをした。それから着替えた。まだ早い——スウィーニーの到着まで何時間もある——けれど、位置について、ジャクソン広場の雰囲気に溶けこんでおくことが大事だ。

四人ばらばらに出て、持ち場に向かった。ヘレンは、ジャクソン広場の北のはすむかいに建つレストラン〈ミュリエル〉に予約を取った。わざわざ店に出向き、見晴らしのよいバルコニー席で、と頼みこんだ。女性店主に五十ドル札を握らせ、夫が亡くなって初めての結婚記念日なのだと涙ながらに話した。もちろん口から出まかせだが、よくできた出まかせだ。ヘレンも気持ちが入り、話しながら何度か声を詰まらせたりした。店主は席を確保してくれた。その席で、遅めのランチコースにゆっくりと時間をかけ、裏メニューのスフレも注文して長居する計画だった。

小さな丸テーブルにつくと、大聖堂の前に広がる石畳の一角がすっかり見わたせる。ピストルを入手し、照準器も確認してヘレンに渡した。必要ないと思いたいし、この距離では厳しいが、だからといってライフルでは目立ちすぎだ。石畳の反対端には、メアリー・アリスが陣取った。公園スペースと商業スペースを隔《へだ》てる、鉄の柵の前だ。リサイクルショップで古いチェロを手に入れ、弦を張り替えて磨いて調弦すると、なんとなく聞き苦しくない音が出るようになった。ほんとうはヴィオラがよかったそうだが、入手困難だったのだ。足もとにシルクハットを上向きに置いて、年季の入った緋色の裏地と、あらかじめ仕込んだコインを通行人に見せつけた。

ナタリーもリサイクルショップに同行し、陰鬱《いんうつ》な風景や、さらに陰鬱な人物が稚拙《ちせつ》に描かれたキャンバスを何枚も買ってきた。それらを額縁からはずし、ニューオーリンズの街並みふうだがはっきりとはわからない絵で上塗りした。ジャクソン広場の柵には、ストリートアーティストのまさにおなじような作品がずらりとかかっている。グレーのボブのかつらと、絞り染めのウエストポーチも身につけ、芸術家のナタリーらしいヒッピーおばあちゃんが完成した。

わたしはといえば、〈エソテリカ・オカルト・グッズ〉でタロットカードを買い、使いこんだ感じを出すためたっぷりシャッフルした。それから厚紙にクレヨンで不気味な目を描き、トランプ用のテーブルに貼りつけた。折りたたみ椅子をふたつ出せば、開店だ。色鮮やかなコットンのロングギャザースカートの下には、レギンスとブーツをはき――川から吹きつける風が冷たいのだ――安っぽくて派手派手しいイヤリングをつけた。たっぷりのアイメイクと、ダークレッドの長いもじゃもじゃのかつら、それを巻くスカーフも。髪とアイライナーの破壊力で、正体には気づかれまい。

年明けの平日なら、人もまばらだろうと読んでいたが、休暇を延長してパーティーを重ねている観光客がまだいた。せまいペール・アントワーヌ小路をはさんで大聖堂と並ぶ、司祭館の前に店を出した。片側に目を向ければヘレンが、反対にはメアリー・アリスが見える。ナタリーは角のむこうであの凡庸な絵を売りながら、川の方から歩いてくる人の波を見張っていた。通信機器を使う案も出たが、シンプルな合図で警告を発することにした。大聖堂の時計が毎時十五分を打つたびに安全確認を行なったけれど、なんら異常はなかった。

スウィーニーにはこちらが先に気づいた。チャールズ・エリソン・マクスウィーン。まるで老人だ、と悲しくなった。寒さに肩を丸め、のそりのそりと広場に歩み入ってきた。川風で、野球帽からはみ出た髪がくしゃくしゃだ。赤毛にだいぶ白いものがまじり、赤さびのような褪《あ》せた色になった。目の前を通りすぎてから、占い師の呼びこみをまねて声をかけた。振り向いたところで、むかい側の椅子を大仰に指してみせた。

「カードのお告げを聞いてみたくはありませんか？」そうたずねると、近寄ってきた。しげしげとわたしを見た。「たまげたな」とつぶやき、椅子におそるおそる腰を下ろした。

「お静かに。あの世からの声が聞こえません」カードを切りながらにやりとした。

彼もにんまりした。「元気そうだな」笑みはあっという間に消えた。「ビリー、なにがどうなってるんだ？」

時間をかけてカードを切った。「名前を呼ばないで。それと、変装した方がよかったね」

ヤンキースの帽子のつばに手をやる。「変装してるよ。カージナルスのファンなんだからさ」わたしが持つカードに眉をひそめた。「えらくいかがわしいけど、なんなの？」

「これは、伝統的なライダー版タロット。世界各地の占い師とか、いっちゃってる女子中高生とかに愛用されてる」いちばん上のカードをめくって見せる。〈星〉のカードだ。裸の女性が水差しをふたつ持って、泉のほとりで身をかがめ、頭上には星がちりばめられている。

「おおう、いいね」スウィーニーはポケットからチューインガムを一枚取り出しながらいった。「いけてる子だ」

「希望や幸運を表わしてるの。この子を選べるといいね」カードを戻して切る。「タロットは全部で七十八枚で、大アルカナと小アルカナに分かれるの」

「ん、なんだって？」ガムの紙をむいて口に放りこむ。

「大アルカナは人生の大きな課題を表わす。小アルカナは数字と、クイーンとかキングとかの絵札ね。絵柄が四種類あって、棒、杯、剣、五芒貨」

「五芒貨？　まじないみたいな？」

「ううん、おまじないじゃない。それは五芒星」カードを扇形に広げた。「左手で三枚引いて。下向きのままでね」

「なんで三枚なの？」カードを選びながら、ガムを嚙む。

「一枚目は過去、二枚目は現在を表わすの。三枚目は未来に起こること」

「じゃあ、なんで左手？」

「運命の手だからです」重々しくいった。

彼は笑いながら、三枚を引き抜いた。わたしは残りを重ねた。メアリー・アリスのチェロの音色が流れてきた。フリートウッド・マックの『リアノン』だ。スウィーニーが指先でリズムを取りはじめる。

一枚目のカードを表に向けた。

「ちょっと！　まじないじゃないんだろ」彼は抗議した。〈悪魔〉のカードだ。ヤギのような角が生えていて、コウモリの翼もおどろおどろしい。

「そういう意味じゃないって」悪魔は玉座についており、鎖でつながれた裸の男女を見下ろしている。その男女を指さした。「この人たちは、楽しみとして始めたのに縛られるようになってしまったことの象徴——依存症みたいなね。でも、これは過去の話」

彼は頰の内側のガムを指さした。「禁煙ガム。先月たばこをやめたんだ。一日二枚は嚙まずにいられない」

「ほら、あたった」二枚目に手を伸ばす。「なにか聞いてない?」

「うわさだけはね」スウィーニーはもじもじと身じろぎした。

「どういううわさ?」

「副業をしてたらしいって」

耳を疑った。〈美術館〉の基本ルールで、フリー契約は厳禁となっている。そこが、金目あてのヒットマンとのちがいだ。指令が出た相手しか殺さない。厳格な審査の末、人類全体のために死んでもらった方がいいと判断された相手しか。公認の殺人とジョークをいったものだ。だがそれがあるからこそ、道を踏みはずさずにいられると信じていた。

「アルバイトは許可されてない。許可されてたとしても、わたしがやるはずないでしょ」

彼は肩をすくめた。わたしは二枚目のカードをめくった。真ん中には、記号の刻まれたオレンジ色の円盤。四隅には翼の生えた動物がいて、円盤の上にはスフィンクスが座っている。

「〈運命の輪〉」

「ほかにはなにを聞いた？」

「テレビ番組かよ」彼はツッコんだ。「でも、よさげだな」

「大きな変化が起きるって意味。どっちに向かうかはわからない」わたしはいった。「ほかにはなにを聞いた？」

彼は少し黙ってから、早口で話した――気が変わる前にいってしまわなくては、というように。「なにも。ただ、四人が規則を破って営利目的で殺してるってだけ」

「で、それを信じたの？」

両手でわたしをさえぎろうとした。「そう聞いたってだけだよ」

じっと見つめると、彼の耳の先が赤くなり、さっと視線をそらした。

「大嘘つき。信じたんだ」声をとがらせないようになどしなかった。そんな気もなかった。

最後のカードを開いた。顔をむこうに向けて、うつ伏せに倒れている男性。赤いケープ――あるいは血だまり――が見切れている。背中に十本の剣が突き立っている。

「げっ、これなんだ？」彼は声を上げた。

「〈剣の十〉。見た目どおりの悪いカードだよ。裏切り。密告。破滅」

キャップを脱いで、薄くなった髪を手ですいた。「ひでえな。わざと仕込んだの？」

「わたしが？　カードは嘘をつかないの」さらりといった。

「かもな」声色は変わらなかった。彼もプロだ。けれども、姿勢の微妙な変化が、目に見えないほどの腕の動きが、注意を引いた。手は隠れているが、わかる。話をしたくて来たわけではないらしい。殺したいからだ。

「みんなはどこ?」さりげなくきいてきた。それでわかった。なるほど。〈美術館〉がわたしたちを違反者と断じているのなら、懸賞金を出して粛清する気だろう。スウィーニーが一人分で満足するはずがない。四人殺せば、野球場には行き放題、冷凍食品は食べ放題だ。

あたりのざわめきを上回って、不思議とメアリー・アリスのチェロが耳に届いた。メロディが急に変わった。『冬の散歩道』の冒頭部分を、歯切れよく、速いテンポで弾いている――サイモン&ガーファンクルではなく、バングルスのバージョン。想定外の人物を目にした合図だ。スウィーニーに連れがいたのか、あるいはライバルか。どちらにしても危機的状況だ。

スウィーニーは、悟られたとは知らない。大きな無邪気な目でわたしを見つめつづけていた。この目つきで、ポーカーで荒稼ぎしたのだ。カードをまとめ、トントンと二回そろえてから、テーブルの左端に置いた。ヘレンへの狙撃の合図だ。

スウィーニーに狙いをつけているヘレンを見上げまいと、抗《あらが》った。頭だけは撃たないで、と祈った。とんでもなく始末が悪いし、それほどひそやかには終われない。首なら効果は変わらないが、いくらか目立たない。

だが、銃弾は飛んでこなかった。なにか問題が起きて、発砲できずにいるようだ。時間を稼がなくては。

スウィーニーの左手を取り、裏返した。「手相を見てあげる。それからみんなのところへ行こう。喜ぶと思うよ」

彼はほほえんだ。目の奥でなにかがやわらいだ。一網打尽にするため演技をする気らしい。手のしわをなぞりながら、人生だの願望だのについて適当にまくし立てた。早く、早く引き金を引いて、ヘレン。金星丘――ごたいそうな名前だけど、要は親指のつけ根だ――にたどり着くころには、そわそわしてきた。バルコニーのヘレンを盗み見た。両手で手すりを握りしめている。射撃の体勢ではない。銃を取り出してすらいなかった。車の前に飛び出してしまったウサギのように固まっている。わたしが決着をつけるしかないと悟った。

適当な話をやめ、彼の目を真正面からのぞきこんだ。「正直にいって。わたしたちの首に懸賞金がかかってるんでしょう？　一人殺すごとに報酬が出る」

肩をすくめた。「気の毒だな、ビリー。ほんとに。でもそのとおりだ」

「いくら？」

彼は答えた。その左手を握ったまま離さなかった。そのせいで、わたしが右手をスカートのポケットに入れるのに気づかなかった。指で引き金を探りあて、絞った。

第15章

銃声というのは、実は映画のようには響かない。想像より高くて短い、クラッカーのようなパンという音だけだ。広場の何人かは、おやっという顔で見まわしたが、しばらくしてもなにも起こらないので、ハリケーン・カクテルやプラリネに注意を戻した。テーブルの下から撃った銃は、まだ手の中にあった。狙いをつけられず運まかせだったが、うまく行った。小さな口径の弾丸は胸から入り、とどまっている。鎖骨の下に穴がひとつ開き、紺色の上着に丸くしみが広がりつつあった。

「スウィーニー?」まだ手をつかんでいたが、脈はすでに消えていた。まぶたが下りた。占いの途中で寝落ちしてしまったかのように、椅子の背にぐったりともたれた。

ふたたびバルコニーを見上げると、ヘレンが目を見開いていた。はっとわれに返り、テーブルにお金を置くと、店内へ消えた。ナットはメアリー・アリスの警告を聞いて、身ひとつでその場を離れたはずだ。彼女とヘレンは、事前に決めてあった回り道をしながら家に戻ることになっている。メアリー・アリスは、ストリートミュージシャンらしく悪目立ちせず、もうしばらく演奏を続ける。わたしはスカートをたくし上げて駆け出し、ペール・アントワーヌ小路に身をひそめた。メアリー・アリスの警告の理由はわからないが、ここにいるはずのない人物がいたということだろう――スウィーニーを尾けていたのなら、今度はわたしを追ってくるはずだ。スカートとかつらをむしり取って、戸口で眠っている女性の横に積んだ。広場から遠ざかりながら、ポケットからサングラスを出してかけた。

スウィーニーの冷えゆく死体を背後に、ロイヤル通りで家とは逆の左に折れた。大きく四角を描きながら家にたどり着く計算だったが、トゥールーズ通りを渡るときに彼を見かけた。観光客を装って、ベルトを締めたジーンズにTシャツをインするという、異常人格者みたいな格好をしている。黒地にゴールドでユリの紋章が描かれた、悪趣味なウインドブレーカーしか着ていないのに、顔にうっすらと汗をかいている。白っぽいブロンドの頭が目立つ。あんな髪色は普通は赤ちゃんぐらいだが、ノルウェー人は一生ああなのだ。

左手から寄ってくるのを見て、とっさの判断でセント・ルイス通りまで急ぎ、チャーターズ通りへ曲がった。用事があるかのようにきびきびと、だがパニックには見えない程度の早足で。振り返りたいのをがまんした。足音は聞こえてこないが、ゴム底の靴なのだろう。ビヤンヴィル通りで右折して進んでいくと、〈ホテル・モンテレオーネ〉の駐車場入口に着いた。そこに入るわけではないが、車路の上部にカーブミラーがある。通りすぎざまにちらりと目をやると、彼が見えた。四十歩ほど後ろを、急ぎもせず歩いてくる。あのばか、楽しんでる。ばれているとは思いもせず、わたしを泳がせておいて、いいタイミングで引き寄せる魂胆だろう。

ロイヤル通りで左へ急に曲がり、駆け足でブロックを突っ切っていった。両側に高級アンティークショップが並び、クリスタルガラスのシャンデリアがきらめいている。〈ホテル・モンテレオーネ〉の正面玄関に飛びこみながら、思いきって後ろを見た。彼は角を曲がってくるところで、わたしを見失い驚いた顔をした。ちょうどチェックインの時間帯で、ホテルの玄関はドアマンや運転手、ボーイや泊まり客でごった返していた。そこをすり抜けてロビーに足を踏み入れると、すぐに右に向かい、数段上がったところにある〈カルーセル・バー〉に入りこんだ。店の中央部分が巨大なカルーセル、つまりメリーゴーランドになっていて、スツールに座った客ごとゆっくりと回転する。まだ早い時間なのにすでに混雑していて、いい歳の女性が一人まぎれこんだところで、だれも気に留めない。バーを通り抜け、反対側のエレベーターホールにたどり着いた。〈上〉のボタンを押し、息をこらして待った。

首を少し伸ばして、危険を承知でバーのむこうの窓の外を見た。彼がいた。ホテルに背を向け、通りをきょろきょろ見わたしている。もうじきバーやロビーを調べてみようと思いつくかも。だがその前に屋上に着ければ、振り切れる公算は大きくなる。ドアが開くと乗りこんで、必死に呼吸を落ちつかせた。

「あーっ、開けといて！」黄金色のミンクのコートを着た女性が、ちょこちょことエレベーターに向かってきた。胸にちっぽけな犬を押しつけている。待ってやるそぶりなどみじんも見せず、〈閉〉を押した。目の前でドアが閉まって、怒り狂っている声が聞こえた。〈閉〉ボタンから指を離さずに〈屋上〉も押した。こうすると、途中階には止まらない。屋上に着くと、降りる前に適当に四階分のボタンを押しておいた。下で階数表示を見ていても、混乱するだろう。

一面のガラス戸ごしに、外の屋上プールを見た。左手の張り出し屋根の下が、バーと飲食スペースだ。目の前のプールのまわりには、ビーチベッドと、大きな鉢植えが並んでいる。泳ぐには寒すぎるが、バーテンダーはちゃんといた。グラスを拭きながら、老人の無駄話に愛想笑いを浮かべて耳を傾けている。何カ月か前に、なにかあったときのために偵察に来たので、プールサイドに出るドアはカードキーがないと開かないことは知っている。

けれど、場になじんでいる、とりわけ年上の相手には、親切にしてあげたくなるものだということも知っている。ホテルのバッジをつけた若い女性がスパから出てきたので、困りきった表情を作って近づいた。

「ねえ、悪いんだけど、カードキーを忘れてきちゃったの。夫はそこでだべってばかりで、通してくれないし」バーに居座る老害男をあきれ顔で示してみせた。

「だいじょうぶですよ」にっこりして、カードをスライドしてくれた。お礼をいって、場になじんだ様子で通り抜け、バーで飲み物を現金で買った。

プールの端に置かれた鉢植えのむこうは、人目につきにくいせまいスペースだ。プールサイドからはまったく見えない、都合のいい隠れ場所になっている。鉢植えの陰のビーチベッドに座り、血のような色の夕日の中で飲み物をちびちびと飲みながら、地上を見下ろした。追っ手は念入りに一帯を調べる気か、〈モンテレオーネ〉周辺の通りを縦横くまなく歩いている。数分後、サイレンが聞こえた。ジャクソン広場の椅子でぐったりしているスウィーニーが発見されたのだろう。死体を搬出《はんしゅつ》したあと、防犯カメラ映像を調べ、いずれはわたしがどこへ消えたか突き止める。

ただ、ニューオーリンズほどの都市には、消える方法はいくらでもある。十五分ほど、耳が凍りそうな寒風を浴びていたら、通りを練り歩くセカンド・ライン・パレード（ニューオーリンズ独特のブラスバンドを伴う葬式・結婚式などのパレード）の音が聞こえてきた。階段を一段飛ばしで一階まで駆け下り、ひざがやられないことを祈った。ショップでマルディグラっぽい色づかいの大きすぎるサングラスと、四、五枚のショールと、トレーナーを見つけた。トレーナーにはスパンコールでザリガニが刺繡《ししゅう》され、〈楽しい時間をすごそうぜ《レセ・レ・ボン・タン・ルレ》〉と呼びかけている。ショールを重ねると、オマハから来て羽目をはずしている、ダサいおばさん観光客そのものに見えた。

ホテルのドアをすり抜けると、ちょうどパレードの末尾に間に合った。先頭では、トム・フォードのタキシードを着た二人の花婿が手を高く上げ、ぴかぴかの結婚指輪を見せびらかしている。バンドが『ブリージン・アロング・ウィズ・ザ・ブリーズ』を演奏すると、参加者たちは声を合わせて歌い、見物人に向かってハンカチを振ったりシャンパングラスを掲げてみせたりした。ぐでんぐでんに酔っ払ったブライズメイドは、ヴーヴ・クリコをらっぱ飲みして、わたしにも差し出してきた。

「ほら、知らない人！　いっしょにパーティーしなきゃ！」ボトルを手渡され、ひと飲みした。ぬるくて、気も抜けていたが、かまわなかった。ボトルを返すと、大声で歌いながらロイヤル通りを行進して、夜の闇にまぎれた。

第16章

大聖堂の裏でパレードから抜けた。下からライトアップされたイエス像が、大聖堂の裏壁に巨大な影を投げている。影のイエスは抱き合おうというように両腕を広げていたが、かまわず歩いた。大きく回り道をして、とうとうアースリンズ通りの門の前にたどり着き、解錠して入った。みなは台所でテーブルを囲んでいた。コーヒーがすっかり冷めている。

ミンカが、ウクライナ語で叫んで飛びついてきた。それをメアリー・アリスが引きはがし、自分がハグした。次はヘレン。ナットはいちばん実際的で、熱い紅茶のカップをわたしの冷えきった手に押しつけてきた。「飲んで」と命じられ、とまどった。

「なによ？　面倒見がいいでしょ？」

「そうだね」かじかんだ指でカップを包んだ。

「ここ、安全なの？」ヘレンが、手を握ったり開いたりしながらたずねた。なにかしがみつくものがほしいかのように。

「当面は。尾行されたけど、撒《ま》いた。ニールセンだった」

ドアの脇に、荷造りしたバッグとネコのキャリーが積み重なっている。ケヴィン自身はアキコに抱かれて、カップの中身をなめていた。アキコは無表情にまっすぐ前を見ていた。わたしはメアリー・アリスを見て、奥さんの方をあごで指した。

「だいじょうぶなの？」

「受け入れ途中なの」アキコは硬い声でいった。「人を殺したのよね。人を殺したって聞いた」

「わたしを殺そうとしたから。というか、わたしたち四人をね」と教えてやった。「少しは参考になった？」

アキコはこっくりとうなずいた。「たぶんね」

みなに向きなおった。ナタリーが、わたしのトレーナーとショールを指さした。

「似合ってるじゃん。あほな観光客の役がそこまではまるなんて、すごい」

「ありがと。あしたおそろいのを買ってきてあげるね」

ヘレンが食事を出してくれた——なんの料理か、確かめる気も起こらなかった。かきこんでいるあいだ、ナットが紅茶を注ぎ足してくれた。

メアリー・アリスが見まわした。「検死解剖する？」

「趣味わるっ」とナタリー。

メアリー・アリスは不思議そうな顔をした。「いつもそう呼んでたじゃない」

「亡くなったのは友人よ」ヘレンが指摘した。「相談って呼びましょう」

メアリー・アリスは肩をすくめただけで、反論しなかった。

「わたしを殺す気満々だった友人だけどね」スウィーニーの話を伝えると、思ったとおりの反応が来た。ヘレン――憤慨《ふんがい》。ナタリー――激怒。そして、メアリー・アリス――淡々。

ヘレンが狙撃の合図に固まっていたことは、伏せておいた。

ナタリーは腕組みをした。「ほんとに彼を排除しないとだめだったの？　だって、撃つのはヘレンの役目だったでしょ」

ヘレンをちらりと見たが、無言だった。「その方がいいと思って」

ナタリーは鼻を鳴らした。「まあ、横取りは初めてじゃないもんね」

「そうだよ、初めてじゃない。これまでも、自分の担当じゃないのに危険を引き受けたことは何度もある。それは――」ヘレンの目に宿る、隠しようもない深い苦痛を見て、いおうとしていたことを変更した。「それは、その場で決断するしかなかったから。彼は四人全員を消すつもりだった。みんなの居場所を聞き出したら、ためらいもしなかったと思う」

「しかたなかったね」メアリー・アリスが支持した。

「かわいそうなまぬけのスウィーニー」ナタリーはつぶやいた。

ヘレンは目を伏せたまま、やはり黙っていた。

わたしが話し終えると同時にアキコが覚醒した。「説明して。わたしも理解したい」

ナプキンで口を拭き、脇へ置いた。「わたしたちが属する組織が――」

「〈美術館〉ね」アキコが口をはさんだ。

「そう、〈美術館〉。その組織がわたしたちの命を狙っているとわかって、理由を探るために元同僚に接触したの」

「それが、スウィーニーっていう人？」

「そのとおり。彼と会ったら、事情がわかると思ったんだ。じゅうぶん用心して、安全を確保しながら会ったんだけど、結局は信用ならない人物だった。わたしたちを殺しに来たんだもの」

「それで、この先は？」彼女はきいた。「組織が殺そうとして、失敗した。だからって、『そりゃそうだよね、ごめんごめん』って帰らせてはくれないでしょ？　ちがう？」

その声には、希望がひそんでいた。メアリー・アリスもそれを感じ取ったのだろう、少し顔をしかめながら口を開いた。「もう家には帰れない」

「もう二度と」とナタリー。

アキコは妻の顔を見た。「そんなばかな話ある？　メアリー・アリス」

メアリー・アリスはむやみに両手をこすり合わせた。類を見ないほどの腕利きの殺し屋なのに、妻のとなりでは小さく見えた。打ち明けられずにきた秘密の重みと、そのせいで背負う運命とに、押しつぶされそうだった。

アキコは食い下がった。「メアリー・アリス、わたしを見て。これからどうなるの？」

メアリー・アリスは深く息を吸った。「もっと情報がいる」

「情報ならあるよ」アキコが反論した。「規律違反を犯したから消さなくては、って思われてるんでしょう――任務ではなくお金のために殺人をしたから」

「そんなことしてないの」ヘレンが辛抱強くいった。「だれかが嘘の告げ口をして、わたしたちを罠にかけたの」

「じゃあ、ほんとうのことをいってやってよ」アキコはすぐさま言い返した。「いってやって。聞いてもらって。聞いてもらわなきゃ」

ナタリーは気の毒そうな顔で、身を乗り出した。「つらいとは思うけどね、聞いてはもらえないのよ。ぜったい無理なの」

アキコは食ってかかった。「つらい？　もう神経が壊れちゃいそう。世界のだれより愛してる人が――結婚して五年もたってから――ようやく正体を明かしてくれた。五年も嘘をつきつづけて。山ほど嘘をついて」

「アキコを守りたかったの」メアリー・アリスが弱々しくいった。

「そんなこと」アキコの声は辛辣《しんらつ》だった。「いまさらなによ。移動の嫌いなネコを連れて命からがら逃げまわって、いつ帰れるかもわからないなんて。元に戻してよ、メアリー・アリス」暴れるケヴィンを抱きかかえて立ち上がり、メアリー・アリスに詰め寄った。「本気だよ。元に戻して」

そして出ていった。メアリー・アリスはほうっと息を吐いた。

「そのうち機嫌を直すでしょ」わたしはいった。

メアリー・アリスは疑わしげだったが、ヘレンの咳払いで断ち切った。「わかった、計画を練ろう」

「アキコはいいことをいったわ」ヘレンがいった。「話をしてみるべきかも」

その案についてたっぷり三十分は議論した。こちらを殺そうと虎視眈々《こしたんたん》の組織に、なにをどうすれば接近できるか。理事一人一人をじっくり検討した末に、無理だと結論が出た。

「じゃあ、学芸員は？」メアリー・アリスが提案した。「前にもその話は出たけどさ、一周回ってもう一度考えてみようよ」

「ナオミはなし」とナタリー。「嘘の告げ口ってのは、ナオミの調査の結果に決まってる。理事会に報告する役目なんだから、わたしたちが金もうけに走ったとかいった張本人でしょ」

「ナオミはなし」メアリー・アリスも同意した。「じゃあ、マーティン？」期待で声が大きくなった。

「マーティンだね」わたしも賛成した。みなうなずき、ヘレンがアドレス帳を差し出した。彼の番号も鉛筆でていねいに記してある。だれが電話するかくじ引きをして、わたしが負けた。新しいプリペイド携帯を開封し、彼のプライベート番号を入力した。どうせ留守電だろうと覚悟していたが、二度目の呼び出し音で出た。警戒ぎみの声だ。

「もしもし、マーティン。ビリー・ウェブスターです」

息をのみそうになってこらえたような、はっという呼吸音がした。「ええっ。ちょっと待ってください、場所がよくないんで」

送話口を手で押さえたらしく、音が不明瞭になった。食器の音やぼんやりした話し声など、レストランのようだったが、やがてクラクションや遠くのサイレンに変わった。

「外に出ました」ようやく彼がいった。「ああ驚いた。だいじょうぶなんですか?」

「いまひとつかな。どうして電話したか、察しはついてるよね」

「はい。うるさく質問する気はないですけど、でも、みなさん無事ですか?」

「うん」

電話ごしにもわかる、大きなため息。「よかった。でも、長話はまずいです。まさかぼくの電話は盗聴されてないだろうけど――」

「ちょっと情報をもらえればと思っただけ。ある筋によると、理事会にわたしたちが副業をしてるって内部告発があったんだって? それについてなにか知ってる?」

「なにも。理事会が箝口令《かんこうれい》を敷いてるんですよ。もともと病的な秘密主義じゃないですか。この件については完全黙秘です」

「ねえ」おだてるような、やさしい声を出した。「マーティンの仕事ぶりはよく知ってるよ。理事会からのペーパークリップの発注に至るまで、なにもかも把握してるよね。迷惑だけはぜったいかけないから」

彼は息を吸いこんだ。「〈美術館〉のだれかが、みなさん四人についての調査書を理事会に直接提出した、としか。通常ルートを通さずにね」

「〈来歴〉からじゃないってこと？」

「〈来歴〉のだれかがまとめたんだとしても、所定の手順は踏んでませんよ。でなきゃ、ぼくだって気づいてた」

「どこからかは、ぜんぜんわからないの？」

「まったく」暗い声だった。「これでも調べてはみたんです。ナオミやぼくを通さない方法なんてないはずなのに、やってのけたんですよ。それ以上のことは――」

切りたがっているのを察して、すばやく割って入った。「指令撤回はできないかな？」

「ビリー――」

「違反なんてしてない。わかるよね」

「もちろんわかります」憤然といった。「でも、あの理事会ですからね。指令を取り消したら、まちがいを認めることになる。まちがいを毛嫌いする人たちじゃないですか。それに――」残念そうに声を落とした。「みなさんの潔白の証明がないと」

「誓うよ」

「それじゃ不十分です」

「四十年前なら十分だった」彼が答えなくても、伝わった。時代は変わったのだ。山積みの聖書に手を置いて誓ったところで、認められやしない。「ほかに情報は?」

彼はためらった。「ほんとうは内密なんですけど、みなさんがニューオーリンズにいるのはばれてます。ぼくが警告したと知れたらただじゃすまないけど、ニールセンが送りこまれました。できればすぐ逃げた方がいいです」

「もうばったり会ったんだ。スウィーニーも会いにきてくれたし。賞金を手に入れたかったみたい」こちらからスウィーニーを呼んだとはいわなかった。マーティンの信頼をぐらつかせるだけだ。

呼吸が震えている。「くそっ、まじかよ。ほんとうに無事なんですか?」

「いまのところは」

「スウィーニーとニールセンは?」

「スウィーニーはジャクソン広場で血を垂れ流してた。ニールセンはグーグルマップの助けもむなしくド下手をこいた。わたしたちはばっちり」

笑ってはくれたが、無理やりという感じだった。「ある筋っていうのは、スウィーニーですか?」答えを待たずに続けた。「それで終わりにはなりませんけどね。成功するまで送りこみつづけますよ。引き下がりやしません。四人とも消すまではね。覚悟しておいてください」

「やるかやられるか、ってわけね」

「ちがいますよ」重苦しい声。「やられるに決まってます。むかしとちがうとはいっても、〈美術館〉はエリート集団ですよ。その道に長《た》けているんです。そちらはたったの四人でしょう。援助もない」

「そんなふうにいわれると、ちょっと萎《な》えるなあ」

彼は大きく鼻をすすった。「ビリー――」

「だいじょうぶだから」わたしはなだめた。「さあそろそろ、わたしがいままでありがとうっていって、目をつけられると困るからもう電話しないでくれ、っていわれる展開かな」あるる番号をそらんじた。「緊急時に使ってる伝言サービスの番号だから」伝言サービスというか、マックスの番号だ。アリゾナ州スコッツデールのテレフォンセックス嬢で、ちょっとした小遣いと引き換えに喜んでときたま電話回線を貸してくれる。「連絡の必要が生じたら、その番号にメッセージを残して。毎週確認してるから。いい?」

電話のむこうでため息のような音がした。番号を控えたかどうかは、わからない。「じゃあね、マーティン。いろいろありがとう」答えを聞かずに切った。みなに彼のいったことを――それ以上に、彼のいわなかったことを――伝えた。

「じゃあ、だれがわたしたちの〝活動〟について報告したか、わからないわけね」ナタリーが引用符の手まねつきでいった。

「そう」わたしは答えた。「それに、理事会がここまで一方的、強い態度に出た理由も」

「どういうこと？」それまで両手をひざではさんで、黙って座っていたヘレンが、はっとしたようにたずねた。

「殺害指令って、極端だよ。どうして呼びつけて尋問しないの？　連行したっていい」

「〈美術館〉は国際的暗殺者集団だよ」メアリー・アリスが平淡にいった。「だれにでも寛大ってイメージはあんまりない」

「寛大よ」とナタリー。「〈来歴〉チームの徹底調査なくして、標的にはされないんだもん。一件の指令のために何カ月も、場合によっては何年も、監視活動や諜報活動に費やすでしょ。それが、『あっ、ばあちゃんたちがおいたをしてる』って書類をだれかが出しただけで、いきなり殺そうとしてくるって？　おかしいでしょ」

「たしかに短絡的ね」ヘレンもいった。「ビリーがいったように、せめて本人に問いただすはずよ」

「そうしたらあっさり白旗を上げて、副業してましたって白状するわけ？」メアリー・アリスは疑問を呈し、わたしを見た。「ナオミに電話しよう」

「あの人は〈来歴〉だってば」ナタリーは反対した。「あの人こそ調査書の情報源かもよ」

「マーティンの考えはちがう」ヘレンのアドレス帳を受け取ると、番号を入力し、待った。

「ヌジャイです」きびきびとした、親しみのかけらもない声。名前をいって、待った。後ろでテレビがついているのか、電子楽器の音楽が聞こえた。

「それ、『バーナビー警部』？」愛想よくきいた。「それとも、『もう一人のバーナビー警部』の方？」

「もう一人の方」そっけなく答えた。「イギリスの刑事ドラマを見るんですか？」

「まあ、仕事のヒントになるかなって」とわたし。「チーズのかたまりを使った殺しを、先にやられちゃったときは、むかついたけど」彼女は笑わなかった。のどかな村の殺人捜査をネタに打ち解けられるかと思ったけど、失敗。

「なんの用ですか？」

「ある情報がほしくて、頼める人がほかにいないんだよね」

「話すことはありませんよ」それでも、ドラマの音声は途切れない。電話を切らないということは、聞く気があるのだろう。

「ナオミ、わたしたちについての調査書が上がってたんでしょう。内容もだいたい知ってる。ただ、引っ立ててきて問いただすんじゃなく、即殺害がふさわしいと理事会が判断したのは、なぜなんだろう」

ナオミはしばらく待たせてから答えた。「医者の指示で休暇を取ってるんです。ストレスは厳禁だって」

「ふうん、四人の女性が無実の罪で命を狙われるのがストレスなんだったら、いいこと教えてあげる。その手で正せばいいんだよ」スプーンが食器にカチャカチャとあたる音が聞こえてきた。「食事中？」

「フォーです。つわりでこれしか受けつけなくて」またカチャリと音がした。「いいですよ。ひとつだけ」

「なにがひとつだけ？」

「質問がひとつだけ。調査書のことでも、殺害指令のことでも、差し向けられた人物のことでもいいけど、ひとつだけにしてください。それ以上はだめです。あと十五秒で切りますからね」

急いで頭を巡らした。差し向けられた人物は謎ではない——賞金がほしい人全員だ。知りたいのは、指令を撤回する方法があるか、だ。

「あと十秒」もごもごといった——麺《めん》が口に入っているのだろう。

「指令を取り消す方法はある？」わたしはきいた。

「ないです」スープをすする音。

「それだけ？　『ないです』って？　つまり、死刑宣告？」

「そういうこと」間をおく。「身を隠せます？」

「死ぬまでずっと？　勘弁してよ。それよりどうにかしたいの。どうして弁明の機会も与えずに、断固として消そうとしてくるんだろう？」

また間。「さらし柱って、知ってますか?」

「えっ、なに?」

「さらし柱。棒の先に吊るされた檻《おり》みたいなもの。人殺しや海賊や羊泥棒を吊るすために、司法機関が四つ辻に建てたんです。罪人は鎖につながれたまま、朽《く》ちるまで通行人の目にさらされた。なぜだと思います?」

「同類の犯罪を抑止するため」

「そのとおり」

「わたしたちは見せしめってこと?」

「というか、詮索するなという圧力でしょうね。なかったことにしたいのに、あなた方がいると波風が立つから」

携帯を握りしめた。「なにをなかったことにしたいの?」

「とっくに十五秒たってますよ」わたしが黙っていると、ため息をついた。「真偽のほどはわかりませんけどね。副業として、殺しを世話していた人がいたとか聞いたことがあります。だれかは知りませんよ。理事会はそれを隠したいのかも。知られると、組織の存続が危うくなるから」

「ばかばかしい。いまのいままで知らなかった話だよ」

「ビリー」ナオミはいらだちを抑えていった。「よく考えてくださいよ」

「なんでわたしたちを狙うのか――」ことばを切った。「ちくしょう。わたしたちに罪を着せて、実際にやった人をかばう気なんだ」

「時間オーバーだけど、正解。理事会にとって、あなた方はただの駒です。フリーランスの殺しをあっせんしていた人は、そうじゃないんでしょうね。だからその人を守らないといけない」

「どうして?」

「たとえば、切り捨てられないような重要人物だとか。理事会を脅迫していたとか。理事会が殺しの分け前をもらっていたとか。すぐに思いつくのはそのへんですね。まだまだありそうですけど」

「でも理由がなんであれ、殺害指令は変わらない」話題を変えた。「だれなの? だれがフリーランスの殺しを差配してるの?」

「だから、わからないんです。ひょっとしたら理事のだれかかも」

「〈来歴〉のだれかかも」嫌味っぽくいってやった。

空の器にスプーンを投げ出す音が聞こえた。「わたしに八つあたりしたいんだったら、どうぞご自由に。どのみち話は終わり。もう時間ですから」

彼女の話をみなに聞かせた。メアリー・アリスは頭を抱え、ヘレンは口を押さえ、ナタリーは次から次へと悪態をついた。

「汚いあほ野郎ども」そう締めくくった。「いままでの仕事の中にも、そういう私的な殺しがあったら、どうしてくれるのよ？　そいつらのせこい副業のために、つまらないヒットマンみたいに使われてたんだとしたら、たまったもんじゃないわ」

じゅうぶん起こりうる話だ――金の力で調査書が偽造される。理事会はそれをもとにエージェントを任命する。指令が下れば、その仕事が正当なものかどうかなど、知りようがない。〈来歴〉と理事会が適切な標的を選び出すものと、信頼を置いているからだ。どんな情報も、決定も、活動も、組織全体でつなぐ鎖の一部だ。その鎖に不正があったなどとは、考えたくもなかった。

「そんな契約じゃなかった」メアリー・アリスが嘆《なげ》いた。

「世の中をよくするため、安全にするためだと自分に言い聞かせてきたのに」ヘレンも加わった。

「よくしてきたんだよ」みなの打ちのめされた顔を見まわした。「ねえ、たしかに裏切りに遭った気分だけど――」

「気分？」ナタリーが声を上げた。

「裏切りそのものだけど」いいなおした。「わたしたちの行為に、他意はなかった。組織を信じてた。なにも疑ってなかった。もし、まちがった標的を消してしまったのなら、いずれ対処しよう。いまの問題は理事会だよ。黒幕を守るために、わたしたちをいけにえにしようとしてる連中。で、どうすべき？」

顔を見合わせた。四人だけで決められることではない。

アキコとミンカを呼んできて、事情を説明した。わたしはシナモンベーグルを食べ、ナタリーは細かくちぎって丸めては、そこらにばらまいていた。

「やめてくれる？」メアリー・アリスが、髪にくっついたベーグルのくずを払い落として投げ返した。

「落ちつかないんだもん」ナタリーは言い返した。「こういう立場って、ほんと嫌」

わたしは全員に目をやった。「こっちが優位に立たないかぎり、一生こういう立場なんだよ。標的にされたこともなければ、自分たちで標的を決めたこともないよね。いつもあらかじめ決まっていたから。よくも悪くも、わたしたちは演奏者じゃなく楽器だった。曲も選べない。それに二人は」ミンカとアキコを見た。「汚れ仕事がどういうものかも知らないでしょ」

ミンカは冷ややかに見返した。「案外知ってるかもよ」

「かもね。だとしても、これは全員にとって未知の領域ってこと。選択肢はふたつある。ひとつは、このまま姿を消す。ミンカに全員分の新しい身分証を用意してもらう。世界は広いし、ちゃんとした書類があれば、消えられる。新しい人生を始めて、古い人生は捨てる」

「どうやって暮らすのよ？」ナタリーがたずねた。「無一文よ。理事会のおかげで、退職金もパアになっちゃった」

「おなじく」ヘレンもいった。「ケネスも治療費がかさんでそれほど遺せなかったし」

メアリー・アリスとアキコはなにもいわなかったが、目くばせする様子を見ると大差ないようだ。

「働けばいい」と提案した。

「なにをして？」ナタリーが詰問した。「四十年も、暗殺ばっかりしてきたのよ。ほかの仕事なんてできないし、ビジネスSNSで依頼人が見つかるとも思えないし」

「クラシファイドサイトの方がおすすめよ」ヘレンが口をはさんだ。

わたしは片手を上げた。「このまま消える選択肢もある、ってこと」

「わかった、その場合はどうなるの？」ナタリーがきいた。「残りの人生ずっと、見つかったんじゃないか、きょうこそ賞金目あてのだれかが襲ってくるんじゃないかって、びくびくしながらすごすわけ？」

「わたしだってそんなの気乗りしないよ。わたしが決めていいんなら、理事たちをやっつけてけりをつける計画をとっくに立てはじめてる。でも、ことを急がない方がいい。ひと晩よく考えてから――」わたしはいいかけた。

「乗った」メアリー・アリスがきっぱりといった。

驚いたことに、アキコも宣言した。「わたしも」

「ほんとに？」メアリー・アリスは期待をこめてきいた。アキコはにこりともしなかったが、一歩前進だ。

「了解」記録を取るようにいった。「メアリー・アリスとアキコは参加ね」みなを見まわした。ミンカはうなずき、ナタリーはにやりとして背すじを伸ばした。「若い子はどういうんだっけ？『それな』？　わたしも、それな。あと何年生きるか知らないけど、理事会は次にどのノータリンを差し向けてくるんだろうって、びくびくしながら暮らすのはごめんだもん。それに、やられたらやり返さなきゃ」

ヘレンを見た。なにかいいかけてやめ、うなずいた。むかしより劣ったとしても、とてつもなく貴重な存在だ。

目を閉じて息を吸い、六数えるあいだ止めていた。ゆっくりと吐き出し、目を開けた。

「満場一致。理事たちには死んでもらう」

第17章

話し合いが終わると、部屋へ行ってバッグにあれこれ放りこんだ。いずれニューオーリンズを離れることになる。できるときに荷造りをしておいた方がいい。小ぶりのダッフルバッグに洋服を詰めこんでいると、ヘレンが入ってきて、ドアを閉めた。

「シルクをそんなふうに扱っちゃだめよ」と、バッグからブラウスを引っぱり出した。ベッドに下向きに置くと、ていねいにしわを伸ばしてから、手際よく小さくきっちりとたたんだ。

「バービーのお洋服みたいになっちゃった」わたしはいった。

彼女はそれをバッグにしまった。「だいじょうぶだとは思うけど、もししわができてたら、シャワーのあいだバスルームに吊るしておいて。すぐにしわが取れるから」

「へええ、顔のしわにも応用できないかな」ブラウスの上にジーンズをのせた。Tシャツを丸めながら、彼女の表情に気づいた。彼女はTシャツを手に取り、きれいに形を整えながらたたみなおした。「ねえビリー、考えてたんだけど。ミンカのこと。いっしょに来ない方がいいと思う」

「第一印象がよくなかったから、いまだに心を許せないんだ?」

「そうじゃないの。たしかに信頼できる。すごくいい子ね。でも、ほんの子どもよ」

「わたしたちが〈美術館〉と契約したときと、おなじ歳だよ」Tシャツを奪い返してバッグに詰めた。

「わたしの母なんて二十歳で子持ちだったわよ。そういう問題じゃないでしょ?」穏やかにいった。「時代は変わるものよ。あの子には、世界を見せてあげた方がいい。わたしたちとはちがう世界を」

下着を取ろうとしたら、その手を押さえられた。「ビリー」わたしは動きを止めた。

「思ってるより世界を見てるよ、彼女」

「そうね。少し話をしたの」まだ手を離さない。「どこで見つけて、どうやってウクライナから救出したかも聞いた。そこまでしなくてもよかったでしょうに」

「そこまですべきだった」ぶっきらぼうに答えた。

ヘレンはほほえんだ。「誤解してるみたいだけど、彼女のこと、好きよ。とっても。だから、わたしたちみたいになってほしくないの」

「なにがいいたいの? わたしたちはできそこないだってこと? 人生を無駄にした、かわいそうな年寄りの例?」

「ちがう。だけど、別の道を取ればよかったと思うことって、ない? じっくり向き合えばよかったってことは? 離れなければよかったって人は?」

手を振りほどいた。「ミンカはチームの一員だから、いっしょに来る。この話は終わり」後悔しそうなことをいう前に、口を固く閉じた——彼女がジャクソン広場でおじけづいて固まったこととか。

残りの洋服もバッグに詰めていった。存在も忘れていたシャツワンピースの上に、ブーツをねじこんだ。ヘレンはしばらく眺めてから、立ち上がった。

「じゃあ、任せるわ」静かにいうと、出ていった。

名前は口にしなかったけれど、彼の話だとわかっていた。着替えもせずにベッドに入ったあと、何時間も眠れなかったのも、彼を思い出していたからだ。タヴァナーを。

第18章

一九八一年十一月

人生にはそれぞれサウンドトラックがある、というのがビリーの持論だ。ビッグバンド・ジャズの人もいれば、スムーズ・ジャズの人もいる。大がかりなバロック・オペラそのものという人もいる。彼女のサウンドトラックは、華々しいものではない。幼くして母に捨てられたとき――ショッピングセンターのピザ屋に座っていたとき――は、『デルタの夜明け』がかかっていた。

そしていま、シカゴのホテルのバーでは、ソフト・ロックのバンドが『心に秘めた想い』を演奏している。ザンジバルでの大失態以来の任務のため、パートナーが現われるのを待っている。任務のリーダーだったヴァンス・ギルクリストは、手加減のない報告を上げた。このまま落ちこぼれるのかと、目をつけられているはず。これは名誉挽回のチャンスだ。全力でやらなくては。

幽霊やら願いの井戸やらが登場する歌詞を聞きながら、ぬるくなったシャブリのグラスをもてあそぶ。おたがいを確認する合い言葉をおさらいするうち、期待でほんの少し吐き気がしてくる。

「ここ、空いてますか?」

目を上げた瞬間、落ちる――そう感じてしまう。一秒か二秒、声が出ない。人生の転機で、二秒は長い。

ハンサムとはいえない。ナタリー好みの、完全無欠なかわいい男子とはちがう。ひと目ではわからない魅力が、命取りになるタイプだ。彼女より十センチ以上長身で、自然でしなやかな身のこなしをする。この世に恐れるものなどないという、骨の髄《ずい》までしみこんだ自信があるからこそだろう。洗いざらしのヘンリーネックTシャツと、色あせたジーンズ、傷んだ革ジャケットに、長年はきこんだロングブーツといういでたち。片方の手首には細い銀のブレスレットが、反対にはミサンガが巻かれている。日がたっぷりあたると金色に見える淡い茶色の髪は、くしゃくしゃに波打っていて、激しくキスをしながらつかむのにちょうどいい。二日は剃《そ》っていない無精ひげを気にする人もいるだろうが、ビリーは気にしない。

バーテンダーに合図をしようと目をやるが、彼女の方を振り向くと、ほとんどわからない程度にはっとした表情になる。深い茶色の目をほんの一瞬見開き、口をほんのわずかに開ける。

「ああ」ささやきではない。吐息であり、ことばだ。じっと見つめるまなざしは、「見つけた。やっと」といっているようだ。

「そう」ビリーは答える。彼はバーテンダーに向かって手を上げ、となりのスツールに腰かける。ややあって、バーテンダーが静かに泡立つビールのびんを置く。口もとへ運び、ゆっくりとひと飲みする。彼女を正面から見すえ、もうひと飲みする。

「こんなにかっこつけるタイプじゃないんだけど」ようやくいう。そしてまたじっくりと飲み下す。

「わたしだって。バーブラ・ストライサンドの映画を見すぎたかな。ほら、ロバート・レッドフォードと目が合って……」ことばが途中で消える。思いちがいではない。彼もおなじ気持ちとは、ささやかな奇跡に思える。けれど、奇跡は信じない。赤の他人だ、と言い聞かせる。初対面の、火がつきそうな、赤の他人。

「まいったな」ビールをそっと下ろす。「仕事なんて忘れてしまいたいけど、そんなことしたら――」

「そうだね」彼女もいう。

「リーダーは初めてなんだ。交際禁止の規則もある」自分をいましめるかのようだ。「ヘマはできない」アメリカ人らしいラフな服装なのに、ごくかすかなイギリスなまりがある。

「しないでしょ」

彼はビールをまた飲み、びんを半分空ける。彼女は生ぬるいシャブリを飲みこむ。彼が向きなおる。「もうしたよ。手順を忘れてた。野球は好き？」

唐突な発言にぽかんとなるが、合い言葉を思い出す。「好きだけど、残念ながらカブス・ファンなの。ワールドシリーズはまた無理そう」

「バリスも放出しちゃったしね」と、合い言葉を締めくくる。

それから数分、黙って飲む。「クリストファー・タヴァナー」ようやく名乗る。「キットとも」

「ビリー・ウェブスター」

「知ってる」片眉《かたまゆ》を上げられ、頬がかっと熱くなる。知っていて当然だ。リーダーだから、写真入りの調査書をもらっているはず。「だけど、あれは不当だよな」考えを読んだようにいう。

「まあね、わたしの魅力がわからない人たちだから」

彼は吹き出す。笑い声には野性味があって、その中で溺《おぼ》れたい気分になる。

「それで、どうするの、イギリス人？」

また眉が上がる。のちにおなじみになる眉。おもしろがっているとき、口とおなじ角度で曲がるのだ。「イギリス人？」

「話し方。耳がいいもんで」

「だろうね。うーん、普通、こういう会話はもっとプライベートな場所でするよね。おれの部屋とか」小声でいって、上を示す。「だけど、今回はやめといた方がいいかな」

「それがいいね」彼女も応じる。

　彼はほほえむ。ゆがんだ笑みがどこか悲しげで、無傷で残っていた心のすみずみまで打ち砕かれてしまう。その視線が、彼女の唇《くちびる》の上の小さな傷あとに下りてくる。

「そこはどうしたの？」

「アライグマとけんかしたの」

　笑顔がひらめくが、すぐに真剣な目になる。「仕返しした方がいい？」

　胸を張った拍子に、Tシャツの襟《えり》もとからペンダントがのぞく。小さなメダルのようだが、なにかはわからない。金色の胸毛から視線を引きはがして、答える。「もうすんでる」

「いいね。筋肉自慢の彼女か」

「彼女？」

「もちろん。なにごともなかったふりなんて、何週間も続かない。なにもかも投げ捨てて駆け落ちして、残りの人生はたっぷりセックスしてたっぷり子どもを作るんだ」

　彼女は笑う。「ばっかみたい」

「未来のわが子の父親に向かっていうことか」

「仕事はやめないからね」

「うん、それがいい。稼ぎ手がいるもんな。おれが主夫になって料理もするよ。エプロンが死ぬほど似合うんだぜ」

「そうだろうね」

秘密めかして笑みを交わし、酒を飲み干す。

彼が大きく息を吸う。「おもしろかったよ、ウェブスター。でも、ここまでにしておこうな。まずいことになる」

目をむいてみせる。「そっちがいう？　二人して規則を破ったとして、つまみ出されるのはどっちだと思ってるの？　わたしはまだ地位が低いんだよ。いつでもクビにされる」ひと息おく。「そんな扱いを受けたこと、ないんでしょ？」

「この前の仕事では、身長二メートルで口臭持ちのアイルランド人といっしょだった。ミルクシェイクが好物なんだけど、飲むたびに消化器系統が大変なことになる」

「あこがれちゃう」

「これが終わったら、番号教えてあげるよ」

空になったびんの横に紙幣を何枚か置き、席を立って尻ポケットに財布を押しこむ。「部屋のドアの下からファイルを差しこんだら、ノックするよ。ぜったいにドアを開けるなよ。ファイルは読んだら破棄すること。あしたの朝また会おう」

ためらってから、片手を差し出してくる。握ると、予想していたとおりの感触だ。温かく、力強い手。世界のなにもかもが吹っ飛ばされそうなときに、つかまらせてくれる、命綱のような手。ただ、指先にたこがあるのは意外だ。

「絞殺ワイヤで?」小さな声できく。

「ギターで」と答える。「ちょっと弾くんだ」

「ああ、そうでしょうよ。お次はバイクを持ってるとかいって、すっかりわたしを打ちのめす気でしょ」

なかなか手を離さない。その間、あのゆがんだ笑みのせいで、彼女の心臓は大暴れしている。「じゃ、あした。九時きっかりにむかいのコーヒーショップで。よく寝ろよ、ウェブスター」

「おやすみ、イギリス人」

彼女の背後に回り、耳のてっぺんに口が触れる程度に身をかがめる。「あと、ノートン八五〇コマンドに乗ってる」

思わずうめき声を上げる。彼は戸口へ向かいながら、ずっと笑っている。嫌なやつ。

翌日、二人で任務にあたる。結婚を希望するふりをして、腹黒い判事とその助手を訪れる。死体が見つかる二時間も前に、町を離れている。四時間後には、ハイウェイ沿いのモーテルで別々の部屋にチェックインする。

ビリーは横になり、ハイウェイを通りすぎる車のライトを見ながら、フランス人のいう不可解な〈虚空の呼び声〉についてずっと考えている。奈落《ならく》の縁《ふち》に立って見下ろすうちに、身を投げたくなる強い衝動のことだ。それはさまざまな場面で現われる。運転中、急にハンドルを切って対向車の目の前に飛び出したくなったり、ハイキング中に崖から飛び下りる空想をしたり。自殺願望とはちがう。むしろ逆だ。生きたいという気持ちの強さの表われだと、心理学者はいう。身近な脅威を認識し、切り抜けたいからこそ、そちらに注意が向いてしまうのだ。

ふとんをはねのけ、部屋を出る。奈落へ飛び下りる気持ちが変わる前に。手を上げるが、ノックするより早く彼がドアを開ける。上半身は裸で、ジーンズを腰ばきにしている。

「来ないでほしかった」かすれた声でいう。

「よかった」彼を部屋に押し戻す。「わたしも来たくなかった」それきり会話はなくなる。彼に抱きつき、腰に両脚を絡《から》める。彼が両腕で抱きとめる。ドアを蹴《け》って閉め、そこへ彼女を押しつける。ベッドにたどり着くまで一時間はかかる。

翌朝には別々の道を行く。ビリーには飛行機の予約があり、タヴァナーには次の殺しがある。別れ際に、自分のネックレスを彼女の首につけてくれる――肌のぬくもりの残る、聖クリストファーの小さなメダルを。

第19章

ニューオーリンズを離れる決断に、迷いはなかった。〈美術館〉に感づかれた以上、びくびくと安全に気を配りながら計画を練ることはできない。それに、三人の理事のうち二人はヨーロッパ在住だ。カラパスとパールの居場所は見当がつくので、先に片づけることにした。ヴァンス・ギルクリストは少々つかまえにくいが、いずれどうにかする。最優先課題は、カラパスとパールをすみやかに、悟られずに襲撃すること。となれば、大西洋のむこう側に、計画立案と遂行のための安全な拠点を見つけなければならない。都会ではないが交通の便はよく、六人――と、ケヴィン――が暮らす広さがあり、人目を引かず殺人計画を立てられるプライバシーのある場所。条件のひとつひとつはさほど厳しくないが、三つとも満たせるか？　しかもかぎられた予算で？　実現不可能かと思っていたところへ、ヘレンが口を開いた。

「ベンスコムに行けばいいわ」

「ベンスコム？」アキコが問い返した。

「イギリス南部にある邸宅」メアリー・アリスが教えた。「わたしたちが訓練を受けた場所なんだ。〈美術館〉とつながりがあるんだから、やめた方がいいよ」

「小難を逃れて大難に、ってやつね」ナタリーが同調した。

「でも、〈美術館〉とは関係ないのよ、いまは」とヘレン。「組織が所有していたわけじゃないの。ハリデイ家の私有財産だったのよ。コンスタンスが亡くなったときに遠い親戚が相続して、売却した。それから何度か持ち主が変わってる」

「でも、どうやって入るの?」わたしがきいた。

「実はね、わたしが所有者なの」ヘレンは答えた。みなが呆然と見つめると、急いで説明した。「結婚三十周年に、ケネスとイギリスを旅行したの。あそこを見せてあげようと思いついて、車で行ったのよ。着いたら、売り出し中の看板が出てた。ケネスはいつの間にか不動産屋の連絡先をメモってて、アメリカに帰ってから問い合わせたそうなの。そして、退職金を注ぎこんで、わたしへのサプライズとして購入したんですって。手入れもぜんぜんされていなかったから、かなり値引いてもらえたみたい。たぶん、コンスタンスが亡くなった当時のままよ」

「たぶん?」とわたし。

彼女は肩をすくめた。「入ったことないの。いろいろ取りまぎれてて、やっと様子を見に行ってみようかってときになったら、ケネスが病気になって、お金もなくなって。だけど要するに、イギリスに無人の物件があるってことよ」

「ヘレンの名義なら、使えないじゃん」メアリー・アリスがいった。

ヘレンは首を振った。「ケネスは税金対策として、持ち株会社の名義で買ったの。わたしの名前も、彼の名前も、どこにも記載されてない。それでも見つけ出せる人がいるとしたら、たいへんな調査と運のたまものよ」

わたしは全員を見まわした。「じゃあ、イギリスに決まり。ミンカ、アキコのパスポートをお願い。ケヴィンの書類も整えて。わたしは飛行機の手配をする。みんな、荷物をまとめて。あしたが勝負だよ」

それぞれが荷造りに取りかかる中、ナタリーがこそこそと表の門から出ていくのを目撃した。尾《つ》けてみようと決めて、キャップを目深《まぶか》にかぶり、あごまでマフラーを巻いて、フレンチ・クオーターを歩いていった。急ぎ足で追うと、旧ウルスラ会修道院の門をくぐっていくのに間に合った。一分待ってから、わたしも入館料を支払うと、前庭にまっすぐ並ぶ植えこみのあいだを通り、修道院内部に足を踏み入れた。木のつや出しと、かすかなお香のにおいがした。右手には博物館に改装した小部屋が並んでおり、左手は礼拝堂に続く廊下だ。彼女の行き先など知る由《よし》もないが、心の中でコインを投げて、左に決めた。勘はあたって、ロココ風のかわいらしい聖者像が並ぶ、黄色と青の礼拝堂に座っていた。信者が捧げた蜜蠟《みつろう》のろうそくにまじって、お香が強くにおう。信者席に彼女と並んで座った。

おたがいなにもいわず、星をちりばめた青い天井を見上げていた。横手には、紫と白の衣装をまとい、黒髪にバラの冠をのせた女性の像があった。本に髑髏《どくろ》を重ね、招き寄せるような手つきをしている。

「ナット、ここでなにをしてるの？」

「おとめマリアと交信してるの」像をあごで指した。「この子とわたしは、ユダヤ人のお友達どうし。いい髑髏よねえ」

「うん、たしかに。ただし、それはパレルモの聖ロザリア。カトリック教徒のはずだよ」

「ケッ」ナタリーはうなだれた。「だめだなあ、わたし」

「どうかしたの？」

打ち明けようか、どうしようか、と自問自答しているようだった。とうとう両手を脚ではさみ、大きく息を吸ったところを見ると、わたしを信頼する気になったらしい。「先祖のそばにいたかったのよ。いちばん近いシナゴーグでも歩いて一時間かかるから、ここにした。カトリックでは、人のつながりを大事にするんでしょ？　罪も受け入れるし」

「六十になってようやく、罪の意識が芽生えたわけ？」半分だけはジョークだった。

「六十までがむしゃらにやってきたんだもん」彼女はいった。「女だからね。生まれながらに罪を背負ってるの。子どもを望むのも罪、ピルを飲むのも中絶も罪。子育てに専念するのも罪、働きに出るのも罪。男と寝るのも罪、拒絶するのも罪。ただの運だけで長生きするのも罪。もううんざり。なにもかも嫌になっちゃった。もう……もう永遠の眠りにつきたいわ」

「それで罪から解放されるわけじゃないよ。死後の世界でだって、となりの天使とくらべると雲が輝いていない、って自己嫌悪になるかもよ」

笑みが浮かびかけたが、消えてしまった。「それだから、むかしっからビリーのこと嫌いなのよね。悩みなんてなさそうだから」

「むかしから嫌いだったの？　なにもこんなときにいわなくても。四十年来の仲間だよ。命を預けてもいいと思ってたのに」

「預かるわよ。そういう仕事だもん。身を挺《てい》して銃撃から守ってあげるって。それに、嫌ってるのはわたしの中の一部だけよ。すごくすごく小さい一部」

「えっと、からし種みたいに、いまは小さいけど大きく育つやつ？」

「チアの種かも。いまはやりの、十倍ふくらむチアシード」少しだけほほえんだ。

「チアシードくらい嫌ってるわけね。説明してもらえる？」

爪をいじりながらいう。「ぜんぜん影響を受けずに、淡々としていられるのが、いつも不思議だったのよね」

「なんの影響？」

「仕事。こんなことをして、こんな人間になって、普通は傷が残るものじゃない？　わたしはある。ヘレンもある。メアリー・アリスもある。でもビリーは平気よね」

「ナット、そういう良心の呵責《かしゃく》みたいな与太話、わたしは信じてないからね。生計の手段のせいで、魂をなくしたとか最低な人間だとかにはならないよ。害虫駆除業者とおなじ」

「本気でそう考えてるんだ」

「そうだよ」

「それで安眠できるの？」

考えながら答えた。「たいていはね。まあね、バービーの中古のバッタもんで遊んでた七歳のときに、大きくなったらなにになりたいかってきかれたら、暗殺者なんて答えは思いつきもしなかったよ。でも、結局そうなった。それも腕利きの。仕事を終えるたびに、世界はこのくらい安全になってる」親指と人さし指のあいだを五ミリほど離してみせた。「任務をこなしたおかげで、人身売買の犯人が十一歳の女の子に手をかけるのを阻止して、朝まで家で安眠させてあげられたかもしれない。武器取引を未然に防いで、壊滅するはずだった集落を作物の植えつけに専念させられたかもしれない。犯罪組織を叩きつぶして、やばい作物の栽培のために家を追われ農地を奪われる人を出さずにすんだかもしれない。そうやって救った人たちのことを考えながら、眠りにつくの」

彼女は無言で、仲よくなった聖ロザリアを見つめていた。しばらくしてわたしに向きなおった。「電話すればよかった。スウィーニーのことよ。電話して、食事にでも誘えばよかった。朝までいてっていえばよかった。せめて、もう一回寝てあげればよかった」

「ほんと？　そんなによかったの？」

肩をすくめた。「アレの大きさは普通だけど、使い方はすごくうまかった。避けちゃって申し訳なかったな、って。悪くなかったわよっていってあげることも、もうできない」

わたしは椅子に背をもたれて天井を見上げた。「ねえ、ここの装飾のほとんどは、だまし絵なんだよ。天井の凹凸《おうとつ》とか星とかは、木でも漆喰《しっくい》でもないんだって。ただの絵。本物じゃないけど、本物っぽく見える。それでだれも困らない」

こちらを見た。「ほんと？　たとえ話？」

「そのくらいしかいえない」

「スウィーニーは死んだ」彼女はいった。「それも、ぶざまな死に方で」

「みずから選択したことだよ。選択を誤ったんだ。殺されそうなときに、ナタリーならちがう対応をしたっていうんなら、話は別だけど」

ナタリーは無理やり深呼吸をして、暗さを振り払った。「わたしならあのばかを素手で殺したな。消してくれて感謝してる」

わたしは手を耳に添えた。「もう一回いって。感謝してるってとこ」

肩をぶつけてきた。「最低」

「そこに愛はある？」

「いつもあるわよ」ゆっくりと、疲れたようにまた深呼吸をした。「なんかね、このままここにいたくなっちゃう。ミンカに新しい身分証を作ってもらってさ。仕事も見つける。ページをめくって、新しい物語を始めるの。全部放り出して」

「オーケー、それが第一の扉ね」わたしは感情をこめずいった。「でも、もう第二の扉で意見が一致したんだよ。たしかそっちを強く推してたよね」

聖ロザリアのやさしい笑顔と、不自然に長い足指を見つめた。それから、前方の聖ミカエル像に目を移した。とてもカジュアルなミカエルで、タクシーを呼ぶように片手を上げ、見えない風に乱された髪をしている。けれど手にした槍《やり》は、足もとのドラゴンの心臓を貫いている。ドラゴンは頭をのけぞらせ、舌を出し、断末魔の叫びを上げているかのようだ。ずいぶんと安っぽい。わたしだったら、高級カタログでもっとましなものを注文する。でも、そこには目をつぶった。

「いい仕事ぶりだよ」と、聖ミカエルを指さした。「現われる。悪者を殺す。生きて帰る」

彼女はうなずいた。「第二の扉ね」二人で指切りをした。

「第二の扉ね」

第20章

六人それぞれが動き出したのは、夜が明けはじめたころだった。荷物を用意して台所のテーブルを囲んで立ち、この先の動きを確認した。

「よし」わたしが切り出した。「きょうが計画実行の第一歩だよ。降りたい人がいるなら、いまいって。そのドアから出たら——」と、外の方向を示す。「やるしかない」

一人一人の顔を順に見た。ヘレンは落ちついて、超然としている。ナタリーは武者震いといったところだ。メアリー・アリスは腹をくくった顔。アキコとミンカもうなずいた。ケヴィンまで決然として見えた——アキコが無理やり飲ませたネコ用の精神安定剤のせいかもしれないけれど。

ミンカに合図した。「別々に移動するから、ミンカがみんなの携帯を用意した。おたがいの連絡先も入れてくれた」

メアリー・アリスが最初に電源を入れた。電話帳を開いて、眉をひそめた。「空っぽだけど」

「そこじゃない」ミンカは画面をスライドさせて、黄色い首輪をして片方の前足を上げた、派手なピンクの子ネコのアイコンを見せた。

ヘレンが画面をのぞきこんだ。「それ、日本の幸運のネコ？」

「招き猫ね」ナタリーもおなじアイコンを呼び出した。アプリ名をまじまじと見つめる。

「冗談よね」

ネコの下には、手書きのようなフォントで〈更ニャン期☆〉と出ている。タップすると、ネコがニャーオと鳴いて耳を動かした。

「更年期って、どういうネーミングなの？」メアリー・アリスはアプリを開き、機能を読み上げた。「ホットフラッシュ記録？　最終生理日？　膣《ちつ》乾燥感？」

ヘレンが嫌そうに小さくうめき、ミンカは引っぱたかれたように身を引いた。「がんばって作ったんだよ！」

「わかるわよ」ヘレンは必死にほほえもうとした。

「セックス表まである」ナタリーがそのページを開くと、ネコが頭をそらして大声で鳴いた。ケヴィンはテーブルの下へ逃げこんだ。たちまち全員の携帯がニャーオ、ゴロゴロ、シャーッと鳴き出し、ホエザルの群れもかくやというやかましさになった。

「ひどい音」ヘレンが耳をふさいだ。彼女の携帯を取り上げて、ネコの叫び声の途中でアプリを閉じた。

「完璧じゃん」メアリー・アリスは、ダイレクトメッセージ機能を試しながらいった。「ほら、メールやＳＭＳを使わずにコミュニケーションができるんだよ。ミンカがプロフィールも設定してくれたし、もうみんなつながれてる」

彼女の画面で、ピンクのネコが青い郵便ポストの前を歩きながら、しっぽでポストに入っている手紙を指し示した。

「すごっ、よくできてる」とナタリー。「見て見て、ネコに模様をつけてみたよ。ちっちゃいヒョウみたいになった」

「アレンジ機能をつけたんだ」ミンカがふくれっつらでいった。「ネコの見た目を好きに変えられる」

「すごくいいよ、ミンカ」アキコは白ネコにして、サングラスをかけさせている。

「こういうの、最高」メアリー・アリスは三毛ネコに小さなシルクハットをかぶせて、画面を閉じた。

「ビリーはどんなの？」ヘレンがシャムネコにキラキラしたネックレスをつけながら、きいてきた。

ため息をついて、画面を開いた。わたしのネコは、真っ黒の毛に緑の目。「はい。ただの黒ネコだよ。いい、これが連絡手段。連絡手段はこれだけだからね」アキコとメアリー・アリスをじっと見た。「通話の必要があったら、プリペイド携帯を買って、番号をこのアプリのダイレクトメッセージで送って――ほんとうに緊急のときだけだよ。わかった？」

真剣な返事もあれば、うわの空のもあった。

「こんな複雑なものを、たったの二日で開発したの？」メアリー・アリスが質問した。

「ミンカはアプリ開発のプロなの」わたしは説明した。「何カ月も前からこれを作ってたんだけど、今回、試作品にいくつか微調整を加えて、使わせてもらうことにしたんだ」

「でも、ちゃんと使えるものなの？」ヘレンが心配そうに眉根を寄せた。

「もちろん」ミンカが請《う》け合った。「ただ、性感染症予防はバグが多くて、全体がクラッシュしちゃうから、開かないで」

「どうして更年期アプリにしたの？」アキコがきいた。

「セキュリティ担当は男だから」ミンカはそっけなく答えた。

「たいていはね」わたしも口を添えた。「そしてたいていの男は、生理をこわがる」これまでにいったい何度、凶器を生理用ナプキンや、使い切りビデや、デリケートゾーンのかゆみ止めに隠しただろう。「偽の名義で旅をしていて、止められることがあるかもしれない。そのときは、かならずこのアプリを開いといて。できれば、経血量とか最終月経日とかを画面に出して」

「生理が来ないと、一日ごとに子ネコが大きくなるんだよ」ミンカが大事な情報を言い足した。

ナタリーは、ミンカのしみもしわもない肌や、若々しいおっぱいをじろりと見た。「ミンカが更年期障害のアプリなんて、どう見てもへんでしょ」

ミンカはにやりとして、携帯を立ち上げた。「あたしのは、〈生理犬〉なんだ」小さなベレー帽をかぶったフレンチプードルが、画面上にちょこちょこ現われた。「ボンジュール！　生理周期十四日目。排卵期だワン！」

「んまあ」ヘレンが小声で漏らした。

「完成したら、アプリストアで売ろうと思って」とミンカ。「めっちゃ売れると思うよ。楽しみにしてて」

家の中であいさつを交わしてから、二人ずつひそかに出発した。経験上、女性が三人以上いっしょに行動していると注意を引きやすいとわかっている。それに、六人分まとめた擬装を考えるよりも、ばらばらに分かれた方が楽だ。まずアキコとミンカが、ケヴィンを連れ、タクシーで空港に向かった。トロントで乗り継いで、ロンドン・ガトウィック空港に着いたら、ヘレンの地図を頼りにレンタカーでベンスコムをめざす。続いてヘレンとナタリーがニューアーク空港へ飛び、ロンドン・ヒースロー空港行きに乗り換える。出発ロビーでは、メアリー・アリスとわたしが通路の反対に座っており、ボストン経由でやはりロンドン・ヒースローへ向かった。朝七時に飛行機を降りるまで、ひとり旅を装っていたが、メアリー・アリスがレンタカーを借りると道端で乗せてもらった。ベイジングストークまで列車で移動したヘレンとナットを、高速道路M三号線からいったん降りて拾った。エコノミークラスで一夜をすごして寝不足だし、いかにも一月のイギリスらしい悪天候だ——寒くて、暗くて、雨がしとしと。

けれど、疲れや天気にもかかわらず、心は浮き立っていた。メアリー・アリスはメッセージアプリをチェックして、アキコたちが無事ガトウィックに到着したことを確認した。返信したあと、衛星ラジオをつけ、片っ端から試して、とうとうＡＢＢＡを流す七〇年代の局を見つけた。『恋のウォータールー』のピアノに合わせて彼女がハンドルを叩き、わたしたちはサビを大合唱した。ヘレンが描いてくれた地図に従って進んでいく。あそこにいたのは、遠いむかしのこと。あれからいろいろ変わった――おもにわたしたちが。いまはもう、この道路を一九七九年に送られていった小娘たちはいない。

目的地までは高速は通っていないけれど、途中で二度トイレ休憩を入れ、紅茶と、ブラウンソースたっぷりの分厚いベーコンサンドイッチも買った。南西へとひた走り、サウサンプトンの外周を回った。広い高速道路から、せまい幹線道路へ降り、ついにはのどかな田舎道になった。ドーセット州に入り、スワネージやパーベックの海岸への標識をたどりながら、ワース・マトラヴァーズの近くで曲がった。ミス・マープルが牧師の死体を発見する村の名前みたいだ。

「そこ！」ナタリーが突然叫び、メアリー・アリスは急ブレーキを踏んで、左へ強引に曲がった。門は開いており、れんが造りの高い門柱のてっぺんには、石の装飾がついている。門扉の格子にツタが強力に絡みついて、固定していた。片側の門柱には、控えめに〈ベンスコム・ホール〉と記された真鍮《しんちゅう》の表札がまだあった。私道の砂利はほとんどなくなっており、泥と水たまりだらけの広い通路を、車はそろそろと進んだ。

ヴィクトリア朝後期の様式で、トマス・ハーディの屋敷マックス・ゲートを手本にしたのだと教わった。赤れんがは、以前は温かみもあったが、いまはいかめしくよそよそしい。屋根の傾斜が少しきつすぎるし、煙突が少し不気味すぎる。

メアリー・アリスが玄関前に車を停めると、みな降りて、口々に文句をいいながら痛む腰を伸ばし、こわばった脚をさすった。

「鍵がいるんじゃないの？」メアリー・アリスがたずねた。

ヘレンは玄関ステップに立ち、困りはてたように見まわした。「考えてなかった」

ヘレンのかつての几帳面さを、思い出すまいとした。家に入る方法などというちょっとしたことでも、うっかりしたりはしなかった。だが、加齢と悲嘆とが重なって、だいぶやられてしまったのだろう。わたしはナタリーに向かっていった。「鍵をどうにかできる？」

「もちろん」彼女は石を拾うと、窓に投げつけた。

「ピッキングのことをいったんだけど、まあいいや」とわたしはいった。彼女はにやにやしながら、袖を引っぱって手を保護し、割れた窓ガラスから差し入れて鍵を探した。はずすと、窓を引き開けた。「中からドアを開けるね」といって、薄暗い室内に消えた。

やがて玄関扉を開けてくれたが、ちょうつがいがすさまじい音できしみ、玄関脇の茂りすぎた沈丁花から、鳥がびっくりして飛び立った。ヘレンはひと呼吸してからナタリーを追って入ったが、メアリー・アリスはしりごみして、わたしの袖をつかんだ。指さす先では、窓枠のペンキがだらりとめくれている。汚れたガラスごしに、白いほこりよけをかけた家具がかろうじて見えた。

「まるで幽霊屋敷じゃん」と迫った。

大きく息を吸うと、家の中から、湿ったような、腐敗したような、古い空き家特有のにおいがした。それと、もっとかすかな、でも消えてはいないにおい――蜜蠟とラベンダーのなつかしいにおいも。

肩をすくめた。「まあ、そうだとしても、幽霊はわたしたちの知ってる人だよ」

第21章

一九八〇年四月

ローマのよく晴れた朝。トラステヴェレ地区のアパートの窓は全開で、テヴェレ川を吹きわたる春風が入ってくる。せまい台所は肌寒いが、換気は必須だ。手袋をはめたメアリー・アリスが、できばえをチェックする。

「どう思う?」とビリーにきく。

ビリーはフルーツケーキの型を、手を触れずに見る。「フルーツケーキに見えると思う」

メアリー・アリスは、小さな丸い型四つで焼いたケーキを、ケーキクーラーに取り出す。糖蜜入りで色が濃く、ドライチェリーやドライアプリコットがたっぷり入って、てっぺんにはアーモンドスライスが飾られている。ビリーの目の前で、メアリー・アリスはテネシー・ウイスキーを開封し、ボウルになみなみと注ぐ。手もとには白い粉末が入った小びんもあり、開ける前に医療用マスクで口と鼻を覆うと、ビリーにも促す。アパートの他の部屋のドアは閉まっており、他の面々も顔を出さない。

白い粉末は、グラニュー糖のようにも見える。イタリアへは、女性のデリケートゾーン用パウダーのラベルのついた花模様のびんに入れ、ビリーの洗面ポーチに隠して持ちこんだ。空港の税関職員に向かって叩く軽口も用意してあったが、かばんを開けようともしない。コンスタンス・ハリデイのアイデアで、四人は客室乗務員の扮装をしており、ビリーは少しばかりぴっちりしたパンナムのブルーの制服に身を包んでいる。税関職員が、乗り継ぎ時間にデートでも、と誘おうとした刹那《せつな》、ぱりっとしたパイロットの制服姿のギュンター・パールが現われ、さりげなく彼女の腰に腕を回す。税関職員はしゅんとして、彼女を毒物とともに入国させる。

借りてあったアパートへまっすぐ向かう。ギュンターには小さなワンルーム、四人にはそれより大きな部屋だ。二日間は観光客を装って、コロッセオやフォロ・ロマーノを律儀に回り、トレヴィの泉でコインを投げ、ナヴォーナ広場あたりの騒がしいカフェで高すぎるパスタを食べる。定番の写真も撮る。真実の口に手を突っこんだり、花ざかりのスペイン階段に背の順に並んだり。名所が印刷された絵はがきやみやげ物を買い、わらが巻かれたボトルの安い赤ワインを飲む。

しかし三日目の朝、メアリー・アリスは台所に立ち、計画を実行に移す。何度も練習したとおりに、教わったレシピでケーキを焼く。アパートの食品棚には、必要なものがそろっている――アメリカ産の材料まであって、それらしいケーキを作れる。医療用マスクごしではわからないが、スパイスとオレンジの芳香が窓から街中へ流れ出している。

　ビリーからびんを受け取り、中身の粉を用心しながらウイスキーに混ぜる。完全に溶けると、注射器に満たして、ケーキに毒入りウイスキーを注入する。タリウムを使うのは、メアリー・アリスのアイデアだ。ケーキにしっかりしみこんでくれて、満足する。重金属であるタリウムは無味無臭だが、呼吸器や皮膚から吸収されても死に至る猛毒だ。

　ケーキ四個に注入を終えると、パラフィン紙でていねいに包み、紙箱に収める。どことなくゴシック風の修道院のロゴが箔押《はくお》しされた箱だ。ビリーは換気扇を回し、空気中に残った成分を外へ追い出す。二人とも手袋をはずし、びん、注射器、ケーキの型、マスクといっしょにまとめる。残ったウイスキーはシンクに流し、空きびんもごみに加える。ごみ袋ひとつにすべてが収まり、ローマのせまい台所からアメリカ産の材料はあとかたもなく消える。

　ケーキがきれいにラッピングされると、全員が集まる。四人とも、架空の修道会の衣服に着替える。質素なダークグレーの修道服は、首からひざ下までを覆い隠し、白い袖口と襟《えり》がついている。メイクを落とし、髪はライトグレーのベールで包む。黒い厚手のストッキングと、実用的な靴。ジュエリーはすべてはずすが、薬指の細い指輪と、腕時計だけは残す。外側はタイメックスの安物だが、中身の構造は高級品だ。三日前に降り立った華やかなスチュワーデスとは似ても似つかないが、変わったのは服装やメイクなどの外面だけではない。キリストの花嫁としての慎み深いふるまいを、厳しく教えこまれている。しずしずと歩き、うつむき加減で、目を合わせない。ギュンターが、黒い祭服に白のローマンカラーのシャツ、首から下げた質素な十字架、という格好でやってくると、四人は口をつぐみ、しおらしい様子で待っている。

「こりゃ驚いたなあ」と彼はいう。四人はケーキの箱を持ってついていく。

彼は上機嫌だ。この任務に責任がないからだろう。修道女だけの集団もローマでは珍しくないが、神父がつきそっていればなおさら目に留まらない、という理由で呼ばれた、単なるお飾りだ。フランスでの任務を成功させたあと、四人は多大な創意工夫を必要とするこの仕事の計画と実行を任された。各段階で理事会の審査と承認を受けたが、介入はギュンターを加える点のみ。最初から最後まで、自分たちだけの手で完遂したかった四人は、軽くいらついた。だが、彼の笑顔にはつりこまれてしまう。ヴァチカン市国まで歩きながら、彼はこの仕事の報酬の使い道を語って聞かせる。

「クルタンピエールの温泉に入りに行こうと思ってね」歩きながら、スイスの地理を手で示す。「毎年、正月には健康増進の施術を徹底的に受けるんだ。それと、ひと仕事終わったときも。ドイツ系スイス人だから、ベルンにでも行くんだろうと思われがちだけど、ちがうんだな。断然クルタンピエールだね。温泉に浸かってると、悩みも消えるし腎機能も回復する」そして、予定する施術を並べる。「マッサージ、サウナ、パック療法。この仕事は苦労が多いからね、体をいたわらなきゃ」

温厚だし、見た目も悪くないギュンターだが、病気不安症ぎみで、やたらと自分の消化器系の話をしたがる。

「どんな施術がいいの？」ナタリーが目を輝かして質問する。「浣腸の話、もっと聞かせて」

ヘレンが思いきりひじ鉄を食らわせるが、ナタリーのことばに気をよくしたギュンターは、自分の腸について滔々《とうとう》と語りつづける。やがてサン・ピエトロ広場に到着する。ベルニーニが設計した、戸外の応接室のような広場には圧倒される。石柱の並ぶ長い回廊が左右に延びて取り囲み、訪れる人を包みこんで安心させるはずなのだが、なぜかそうは感じられない。畏敬の念を抱かせる狙いが、仰々しすぎるのだ。入口に金属探知機があるが、係員はろくに注意も払わずに人々を通している。五人は巨大な楕円形の広場を抜け、中央にそびえるオベリスクの横を通って、ウェディングケーキのように堂々たる大聖堂正面へと進む。

大理石敷きの入口はほの暗く、目が慣れるのに一瞬かかる。丸天井から差しこむ光のすじの中で、細かいほこりが舞っている。疲れた顔の清掃員が、祭壇に靴をはかずに立ち、無気力にモップを動かしている。祭壇には教皇の遺体を収めたガラスの棺《ひつぎ》が安置され、青白い顔や手が見える。清掃員がそのガラスを磨き、信者たちの指紋を拭き取るのを、一行は見守る。大聖堂内部を時計回りに進んでいくと、ヴァチカン警察やスイス傭兵の視線を感じるが、記憶には残るまい。児童や観光客、奇跡を求める人たちの群れに、難なく溶けこむ。壮麗なバロック様式の大聖堂の中で、だれの目も引かない。

一周すると、午前十一時四十五分。毎週火曜日の十二時きっかりに、ボストン大司教区のティモシー・サリヴァン司教が、サン・ピエトロ広場西側の観光案内所の前を通る。四人の慎み深い修道女とつきそいの神父は、教皇の笑顔の絵はがきや木のロザリオなどのみやげ物の棚でスイス傭兵から身を隠しながら、かたまって立つ。

時計の鐘が十二回鳴ると、司教が現われる。さびしくなった髪をとかしつけ、祭服のすそをなびかせながら、悠々と歩いてくる。背が高く、やせていて、少し猫背。名門大学の学者のような雰囲気だが、表情だけはちがう。つねに内に煮えたぎる怒りを隠すため、口もとに笑みを浮かべているが、目は笑わない。メアリー・アリスが呼びかけると、いらだちを見せそうになる。

「なんでしょう?」司教はきびきびとたずねる。ぶっきらぼうになりかけるが、修道女でも役に立つことはある。それに近づいてみると、若くて美人ぞろいだ。ぞくりとしながら、口角を上げる。やさしく問いかけるような表情で、待つ。

「サリヴァン司教さま! あの、お邪魔して申し訳ございません。わたくしたちは、女子平和修道会からまいりました。テネシー州ノックスヴィル郊外の修道院でございます。ご存じかとは思いますが」

めんどうなので知っているふりもしないが、南部なまりを耳にして穏やかな顔になる。

「存じ上げませんな、すまないが」と愛想よくいう。

「聖地巡礼にまいったのですが、わたくしたちの修道院長が、お姉さまと同級生でして」急いで続ける。「司教さまとお会いしてこれをお渡しするよう、きつく言いつかっております」

どの姉かときくのもめんどうだ。全部で六人いて、ボストンからデンヴァーまでの各地でカトリックの信仰に生きている。メアリー・アリスから箱を受け取り、笑みを大きくする。

「これはご親切に」

「フルーツケーキでございます、司教さま」ナタリーがいそいそと割って入る。「修道院維持のために焼いております。ひとつひとつ、テネシー・ウイスキーで風味づけしております」

「フルーツケーキですか」ぱっと顔を輝かす。「しっとりしたやつですかな？　しっとりしたフルーツケーキが大好物なんだが、イタリアのはどうもうまくなくて」

「もちろんでございます」メアリー・アリスは静かな声でいう。「この上なく風味豊かで、しっとりしております」

もう有頂天という顔で、修道女たちの頭ごしにギュンターを見やる。「神父さまは、なぜこのシスターたちとごいっしょに？」

ギュンターはうっすらと笑ってみせる。「修道院長が、シスターたちだけで旅をするのを心配されましてね。アメリカから出たことのない子たちでしたので、それでわたしがつきそいを申し出たのでございます」

「よい心がけですな」修道女たちを見ると、期待に胸をふくらましているのがわかる。若さにあふれ、いきいきとしている。熱心すぎてわずらわしいが、腰の低さは気に入る。けさの財政会議で受けた手痛い傷を癒《いや》してくれる。そっけなく分厚い、いまいましい修道服に隠れているが、彼の慣れた目には、最初に呼びかけた修道女の豊満な体つきが透けて見える。衝動的に口を開く。

「庭園をご覧になりませんか？　いい噴水にご案内しますよ。退屈なツアーなんかよりいいでしょう」

五人は一瞬、完全に固まる。司教はそれを、感極まっていると受け取る。実際は、遠慮したいのだ。一刻も早く彼のそばを離れたい。彼が死ねば、調査が行なわれるかもしれない。防犯カメラを探して映像を確認する。目撃者から聴取する。彼の死と結びつけられかねない痕跡は、なにひとつ残したくない。

「いえいえ、ご迷惑になりますので！」ヘレンがあわてていう。いかにも恐れ多いという顔を作り、怒る理由を与えない。

「それよりも」ビリーがおずおずと、ほとんど聞き取れないほど控えめにいう。「ケーキを味見してご感想をお聞かせくださいましたら、たいへんうれしゅうございます。院長も気にしているはずですので」

司教はふざけてにやりとする。「たしかに、わたしも女子修道院長だけは恐ろしくてね」箱を開け、喜色満面で眺める。「実においしそうですなあ」小さなケーキをひとつ手に取り、パラフィン紙を開いて、深々とにおいを嗅ぐ。「シナモンのにおいがするな――それと、クローブもかな？」

メアリー・アリスがうなずく。「そのとおりでございます。司教さまはお鼻がお利きになりますね」

得意な顔をして、大きくひと口かぶりつく。よくよく噛んでから、もうひと口食べ、とうとう一個をたいらげてから、述べる。「これまで食べた中で最高のフルーツケーキだと、修道院長にお伝えください。すばらしい逸品ですな」

四人はうれしそうに視線を交わし、司教は次のケーキに手を伸ばす。「ひとりじめは強欲でしょうが」ほおばりながらいう。「その心配は告解のときにしましょう」

ナタリーは愕然としてみせる。「おやめくださいませ！　司教さまのために焼いたケーキでございます。ほかの方にあげてしまわれたら、院長が悲しみます」

二個目のケーキも食べ終えると、箱を閉める。「院長に、だいじょうぶですとお伝えください。全部わたしがいただきますよ、だれにも見せやしません。実をいうと、きょうは昼食の時間が取れないので、夜までに全部なくなってしまうでしょうな」

四人はまた笑顔を交わす。ギュンターが周囲を見わたす。「さて、そろそろ行きましょう。司教さまにはずいぶんお時間を取らせてしまいましたから」

「そうですね」メアリー・アリスが視線を落とす。みな口々に司教への感謝を述べ、形ばかりの祝福を授かって、その場を離れる。

彼はまた箱を開け、三つ目のケーキに食らいつく。三時間もすると、腹が耐えられないほど差しこみ、嘔吐《おうと》や下痢《げり》も始まるだろう。脱水が進み意識ももうろうとしてきたころに、ローマの病院へ運びこまれるが、医者はタリウム中毒など疑いもしない。疑えば、解毒剤の活性炭やプルシアンブルーを処方し、腹痛や脱毛の症状を食い止めるだろうが、それはありえない。どんどん悪化して心臓が衰弱し、三週間ほどで死ぬ。ヴァチカンではない情報源からの報道で、死因はすい臓がんとされる。担当した医師は、銀行口座への謎の振り込みの意味を理解し、黙って死亡診断書にサインする。報道に異議を唱えたりはしない。それはヴァチカンも同様だ。その二年後、イタリアの銀行が倒産し、教皇庁の財政をめぐる不正が明るみに出る。マネーロンダリングにまつわるうわさも、数十年ささやかれつづける。だが、ある司教が東南アジアの軍事政権に対し、伝道支援の名目で行なっていた武器の供給は終わりを迎える。勢いづいた反政府勢力は、初の民主政権を打ち立てる。

第22章

初日はほとんど、ベンスコムを住める状態にする作業で暮れた。現状を目のあたりにして、気が滅入った。庭は草ぼうぼう、室内は湿気がひどくて壁紙がべろんとはがれ、配管設備はいわずもがな。持ってきた荷物は二階のせまい寝室に分けて片づけた。コンスタンス・ハリデイの部屋を使おうとはだれもいわなかった。死の直前まで飲んでいた薬のびんや、最後に読んでいた本――アンジェラ・カーターのおとぎ話――が、まだサイドテーブルにのっていた。二人ずつ相部屋にして、あまりにひどいクモの巣は掃除し、窓を開け放って冬の冷気を入れた。

ミンカとアキコも到着すると、全員でプールの街まで出かけた。スーパーやドラッグストア、その他五、六軒の店を回って、生活必需品を買いそろえた。食料、薪《まき》、ワイン、文具、セーターや靴下の替え――車二台にぎちぎちに詰めこんだ。帰ると台所から虫の死骸《しがい》やネズミのミイラを掃き出し、床がべとべとしなくなるまでモップがけをした。ヘレンが安物雑貨店の奥から、クリスマスの売れ残りで格安の包装紙を発掘したので、ぼろぼろの壁紙を隠すように、裏の無地の面を見せて貼った。ナタリーが、買ってきたチキンとネギのパイを温め、メアリー・アリスはサラダを作った。六人とも、食事を楽しむためというより、エネルギー補給のために食べた。食後、ミンカはゲームをしに部屋へ引っこみ、アキコはケヴィン――精神安定剤のせいでまだふらふらしているようだ――を連れて二階へ上がった。ヘレンは、やはり安物雑貨店で手に入れたカラーペンのセットを取り出した。バービーの模造品で、毒々しくキラキラした虹の色。壁に貼った包装紙にそれぞれの名前を書き、その下に担当範囲を丹念にリストアップしては、読み上げる。

「アキコとミンカ、本拠地の手入れ、通信手段の確保」そういうなり、書いたリストの〈本拠地の手入れ、通信手段の確保〉にチェックをつけた。ナットとメアリー・アリスがデザートのアイスクリームをよそってきた。

「チェックして消すためにわざわざ書いてるの？」わたしはきいた。

ヘレンは肩をすくめた。「見落としがあったら困るもの。それに、書いたことを消せると、達成感があるでしょ。ケネスが亡くなったあと、手帳に〈ベッドから出る〉って目標を書いた日が何日もあったわ。ちゃんとやりとげた、って思えるように」

彼女が一歩下がると、いっしょに全体像を眺めた。メアリー・アリスとナットはアイスを置いて寄ってきた。計画全体が、ショッキングピンクにギラギラ輝いていた。

「〈マイリトルポニー〉の殺人計画って感じ」メアリー・アリスがいった。「うわっ、ラメ入りなの？」

「かわいいじゃん」ナタリーが助け船を出した。

「幼稚園の工作のお時間みたい。復讐に燃える暗殺者とは思えないね」

ヘレンはペンのキャップを閉めて、差し出した。「メアリー・アリス、続きをやりたいならいつでもどうぞ」

「みんな疲れてるし、時差ぼけだよね」わたしはペンを取り上げた。「のんびりして、アイスを食べて、ワインを飲んで、これにほころびがないか考えてみよう」と、ギュンター・パールの名前の下を指さした。細かい情報がたくさん書いてある。ティエリー・カラパスの下はさびしい。ヴァンス・ギルクリストの欄は真っ白。

「どういうこと?」メアリー・アリスは真っ白なスペースをにらみつけた。

「まだわたしたちが知らないことがあるってだけ。これから埋める」

アイスクリームでみなの心は落ちつき、ワインでぐっと持ち上げられた。とんでもなくまずいリオハ・ワインを二本空けるころには、すっかりいい雰囲気になっていた。

「ほんと、ひどいワインだわね」といいながら、ヘレンは残りを全部注いだ。ボトルを逆さにして、最後の一滴まで粘っている。

「名は体を表わす、だね」わたしはいった。

ナタリーはボトルを手に取り、ラベルを見た。「モノス・ムエルトス。どういう意味?」

「サルの死体」わたしはグラスをどけた。「わたしたち、サルの死体ワインを飲んでるんだよ」

ナタリーは悲鳴を上げ、ボトルから手を離した。

「サルの死体が入ってるわけじゃないって」メアリー・アリスがなだめた。「ただのマーケティング戦略」

「気持ちわるっ」とナタリー。

「気持ち悪いといったら、二階のバスルーム」とわたし。「あれをなんとかしないと、シャワーのたびに破傷風とかライム病とか狂犬病とかが心配になっちゃう」

「イギリスにはどれもないわよ」ヘレンがそういって、ため息をついた。「ぼろ屋敷だし、寒いし、それにベッドの下には十中八九、ネズミの死骸があるだろうけど、それでもここにまた来られてうれしい。なつかしいわ」

みな台所を見まわした。ナタリーが、皿を探していたときにジャムびんの置き場所を見つけ、十個ばかりにろうそくを入れて灯した。それらを、むかつくほど醜悪な鳩時計や、指が欠けているためその鳩を殴っているように見える磁器の女羊飼いや、薄汚れた毛糸玉と恐ろしげな編み針の入ったかごなどと並べて、マントルピースに飾った。ろうそくの明かりで、壁のひび割れや窓の汚れがやわらいで見えるし、メアリー・アリスが暖炉に火をおこしてくれたので部屋も暖まり、居心地のいい場所に思えてきた。

ワインを飲み干すと、ヘレンは別のペンを手に取った——滴《したた》るような緑色で、スイカらしきにおいつき。壁のところへ行き、〈問題点〉ときれいな字で書いた。

夜どおし話し合い、計画を何度も何度も見なおした。ギュンターはありがたいことに、かつてとおなじ習慣らしい。いまも毎年正月すぎに、お気に入りの温浴施設へデトックスに行く。施設のウェブサイトをあちこちクリックして、必要な情報はすべて手に入った。敷地内の配置図も、スタッフの笑顔の写真も――シンプルな黒い術衣を身につけ、いかにもプロという風情《ふぜい》だ。

夜明けの弱々しい光が台所の窓から差しこむころ、完成した。ナタリーが命名した〈殺しの壁〉に、細部まで書き出された。みな少し離れて、点検した。穴という穴をふさぎ、行ったり来たりしながら点検して、最後には溶けたバターのようになめらかに仕上がった。

「嘘みたい」メアリー・アリスが壁に目を走らせながらいった。「これ、うまく行きそう」

「ばっちりだね」わたしもにやりとした。

「あとは、だれが切りこむかね」とナタリー。

メアリー・アリスが手を上げた。「やらせて」

きりりとした顔つき。理由はわかった。みずから乗りこんでいって、この状況を変える働きができれば、人生を取り戻せると感じられそうだからだ。

みなうなずいた。メアリー・アリスは続けた。「ヘレン、助手が必要になるから――」

「わたしがやる」急いで割って入った。

ナタリーが口を開いた。「それは、ヘレンが決めることだと思うな」

「思わない。わたしがやるんだから」と言い返した。

「ちょっと、朝ごはんになに食べたの？　サクサクあまーいばか女シリアル？」ナタリーが口をとがらせた。

ヘレンがその腕に手を置いた。「いいから。ビリーがやりたいなら、それがいいわ」

「やりたいよ」だれも反論しなかった。ジャクソン広場でヘレンがおじけづいたことを明かすつもりはないが、この作戦を危うくされるのも困る。だいじょうぶだと確信できるまでは、控えていてもらう方がいい。

作戦には、あとひとつの作業と、そこそこの準備が必要だ。物置小屋で発掘した甕《かめ》から手をつけた——古いガラス製の大びんで、シードルの醸造《じょうぞう》か、ワインの保存に使っていたのだろう。長い柄《え》つきのブラシでよく洗ってから、ビニール手袋をはめた。外の蛇口《じゃぐち》から甕に水をたっぷり汲み、たばこを一パック開けて、フィルターをはずした。一本ずつナイフで切り開き、中身の葉を慎重に甕に入れた。茶色くて細かい葉が、水中で渦《うず》を巻く。たばこを解剖しては甕に混ぜこんでいると、不思議と心が落ちついた。寒さに強い鳥たちがさえずっている。冬の日差しは、淡いレモン色をしていた。『アメリカン・パイ』の一節を口笛で吹きたい気分になりながら、甕をよく揺すり、ふたをした。それを、水出し紅茶のサンティーを作るときのように、玄関前の日だまりに置いた。日が傾いたら家に入れ、ストーブの後ろで適温を保つ。最高級アールグレイのように、じっくりとていねいに抽出する。

冷えきった手足を温めようと台所へ戻ると、ヘレンが電話をかけていた。

「どうしたの?」小声できいた。

「オンライン予約をしようとしたんだけど、満室なのよ」とささやき返した。

わたしは口を開いたが、相手が電話を取ったらしく、制された。「もしもし、〈クルタンピエール・スパ〉でしょうか?」ヘレンはイギリス上流階級の話し方をした。貴族がやりがちなフランス語の発音のまちがいも、わざと取り入れた。「レディ・ヘンリエッタ・リドリーと申します。予約確認のメールが届いておりませんけど、どういうことでしょうか。リドリーです。リ、ド、リ、イ」いらだちもあらわに、嚙んで含めるように発音する。「は? もちろんそうですよ。秘書のカサンドラが、先週予約をいたしました。そのときにお話しになっているはずですけれど。予約の確認をお願いできますかしら」

電話のむこうで泣き言を並べ立てるのがうっすらと聞こえてきた。ヘレンはばっさり切り捨てた。「あのねえ、それは言い訳でしょう。女性四人で予約したんですよ。わたくしと、連れが三人です。お風呂に入って、軽いマッサージでも受けようかしらと思っていますけど、それだけです。のんびりすごすだけですよ。そのくらい、かまいませんでしょ?」さらに泣き言。「繁忙期なのは存じていますよ。ですけど、そちらが予約をまちがえたんですから、そちらの責任でしょう。ええ、なんとしても。待ちますよ」不機嫌にいった。

「部屋は取れそうなの?」わたしはそっときいた。彼女はわたしを見て、顔をしかめ、肩をすくめた。スパに入れなければ、作戦自体が危うくなる。ミンカはむかいの席で、プールで手に入れたノートパソコンをいじっていた。わたしの指示で、スパのSNSページを開いてくれた。最新の投稿は、雪景色の中で真っ青な空に湯けむりを漂わせる温泉の写真だった。コメントに目を通す——ハートや拍手、頭にタオルを巻いた絵文字ばかり。だがついに狙ったものを見つけた。〈今度の週末、結婚前祝いパーティーで行きます。楽しみ!〉デビー・ウィリアムズが、ハートの目の絵文字つきで浮かれている。プロフィールによると、カーディフ在住だ。何度かクリックすると、婚約記念写真も出てきた。デビーがやさしそうな男性に腕を回され、満面の笑みで小さな輝くダイヤの指輪を見せている。そのいくつかあとの投稿では、デビーと五人の女性の写真をのせ、〈親友たちがブライズメイドをやってくれます!〉と書いている。全部で六人。ということは、最低でも二部屋、おそらく三部屋。ぴったりだ。

スパのページに戻り、公式ウェブサイトへのリンクをクリックした。そのとき、ヘレンがまた話し出した。「ええ、まだ待っておりますとも。予約を入れてくださるまで、いつまでもお待ちしますよ」わたしは必死のジェスチャーで、会話を引き延ばしてと頼んだ。さっそく、お上品なお説教が始まった。わたしはクリックをくりかえし、ようやく電話番号を見つけて、かけた。

ヘレンに呼び出し中と伝えると、またとげとげしくいった。「その電話、お取りになったら？　うるさくてしかたがないわ。はいはい、待ちますから」

担当者はわたしの電話にフランス語とドイツ語で答えたが、すぐに英語に切り換えた。弱りはてた声の男性だ。

「あの、カーディフのデビー・ウィリアムズです。結婚前祝いのパーティーのために何部屋か予約してたんですけど、キャンセルしないといけなくなって。えっと、予約番号は、いまちょっと手もとにないんです。探してみますけど、すぐには……」消え入るように口をつぐんだところで、担当者がことばを継いだ。

「キャンセルには、予約番号が必要な決まりになっておりまして」さすがスイス人、ルール遵守だ。ヘレンにうんざりした顔をしてみせる。

「彼が悪いんです、結婚式をキャンセルするなんて」いまにも泣き出しそうな声でいった。「招待客みんなに知らせなきゃいけなくて、ものすごく屈辱的だったのに、その上ここの宿代まで払えっていうんですか。結婚資金を彼が全部持ち逃げしちゃったから、払えるわけないじゃないですか――」

担当者はスイス人であると同時に、男性でもあった。いままでの人生で、泣いている女性をうまく扱える男性を見たことがない――しかも、いらついている女性を保留にして待たせ、そこへあてがう部屋をどうぞとばかりに差し出されている状況で。わたしはだめ押しで、泣きまねをしながら途切れ途切れにいってやった。「彼、浮気してたんです。わたしの妹と」

気の毒な担当者に、勝ち目はなかった。

「今回にかぎり、お受けいたします」と早口でいった。

わたしは感謝のことばを羅列しかけたが、さえぎられた。「お客さまのご予約をキャンセルさせていただきました。まことにありがとうございました。またの機会に、どうぞ〈クルタンピエール・スパ〉をご利用くださいませ」電話は切れ、すぐさまヘレンの方がつながった。漏れ聞こえてくる声はほっとした様子で、ヘレンも機嫌を直した。

「無事解決して結構ですこと。ええ。今度の週末にうかがいます。二部屋で。あら、おわびの頭皮マッサージまで？　ご親切さま」

電話を切り、わたしを見た。「デビー・ウィリアムズって、なにもの？」

第23章

　数日後、例のたばこ茶が完成した。固形物は漉《こ》し取って庭に埋めた。残った液体は、純度の高い毒物だ。台所に全員が集まり、手袋をはめた。ケヴィンは死なないようパントリーに閉じこめた。台所のじょうごを使って、淀《よど》んだ液体を不透明の洗面用品のびんに慎重に分けた。洗顔料、保湿液、収斂《しゅうれん》化粧水、マウスウォッシュ――どれもいっぱいに詰めて栓をして、漏れないよう蠟《ろう》で密封した。アイリッシュウイスキーのミニボトルも数本、おなじようにした。飛行機ではなく列車で行く予定だが、税関で不審に思われるのは避けたい。全部合わせると、必要量以上になった。

　終わると、台所を掃除し、毒液の残りはシンクに流した。ナタリーがさらに熱湯消毒し、甕も同様にして、あらゆる痕跡を消した。荷造りも完了。また別の身分証と、扮装、その他必要なものはすべて、小型のキャリーバッグ一人ひとつに収めた。メアリー・アリスとアキコが堅苦しくあいさつを交わし、残りのメンバーは見て見ぬふりをした。イギリスに来てから、アキコはろくに口もきいてあげていないけれど、何日か離れたらわかってくるのではないか。これがニューノーマルなのだと――少なくとも、当面は。

ミンカが駅まで車で送ってくれ、そこからロンドンまでは四人別々の車両に乗った。チューリッヒまでのルートも少しずつ変え、駅で降りたところで合流して、ハイヤーに乗りこんだ――レディ・ヘンリエッタ・リドリーはウーバーなど使わないのだ。ヘレンが勝手知ったるていで先頭を歩き、あとの三人はくっついていった。出発前にリサイクルショップをあさってイギリス的なツイードの服を買い、ビヨンセ御用達メーカーのかつらで、髪をごまかした。ナタリーは大きめのブラジャーに、靴下でくるんだ水風船をはさみ、わたしはヒップパッドを装着して、歳とともにでっぷりした感じを演出した。まるで向かうところ敵なしの女子集団だ。リーダーは女王陛下と豪語し、全員ローヒールにおばちゃんパーマ。メアリー・アリスなど、ハンドバッグに忍ばせたアメちゃんを、チップがわりにポーターにあげていた。

スパには問題なくチェックインできた。ヘレン演じる〈レディ・ヘンリエッタ〉が震え上がらせた例の担当者は、どこにも見あたらなかった。手続きをしてくれたのは、ほっそりとした若い女性で、ジウという名札をつけていた。ウェルカムサービスとしてアルカリ水を出してくれたのだが、ナタリーがわざとよろけてグラスを倒し、ジウのおしゃれな黒いスーツに全部かけてしまった。

「あああ、ごめんなさいねえ」ナタリーがもたもたといった。

ジウはうっすらとほほえんだ。「とんでもございません。少々失礼して、着替えてまいりますね」

部屋まで自力で上がれるからだいじょうぶ、と請《う》け合って送り出した。ジウが奥のドアへ消えていくと、ナタリーがフロントデスクを回りこんで、パソコンの前にひざまずいた。あとの三人は施術案内のパンフレットを読むふりをしながら、エレベーターや、玄関や、従業員出入口に目を配っていた。

「急いで」メアリー・アリスが促した。ナタリーはひざがつらくなって立ち上がった。わたしはジウの名刺を二枚ほど失敬した。

「よし」ナットがいった。「二一七号室にいる」

鍵とパンフレットを手に、三階の部屋へ向かった。メアリー・アリスとわたしでひと部屋、ヘレンとナットでもうひと部屋。使い勝手のいいコネクティングルームで、仕切りのドアは開けっ放しにした。ものの数分で準備は整った。各部屋に小ぶりの机が備えつけてあって、分厚いレザーバインダーがのっていた。中には、スパのロゴ入りのレターセット。それにギュンターへのメッセージをしたためた。あす、一時断水が発生する見込みで、ご不便をおかけするおわびとして、きょうの午後五時からお部屋で全身泥パックをサービスする、と。ジウとサインして、彼女の名刺といっしょに封筒に入れた。宛名の7には、ヨーロッパのみなさんがかならずつける横棒を忘れず入れた。ナタリーに預けると、こっそり彼のドアの下から封筒を差し入れに行った。

ヘレンのベッドに座って待っているところへ、帰ってきた。

「部屋にいた？」わたしはきいた。

「うん。貨物列車みたいないびきを立ててたわよ」

「五時まで寝てて手紙を見なかったらどうするのよ？」ヘレンがご機嫌ななめの幼児のようにいい、ナットがなだめるように背を叩いた。

「それは考えた。だから起きるようにノックしたの。階段に隠れてたら、ドアを開ける音がした」そしてわたしの方を向いた。「ビリーの番よ」

受話器を取り上げ、彼の部屋番号を押した。相手が出ると、南アフリカだかラトビアだかもわからないような、はっきりしないなまりを混ぜながら、てきぱきと話した。「パールさまでいらっしゃいますか？　マッサージサービスのエルサと申します。ご予約の確認のお電話をさしあげました。本日午後五時、アニカが泥パックにうかがいます。はい、無料でございます。フロントのジウの手配ですね。泥パックはたいへん上質の施術でございまして、通常二百七十五ユーロいただいております。いえ、必要なものはアニカがすべてお持ちしますので。ではのちほど。ご利用ありがとうございます」

メアリー・アリスを見る。「作戦開始」

第24章

メアリー・アリスとわたしが部屋を出たのは、五時五分前だった。二人とも、スパのスタッフが着るシンプルな黒の術衣姿。メアリー・アリスのかつらは凍てつくような真っ白のボブで、丹念なメイクで頬骨を高くこけて見せていた。胸をつぶし、銀縁のめがねもかけた。その結果、北欧シックで冷徹な雰囲気ができ上がった。わたしの方は、白髪まじりのこげ茶色の髪を低く束ね、頬にパッドをあててふっくらした顔に見せた。白っぽいパウダーを使うと、くたびれたような顔色になった。折りたたみの施術ベッドをえっちらおっちら運んでいるのも、シフト終わり直前の疲れた初老の女性、という印象を強めた。メアリー・アリスのトートバッグには、道具類が入っている。ギュンターの部屋の前まで行き、控えめにノックした。

即座にドアが開いた。驚きのあまり首を引っこめそうになった。道で出会って肩を叩かれても、彼だとはわからないだろう。最後に会ったのは十五年以上前。あんなに健康にうるさかったのに、目もあてられない姿だった。太ったけれど陽気な感じにはならず、むくんで見えた。肌は汚く、目の下はたるんでいる。スパのローブの前がはだけて、白くなった胸毛がのぞいていた。素足を見ると、爪は分厚く黄ばんでいる。だが笑うと、歯はむかしのままだった。

「失礼します。アニカです」メアリー・アリスはそっけなくいった。「ご支度《したく》はよろしいですか？」

「はいはい」一歩下がってわたしたちを招き入れた。「これ、無料だってね？」

「チップだけです」わたしが答えた。メアリー・アリスが近くにいたら蹴飛《けと》ばしただろうが、黙って施術ベッドを組み立てるよう合図した。

「助手が準備しますので。なにも身につけてないですか？」胴体のあたりを指さしながらたずねた。

「着てませんよ」ローブの腰ひもに手を置いて答えた。

「ベッドが準備できましたら、うつ伏せに寝ていてください。バスルームで泥を調合してきますので」

彼はうなずいた。わたしは急いで施術ベッドの脚を固定し、たたんだブランケットや上掛けシーツを並べた。それから、ケータリングに使われるラップも出した。メアリー・アリスについてバスルームに移動し、トートバッグからバケツを引っぱり出した。深緑色の粉末状の泥が、水で溶くばかりになっている。蛇口を開け、水の音を聞かせながら、手袋をはめて水泳選手が使うノーズクリップをつけた。医療用マスクには劣るが、ニコチンを大量に吸いこむのは防いでくれるだろう。わたしが毒液をゆっくりと注ぎ、メアリー・アリスが木のスプーンで混ぜて、どろっとした粘っこいペーストを作った。ラベンダー精油をびんの半分ほど投入し、においをごまかすと、準備完了だ。

ノーズクリップをはずし、バケツを持ってベッドルームへ行った。ギュンターは横になってシーツをかけており、後頭部だけが見えていた。メアリー・アリスが上掛けをめくると、ぶよぶよでしみだらけのお姿を拝むことができた。歳を取って味が出る男性もいるが、ギュンターはちがう。泥をすくっては背中にのせ、塗り広げていった。かたまり肉にソースをかけるようだ。

「変わったにおいだね」くぐもった声でいった。

「新しい配合なんです」メアリー・アリスが即答した。

「VIP専用です。正規メニューにのせるかどうか、検討中で」わたしも口を出した。

泥を塗りたくり、首から足まで手早く覆っていった。「あおむけになってください」メアリー・アリスが指示した。じたばたしていたので、メアリー・アリスが手を貸した。股間をうまくシーツで隠し、脚と胴体、最後に腕も泥でカバーした。泥を残らず全部のせてしまうと、ラップでくるんでから、足もとからシーツで覆い、両脇もしっかり巻きこんで、巨大なブリトーのようにした。

彼が目を開けた。「時間はどのくらい?」

メアリー・アリスは腕時計を見た。「三十分ですね。そのころに戻ってきますので」

そういいながらも、出ていこうとはしなかった。彼があわてたようにまばたきをしながら、頭を巡らした。「ちょっと待って。気分が悪いんですけど。心臓がどきどきしてる」

「ニコチンのせいだね」メアリー・アリスが本来の声でいった。

さらにまばたき。「どう――どういうこと?」ろれつが回っていない。わたしたちに気づき、ようやく事態を悟って、うめき声を漏らした。

「ニコチンだよ」わたしも説明した。「泥に混ぜて、体じゅうにたっぷり塗ってあげたの。ニコチンって、経皮毒なんだよね。口腔粘膜とか腸管粘膜の方が吸収はいいけどさ、成人男性は平均二平方メートルもの皮膚を持ってて、毛穴もびっしりあるんだから、使わない手はないじゃない? 吐き気がしてきてるんでしょう。心配しないで。効いてきたってことだから」

彼は口を開いた――どなりつけようとしたのだろうが、出てきたのは蚊《か》の鳴くような声だけだった。わたしは机のところへ行き、手袋をはずして、かごからりんごをひとつ取った。術衣で表面を拭《ぬぐ》い、かじった。新鮮でサクサクして、まるで新雪のよう。芯の近くまで食べるあいだずっと、ギュンターは荒い息をしていた。

「なぜ?」どうにか絞り出した。

「わかってるでしょ」メアリー・アリスが答えた。「わたしたちの抹殺を命じたからだよ」

「あれは」あえぎながらいう。「ヴァンスが――」

「心配しないで」わたしは明るくいった。「彼も処理するから」

メアリー・アリスがまた腕時計を見た。「この人、遅いね。毒性は足りてたの?」と顔をしかめた。

「足りてたよ。と、思うけど。研究室を持ってるわけじゃないからさ。むかしながらのやり方しかできないんだよね。スマートじゃないけど、与えられた中で精いっぱいやった」普段、毒物は彼女の専門だけど、パートナーとの問題に追われていたので手を借りられなかった、とはいわないでおいた。

「うーん、スピードアップした方がいいな」彼女は持ちかけた。「列車の時間があるし、この人も洗っとかないといけないから」

彼が小さな泣き声を上げ、ぜいぜいと喉を鳴らした。まだ息はしている。りんごの芯をポケットに押しこんだ。「わかったよ。じゃんけんで決めよう」

彼女はため息をついた。向き合って手を出した。「じゃん、けん、ぽん」

メアリー・アリスがにやりとした。「ビリーの負け。とどめを刺して」

彼にはもう聞こえていないものと思ったが、びくりと動いた。ラップを新たに切って、彼の顔にぴったりかぶせた。時間はかからなかった。終わるとラップを取り、りんごの芯といっしょにポケットに入れた。二人で全身のラップをはがし、シャワーの下へ運んで、スポンジで泥をこすり落とした。顔に赤い斑点が少し出ている――窒息《ちっそくし》死特有の溢血点《いっけってん》だ。

「計画とちがっちゃった」メアリー・アリスが不満げに指さした。

「なんとかするよ」と請け合った。彼の体を拭いて、ベッドに寝かしてから、バスルームの泥を完璧に洗い流した。使ったもの――シーツ、スポンジ、ラップ、手袋、泥や毒物の容器、スプーン――は、すべてごみ袋行き。ジウ名義の手紙を見つけ、それも入れてから袋の口を縛った。

最後に、りんごをもうひとつ、シャツのへりで包んで取った。彼の手に握らせ、指紋をしっかりとつけた。それから口へ持っていき、あごを動かして、歯形がつくよう大きくかじり取らせた。かけらを喉に詰めるのは少しむずかしかったが、うまく行った。ぱっと見の死因は心臓発作か脳卒中だが、よく調べると窒息死だとわかる――それでささやかな溢血点も説明がつく、というわけだ。

「なんとかした」とメアリー・アリスに告げた。彼女はあきれた顔をしながら、部屋を回って最後の点検をした。

「以上」そういってわたしを廊下へ押し出した。時刻を確認する。

「六時四分。おばさんコンビにしては悪くないね」わたしはにんまりした。施術ベッドは階段に置いていった――気の毒な従業員がこってり絞られるだろうが、こんなものを持ってうろうろするのはまずい。部屋に帰ると、黒い術衣もかつらも脱ぎ、かばんにしまった。旅行用の扮装に戻り、四人とも荷物を持って一階へ下りた。

重たい前髪をした若い女性が、半泣きでジウに嚙みついていた。「キャンセルなんてしてません――結婚前祝いだもの！　なんで部屋が空いてないんですか？」

ジウは口をきゅっと引き結び、女性をなだめにかかった。困惑顔のブライズメイドたちが取り囲んでいる。

ヘレンは彼女たちをかき分けていくと、フロントデスクに鍵を置いた。「お部屋が期待はずれでしたわ」居丈高《いたけだか》にいう。「タクシーを呼んでいただけますかしら。もう帰ります」

ジウはポーターにタクシーをつかまえるよう合図すると、涙に暮れる花嫁に向きなおった。

「ウィリアムズさま、ご安心を。たったいま、二部屋空きが出ました」

ブライズメイドたちが歓声を上げ、わたしたちはそそくさと夕暮れの戸外へ出た。ナタリーがスーツケースに入れていたごみ袋を、駅で最初に見つけたごみ箱に捨てた。次の列車でジュネーブまで行き、予約してあった目立たない小さなホテルにチェックインした。〈タヴェルヌ・デュ・ヴァレ〉に遅い時間の予約を入れ、肉料理と赤ワイン目あてに出向いた。グラス一杯だけで祝杯を上げ、十二時前に就寝した。翌朝七時には列車に乗り、アムステルダム経由でイギリスへ戻った。

一人消えた。残るは二人。

第25章

一九八一年七月

「ザンジバル」メアリー・アリスは吐息まじりに口にする。「すごくない？　最高にロマンティック」

「ロマンティック？　おばあさんを殺しに行くのが？」そういうビリーも笑顔だ。ローマで司教を殺して以来、一年三カ月ぶりで四人が結集する。今回はただのサポート役とはいえ、再会はうれしい。責任者はヴァンス・ギルクリストとティエリー・カラパス。フランス人のカラパスとは、ロンドンの空港で合流した。彼が携《たずさ》えていた全員分の身分証は、考古学専攻の大学院生のもの。アフリカ、ザンジバルのクローブ農園の遺跡を発掘に行くという設定だ。農園と隣接する家に、標的が住んでいる――エリーザベト・フォン・ヴァルデンハイム女男爵が。ナチの重要人物だが、この四十年ほとんど所在が知れなかった。

しかし、〈来歴〉部門の仕事ぶりは達者だ。隠遁《いんとん》生活を送る女男爵を、週に一度シャンプーとセットのため訪れる美容師の証言で特定した。女男爵は美術品に囲まれ、ヒトラー総統の取り巻きのリーダーになったころから仕える使用人夫婦といっしょに暮らしている。美術品――ヘルマン・ゲーリングの命により略奪された品々――は傷つけてはならないが、使用人はちがう。〈来歴〉の徹底した調査書によると、このフォルクマール夫妻の罪深さに疑いの余地はない。夫妻と女男爵の犯罪行為をつまびらかにした上、屋敷と土地の地図、標的と美術品の写真も添えられている。

一枚の写真が、ビリーの目を引く。質の悪い、不鮮明な白黒写真――十四、五回もコピーをくりかえしたような――で、余白には〈ソフォニスバ・アングイッソラ作　シバの女王の目覚め〉と書きこんである。一九三一年撮影ともあり、この絵の写真としては最後に撮られたものらしい。シバの女王は、ルネサンスやバロック芸術でおなじみの題材だ。クロード・ロランも、ティントレットも、ラヴィニア・フォンターナも取り上げている。莫大な富の象徴である、豪華な錦織《にしきおり》や重厚なベルベットなど、当代最高級の衣装をまとい、ソロモン王を訪ねる場面だ。

だが、アングイッソラの描き方はちがう。そもそも、女王の肌が浅黒いことに、ビリーは目を留める。他の画家たちのように、ルネサンス期の理想である、豊かに波打つブロンドの女性にはせず、本来の姿であるアフリカの女王らしく描いている。また、ソロモンの宮殿に到着し、ファンファーレと華々しい儀式で迎えられる、よくある場面でもない。ソロモン王とのめくるめく一夜が明け、肌の色を際立たせる白いシーツをつかみながら、ベッドから身を起こす場面だ。指や手首を飾るゴージャスな宝石は、おそらくルビーやエメラルドだろうが、白黒写真では判然としない。特大の真珠が一粒、巻き毛のあいだからチェーンで下がり、官能的にひたいを飾っている。目に浮かぶ表情は、あなたもわかるわよね、といわんばかりだ。ベッドは大きく立派で、金箔やベルベットの天蓋《てんがい》があしらわれている。くしゃくしゃになった寝具のあいだに、眠っている男性のむき出しの太ももがかろうじて見える。蠱惑的《こわくてき》なローブや脱ぎ捨てた甲冑《かっちゅう》が、床に散らばっている。女王の目は眠そうだ。昨夜は王を征服するのに忙しかったと見える。性的でありながらも日常的な絵で、高貴な男女の懇《ねんご》ろな瞬間を切り取っている。この絵を持ち主に返す仕事を担えて光栄だ、とビリーは思う。

準備のあいだ、女男爵やフォルクマール夫妻のことは意識にない。現地に着いたら、クローブ農園内の監視棟跡地にキャンプすることになっている。その地下にある懲罰房から、かつて母屋と奴隷労働者の居住域を結んでいたトンネルに出ることができる。ヴァンスの説明によると、元の農場主は庭を奴隷たちが行き来するのを嫌い、目に触れないようトンネルを掘らせたらしい。使われなくなって何十年もたつが、一週間もあれば補修して女男爵の偵察に使うことができそうだ。カラパスがフォルクマール夫妻の処分を請け負い、ヴァンスは一人で女男爵を担当する。〈美術館〉がナチを標的とするのは、十年以上ぶりだ。彼女を消せば昇進はまちがいない。金や地位もヴァンスにとって大事だが、ナチ狩りで〈美術館〉の歴史に名を残す以上の野望はない。それこそが〈美術館〉の存在意義だし、責任者に抜擢《ばってき》されたこと自体が、理事会の彼に対する信頼の表われだ。ビリーたちは、学生の発掘隊という設定をもっともらしく見せ、絵画を回収するという役割でしかない。

ダッフルバッグやリュックサックには、リサイクルショップで買った無個性な服や、大学出版会のつまらない資料――新本で買ったが古びた感じに手を加えてある――や、発掘の道具が詰まっている。武器も、酒も、薬もない。ナタリーが読んでいた『スクループルズ』も持っていけない。イスラム圏のザンジバルで、当局に目をつけられそうなものは御法度だ。

予算のない学生グループらしく、貧乏旅行をする。格安旅行代理店で買ったチケットは、ナポリを経由し、カイロで乗り継いでモンバサへ、さらにバスでダルエスサラームに移動して、ザンジバル島行きのフェリーに乗る、というものだ。到着するころには、よれよれでほこりまみれで悪臭ふんぷんの、学生そのものになっている。しかし海風は心地よいし、屋外生活が否応なく始まる前に、ストーンタウンのユースホステルに一泊できる。任務のリーダーとしても、発掘の監督者としても、ヴァンスは全員に数時間の観光を許す。そこで、ザンジバルの市場を探検し、町のいたるところでザンジバルドアに感嘆する。彫刻や真鍮《しんちゅう》の装飾をふんだんに施した、グジャラート様式の木製扉だ。〈驚愕の家〉の写真を撮り、みやげ物を容赦なく値切り、革のスリッパや巻きスカートを手に入れる。メアリー・アリスは、四人おそろいのカラフルなビーズのブレスレットを買い、ヴァンスが新妻へのプレゼント――小さなスターサファイアのネックレス――を選ぶのを手伝う。

翌日、朝の祈りの呼びかけより早く起きて、荷物をまとめる。拠点となる元クローブ農園までは、車で二時間。後半はでこぼこで曲がりくねった悪路を北東へ進み、海沿いから島の内陸へと入っていく。到着するや、慣れた手つきでテントを三つ立てる——男性用、女性用、荷物用だ。これ見よがしに発掘調査の道具を並べ、地面もいくつか試掘して、ひもを張って区割りする。

毎日がのろのろとすぎていく。耐えがたい暑さだ。待ちくたびれ、寝苦しさや害虫にも悩まされる。カラパスは虫にくわしく、イエローサックスパイダーやレッドクロウスコーピオンの毒について、嬉々として述べ立てる。

「もういいかげんにしてもらえない？」三日目の夕食時に、ナタリーがきつくいう。

「またまた」ひじでつつく。「タランチュラの話もしようか？　クモバチも？　刺されると、あらゆる虫の中でサシハリアリに次ぐ激痛らしいぜ？」

ナタリーは食べ残しをたき火の中へ投げ捨て、足音も荒く行ってしまう。二人の仲は険悪になっている。簡易トイレや睡眠不足に神経をすり減らし、なにより、掘り起こした地面をいやいやいじり、発掘作業のふりをしながら、あてもなく待ちつづけることにうんざりしている。家の周囲でのフォルクマール夫妻の動きを、さりげなく見張る。夫の方はやる気もなさそうにジンジャーリリーの剪定《せんてい》をし、妻はたるんだ物干しロープに洗濯物を干している。

ある夕方、ビリーは荷物用テントから出て、深く息を吸う。ザンジバルの空気は独特のにおいがする。熟《う》れる前のスパイスの青臭いにおい。潮のにおい。それともうひとつ、かすかなたばこのにおい。それをたどってバナナの木立へ向かい、葉をかき分ける。女男爵の家のベランダ近くに出る。おそらく二十メートルもない。暮色に包まれ、車いすに背を丸めて座っている老女の姿が見える。だれかが車いすを押してきたのだろう。夕日を眺めるためか、あるいは家の中がたばこくさくなるからか。

使用人の妻の方が出てくる。そして、身振りをまじえながらドイツ語でなにかいう。ビリーが知っているドイツ北部のことばではない。オーストリア方言のようで、きつい口調だ。老婆の背中を起こさせると、薄いクッションをあてがい、どうにか位置を決める。歩き去りながら、肩ごしに二言、三言投げる。

女男爵は答えない。黙ってたばこを吸っている。寝間着にたばこの灰がはらはらと落ちる。むかしは美人だった。調査書には、スタジオ写真もある。ブロンドの髪を、ナチスの党章を模したダイヤモンド入りのヘアクリップでまとめ、悦《よし》に入った顔だ。自分の身分も、めざすところも、完全に理解している。当時の彼女には知る由もないが、このときが権力の絶頂だった。

あの女性と、目の前で車いすに縮こまっている老婆が、同一人物とは信じがたい。たばこを口から離して灰を落とすことをたびたび忘れるが、離したときには、口の端からよだれが細く光りながら糸を引く。ビリーはあやうく同情しそうになる。

だが、しない。歳を取ることの残酷さを思い知る。意志も、力も、美しさも、自由も失い、他人に頼らずには存在できない空虚な肉体だけが残る、はかない人生。見るに耐えないけれど、これが彼女の人生なのだ、と心に刻む。このような姿になりながらも、彼女はここまで人生をまっとうした。他の人たちの人生を手あたり次第に奪ったにもかかわらず。

女男爵は爬虫類《はちゅうるい》じみた目をゆっくりと上げてビリーを見る。やわらかな草地をはさんで、視線が絡《から》み合う。動転し、人を呼ぶかもしれない、とビリーは息をこらす。

けれど、女男爵は動かない。たばこの灰をひざの上に落としながら、バナナの木立の人影を見つめ返す。幽霊にちがいない。このごろよく幽霊が現われては、つまらないことを思い出させる。この幽霊には見覚えがない。収容所の子だろうか？　貨車で送られて帰ってこなかった中の一人？

わからないし、どうでもいい。過去も現在もあいまいだ。何十年も前に死んだ人などうとましいだけだし、いま髪を切ってくれる美容師にも興味はない。ひょっとして、バナナの木のところにいるのは美容師か。月に一度やってきては、切れ味鋭い光るはさみで薄くなった髪を切ってくれる、あの若い子。まだひと月たっていない気がするが、思いちがいかも。目をそらしてたばこを吸い、視線を戻すと、人影は消えている。

ビリーはバナナの木の陰にあとずさりし、身をひるがえす。予感が兆してくる。

女男爵は今夜死ぬ。

日付が変わってから、午後じゅう留守にしていたティエリー・カラパスがバンで帰ってくる。さびやつぎはぎだらけで、タンザニアのコーヒー銘柄のロゴが消えかけている車だ。三種類の通貨の使用済み貨幣で借りてきたという。ひげが濃く伸びているので、地元民とみなされたのだろう。ザンジバルの伝説で、ペルシャの王子とスワヒリの王女が結婚して生まれた子孫とされる、インド洋の島々に住む交易商人シラジの民と思われたか。そこの海岸は一面、ベビーパウダーのように白くさらさらの砂で、水はきらめくターコイズブルー。何カ月かたって、今回のニュースが過去の記憶と化したころに、またあそこへ行こうと彼は考えている。シュノーケルを楽しみ、観光客の女の子と夜をすごす。地元の子の方がきれいだが、これまでに何度も怒り狂う父親や兄からひどい目に遭わされている。海辺へ撮影に来たモデルが狙い目だ。ビキニのひもをほどき、コカインの容器を開けてくれれば、次の仕事に召集されるまで楽しく暮らせるだろう。彼は、ヴァンス・ギルクリストともビリーたちとももちがう。能力を生かすため殺しをしているわけではない。いい収入になるからだ。組織の中でのし上がり、両親が夢にも思わなかったぜいたくな生活をするという目標もある。

バナナの木立の近くにバンを停める。女男爵の家から外をのぞいても、陰になっているはず。そもそも家は真っ暗で、老いた住人たちの浅い眠りが感じ取れるようだ。

バンの外で、火をつけないたばこを手に立っていると、ビリーが現われる。火をくれと身振りで頼むが、肩をすくめられ、たばこをポケットにしまう。ビリーは両手をポケットに突っこみ、バンに寄りかかる。

「一発やるなら、仕事が終わってからな」バナナより先には届かないささやき声。応じる笑いも、寝ぼけた鳥の声にしか聞こえないだろう。

「ほんと、うぬぼれ屋だね」

彼も並んでバンに寄りかかる。彼女は気を抜かない。ガードを完全に下げてはいけないとよくわかっている。だが手を出してくる気配はない。

「これでも悪くない実績の持ち主だぜ」

「らしいね。ヴァンスが、だいじょうぶか気にしてた」

「余計なお世話だといっといてくれ。自分でどうにでもする」

「アレの大きさで張り合いたいんだったら、直接いって。わたしは介入しないからね」

今度は彼が笑う。「きつい女だなあ」

「やさしけりゃいいってもんじゃない」

「おれの地元ではちがうけどな」

二人とも夜の物音に耳をすます——鳥の声、バナナの木を吹き抜ける風の音、そして遠くの海上から、エンジンのかすかなうなり。漁師が夜漁に出るのか。

「地元ってどこ?」

肩をすくめる。「そこらへんさ」

返事はない。沈黙の重さに耐えかねて、口を開く。「フランスだよ。ブルゴーニュ地方。母親はアルジェリア出身で、父親はスペインのバレアレス諸島出身だった。だから島が好きなんだ。血ってやつさ」

「だった？　亡くなったの？」

「そう。おれが〈美術館〉に入る前に」

「ブルゴーニュ育ちなんだ？」

いらついたしぐさをする。「えらく詮索するな」

「人に興味があるの」

「そうだよ、ブルゴーニュで育った。ワイナリーの敷地内で。勘違いするなよ――うちは経営者じゃない。両親は雇われ人だったんだ。おふくろは掃除や洗濯の担当。おやじはブドウ畑で、よくわからん農薬を散布してて、命を縮めた。少しずつ蝕《むしば》まれていってさ。おふくろのがんはあっという間だった」ことばを切り、まじまじと見る。「同情しないんだな。おれが悲しい身の上を語ると、だいたいこのへんで女の子は服を脱ぎ出すんだけどな」

「わたしも悲しい身の上だからね」

「聞かせろよ。服を脱いでやってもいいぜ」

彼女はほほえむ。「案外気に入っちゃったんだけど、そこまでじゃないな」

「なるほどね」口を閉ざし、小首をかしげて、淡い星明かりのもとで彼女の顔を眺める。

「で、この仕事のなにが魅力なんだ、アメリカのお嬢さん？」

「うーん、あちこち行けるし、収入もいいからね」


彼がうなずくと、おなじ質問を返す。「この仕事のなにが魅力なの、フランスのおにいさん？」

「金。女の子。超高級車。あと、家――パリのタウンハウスで、目をつけてる物件があるんだ」ビリーがけげんな顔をすると、ことばを継ぐ。「ブルゴーニュで両親を雇ってた連中の一族が所有してる。代々三百年、えらそうに住んでやがったけど、いまは無人なんだ。いずれ金をためてそこを買う」またことばを切って首をかしげる。「どうやって採用された？」


警察沙汰になったことをありのままに話すと、にやりとされる。「おなじだ。おれの場合は十八歳で、放火だったけど。そのせいで〈美術館〉では放火専門にされてる」

「なにに火をつけたの？」

「おやじが働いてたブドウ畑」

「ええっ」

「それから家にも。中には住人がいた。それでパリのタウンハウスが無人になった」

「死んだの？」

「全員。犬も」


彼は腕時計を見て、バンから体を起こす。「行こう。時間だ」

第26章

「さてと、ギュンターを見つけられてラッキーだったけど、カラパスはどうやって見つける?」ヘレンが質問した。アキコはベンスコムのコンロに苦戦しながら夕飯を料理していて、ミンカは脇で手伝うふうを装っていた。その他の四人は〈殺しの壁〉に向けてアイデアを投げ合っていたが、ちゃんと貼りつくものがまだなかった。カラパスは女性とワインが好きだが、それだけではどうにもならない。〈美術館〉の理事が、電話帳に住所をのせるとも思えない。

「いまわかってることから始めよう」メアリー・アリスが整理した。「パリに住んでる」

「百平方キロに二百万人以上が住んでる。すごく絞られたね」ナタリーが皮肉った。

メアリー・アリスは薄ら笑いを浮かべた。「建設的なことがいえないんなら、その唇《くちびる》をホチキスで留めちゃうからね。ためらわずやるよ」

ナタリーがあっかんべをしたが、それ以上事態を悪くする前にわたしが割りこんだ。

「パリに家を買いたいっていってた——決まった家があったんだよ。両親の雇い主一族が所有してたんだって」

ヘレンが反応した。「それは使えそうね。雇い主の名前は？」

肩をすくめ、みなの顔を見た。だれも知らなかった。ノートパソコンを指さした。「両親はブルゴーニュで亡くなった。あのへんで、カラパスって名字はそんなにないと思う。スペインの名字のはずだから」

メアリー・アリスがため息まじりにパソコンに手を伸ばした。ぶつぶついいながらしばらくいじっていると、ミンカが見かねて交替した。忙しくキーを叩いていると思ったら、突然、部屋の隅で安物のプリンターが紙を吐き出した。少しぼやけているし、フランス語も方言がまじっているが、じゅうぶん読み取れた。

「父親の死亡診断書だ。住所は、ブルゴーニュのダルシャンボー農園」ミンカに指を向ける。「この名前の一族がパリに所有していた物件を探して。七区から始めよう」

ミンカは片手でシェパード・パイを食べながら、片手でパソコンを操作した。わたしたちがアップル・クランブルも食べ終えるころには、見つけていた。歓声も上げず、黙って近辺の地図といっしょにプリントアウトして、空になったわたしの皿にのせた。

「十五区だった」ミンカはにんまりした。六区、七区、十四区に囲まれて突き出ている、十五区の一画を指さす。「モンパルナス墓地の近く。ダルシャンボー一族の子孫が二〇〇八年まで所有してた。その後、個人が設立したパナマの持ち株会社が購入した」

「カラパスだ」メアリー・アリスがいいあてた。

「そうに決まってる」ナタリーも同意した。「その年に理事になったんだもん。報酬も一気に増えたから、購入できたんだ」

「理事だから、極秘裏に購入したってわけね」とヘレン。「それだから、持ち株会社になってるんだわ」

わたしはミンカに向きなおった。「どこのどんなデータベースでもいいから、その家について探ってみて。カラパスって名前と結びつくかどうか」

うなずいて、またパソコンに向かった。わたしたちで食事のあとかたづけをして、それぞれやるべきことをやっていた。ミンカの仕事には口出ししないにかぎる。三時間がすぎ、そろそろ寝ようかというときに、見つかった。

プリントアウトを手渡され、びっしり並ぶ文字列に目を通した。ナットが後ろからのぞきこんできた。「なに、これ？　チャットルームみたいだけど」

ミンカがくれた地図を示した。ダルシャンボー家に赤い丸印がついている。「このへんの住民の掲示板なんだけど、外国人専用と化してるね。フランス人のご近所さんへの不満をみんな書いてる」目を通していき、問題の行にたどり着いた。「ここ。となりのカラパスさんが野良ネコに餌《えさ》をやって困る、って書いてる女性がいる。カラパスのせいで、追い払ってもすぐ庭に入ってきちゃうって」

ナタリーが投稿者の情報を指した。「二十一番地に住んでる。旧ダルシャンボー家は何番地？」

わたしはにやりとした。「二十二。見つけたね」

第27章

夜じゅう、大量のプリントアウトをやりとりした。この地区の詳細な地図が見つかり、パリの建築に関する絶版本の中で、この家の由来に触れた部分をダウンロードできた。グーグルアースで近所の散策もした。メーヌ大通りから一本入った、ダルシャンボー通りという小路だ。最初に問題に気づいたのは、メアリー・アリスだった。

「小路の入口が、駅のとなりだ」

ヘレンが目を見開いた。「つまり？」

「つまり、TGVの駅なんだよ。最新鋭の超特急列車。監視カメラがうじゃうじゃある」

ヘレンは懐疑的だった。「カラパスが手を回して、公共の監視カメラの映像を入手してるなんてこと、ありうる？」

「そんな必要はない」メアリー・アリスはグーグルアースのツアーを一時停止し、玄関の上の小さな黒い点を指さした。「自分でカメラを設置してる」家をあらゆる角度から調べたあと、通りを進んでとなりの家も見た。「十七台。というか、確認できるだけで十七台ね。脅《おど》し目的のダミーもまじってるかもしれないけど、それでも何台かはリアルタイムで見られてると思うよ。特にギュンターが死んだいまはね」

ナタリーはおとなしかった。コンスタンス・ハリデイの書斎から見つけ出した、パリの古い地図を熱心に眺めている。

「それ、どうするの?」わたしはたずねた。「最新の地図じゃないよ。スタバものってないんだよ」

ナタリーはにんまりした。「でも、知りたかったことがちゃんと出てる。侵入方法を見つけたよ」

メアリー・アリスはじろりと見た。「羽を生やして飛ぶとか?」

「ばかねえ」とえらそうに言い返す。「真逆よ。地下に潜るの」

芳《かんば》しい反応は得られなかった。

「地下に潜るって、どういうこと?」ヘレンがきいた。

ナタリーは地図を見せて、指でたどった。「家はここ、ダルシャンボー通り。メーヌ大通りのすぐ脇でしょ。メーヌ大通りは、フロワドヴォー大通りと交差してる。で、フロワドヴォー大通りの行き着く先は?」

得意げに地図を指先で叩いた。メアリー・アリスは首を伸ばして、上下逆の文字を読んだ。

「地下墓地。うわっ、だめだめ」

断固として腕組みをしたが、ナタリーは意にも介さなかった。「すばらしいアイデアでしょ」

「気持ち悪いアイデアだよ。行ったことあるの？」メアリー・アリスが詰め寄った。「骨で埋めつくされた長い長いトンネルだよ。骨の上に骨が積み重なって、その上に——なんと、さらに骨が積んであるんだから」

「〝長い長いトンネル〟って部分だけは聞く価値あるね」ナタリーが返した。「なんだって骨にそんなにびくびくするわけ？」

「嫌いなの」メアリー・アリスは頑なにいった。「頭蓋骨って、不気味だもん。こっちを見てるみたいなのに、目がないんだよ。なんか不自然」

「自然そのものじゃん」ナタリーが反論する。「あれこそまさに自然でしょ。自分だって死んだらああなるのよ」

「わたしはならない。火葬にして、遺灰をきれいな壺に入れてもらう。〈ポッタリー・バーン〉のおしゃれなやつとか。それでマントルピースにのっかって、クリスマスになったらアキコに飾りつけてもらう」

わたしは地図を調べた。「ひどいアイデアでもないよ」慎重にいった。

ナタリーは鼻高々だ。「ありがと」

「どうして思いついたの？」

「前回パリへ行ったとき、カタフィルとデートしたから」

「えっ、なんて？」メアリー・アリスがききかえした。「それって、デザートじゃなく？」

ナタリーが目をむいた。「カタフィルはね、パリの地下探検マニアのこと」

メアリー・アリスはぽかんとした。「じゃあ、わたしが思ってたのはなんだろう？」

「カタラーナじゃないの？」ヘレンが助け船を出した。

「カタツムリじゃなくてよかった」ナタリーはまた地図を示した。「パリの地下には百キロ以上ものトンネルが走ってるの。ツアーもあるけど、その彼はアウトローっぽくて、ひっそり潜って一人で探検する人だったの。マレ地区におあつらえ向きのマンホールを見つけてくれてね」

「ロマンティックだねえ」とわたし。

ナタリーはうなずいて、急にうっとりとした表情になった。「とっても。何時間か探検してまわって、おいしいお弁当を食べて、裸のおつきあいも。でももう会わなかった。包茎でね」悲しそうな顔をして、握った手に袖をかぶせてみせた。

「いらない情報」メアリー・アリスがばっさり切った。

「作戦の話に戻ろう」わたしが指示した。「ナット、トンネルのこと、どのくらい知ってる？　どこへ抜けるの？　民家にもつながってるの？」

「もちろん。地下室に直結してるのがたくさんあるわよ。ワイン樽《だる》とか、薪《まき》とか、石炭とかを、トンネルで運んでた人も多かったし――家の中を通すより楽でしょ。フランス革命や第二次世界大戦のときには、避難経路や隠れ家としても使われてたみたい。それに、値打ちものの保管場所にもなってる。地下探検マニアの目的の半分は、それなのよね――地下にお宝が隠れているかもって」

「それ、有名なの？」ヘレンが質問した。

「そりゃもう」ナタリーはうなずいた。「パーティー開く人もいるのよ。違法ではあるけど、罰金なんてたいした額じゃないから、へっちゃらみたい」

ヘレンは首を振った。「危険に思えるけど」

「危険に決まってるじゃない」とナタリー。「いろんな管が通ってるし、水がたまったり崩れたりしてる箇所もある。ネズミはいうまでもなし」

ヘレンは青くなった。「ネズミは無理」

ナタリーはその手をなでた。「だいじょうぶよ。ヘレンは行けないんだから」

「どうして？」

「去年、肺炎が重症化したでしょ。あそこにはね、他には生息しないカビが五種類以上はいるの。空気が悪いから、肺がじょうぶな人でないと」

「あら残念」ヘレンは明らかにほっとしている。

「よし」わたしは腕組みをしてナタリーを見た。「そうなると、ナタリーとわたしで決行だね。まずは偵察しなくちゃ。彼の家までトンネルが通じているのか。そして、侵入できるのか」

ナタリーは肩をすくめた。「こっちはいつでも行けるわよ。パーティーのはじまり、はじまり」

第28章

パーティーが実際に始まったのは、二日後だった。準備と荷造りに多少時間がかかった。また留守番と聞いてアキコは不満げだったし、ミンカはふくれっつらをやめなかった。

「なんで行っちゃだめなの？　あたし、強いんだよ」

「強いよね」かばんに荷物を詰め終えて、うなずいた。「強いから、ここに残ってアキコを守ってあげてほしいの。ミンカほどタフじゃないから」少しだけ嘘をついた。「ここの安全には細心の注意を払ってあるけど、念のため、助けてあげる人がいるといいなって。頼めるよね？」

ミンカはまだふてくされていたが、信頼されてまんざらでもない様子だった。

「二重唱を教えてあげようかな」彼女はパソコンに『アナと雪の女王』を出した。「アキコがアナで、あたしがエルサね」

アキコはまだ心ここにあらずなので、ディズニー映画の歌の練習というのも、意外と悪くないかもしれない。ケヴィンにもいい影響があるかも。

新たな身分証を手に、フェリーでドーヴァーからカレーへ渡り、パリ行きのバスに乗った。

到着したのは、みぞれの降る寒い夜。パリというのは、ご機嫌うるわしければ美しい街だが、この夜は意地悪な気分だったらしい。全員、ジャージ上下にがっちりした白いスニーカー、ウエストポーチという格好で、冬のバーゲン目あてのドイツ人観光客になりきった。十四区の端、地下墓地の入口から数ブロックのところに、ほどほどの値段のホテルを見つけた。到着の翌朝、ナタリーとわたしはもじゃもじゃのグレーヘアのかつらと、ウエストポーチを身につけて、ダンフェール＝ロシュロー広場の地下墓地入口へ向かった。長蛇《ちょうだ》の列ができており、黒いコートを着た守衛に見守られながら、持ち物検査を受けていた。

「あの守衛、トム・ハーディみたい。こっちはまるでジェシカ・タンディだけどさ」ナタリーがささやいた。

「仕事中だよ」と注意して、列について進むよう背を押した。

「トムが次のジェームズ・ボンドかもってうわさよ。彼にだったらすぐにでもマティーニをシェイクしてほしい」そういって、眉《まゆ》を上下させた。眉毛も白く染めてあったけれど、それでも効果的だった。

「性欲もほどほどにして。それに、ドイツ語をしゃべらなくちゃ」手にしたパリのガイドブックは、表紙にドイツ国旗が燦然《さんぜん》と輝いている。その本でナタリーを軽くはたいた。

「はいはい《ヤー》、えらそうなおばさん《マイネ・ヘリシェ・ダーメ》」と敬礼した。

またナタリーを前へ押しやり、数分のうちに手荷物検査を抜けた。椅子に座った係員が、入場者数を銀色のカウンターでつまらなそうに数えていた。ウエストポーチを巻きなおした。中身といったら、クーポンやクレジットカードでぱんぱんの財布と、わずかな化粧品、作りかけの手芸作品くらい。それとわたしのポーチには、ポンデザール橋近くの露天商から安く買った、エッフェル塔柄《がら》のビニールのポンチョ二枚も入っていた。スポーツ用品店にも寄っていくつか買い物をし、ひざあてをジャージの下に仕込んである。ガイドなしのツアーで、らせん階段を延々と下りていくと、百三十一段で底に着いた。じめじめしていて、嗅いだことのないにおいが漂っている。

「なんなの、これ？」ナタリーの耳もとでつぶやいた。

「死のにおいよ」

けれど、なじみのある死とはちがっていた。わたしたちはいつも、手早くきれいにすませる。射殺か、刺殺か、毒殺かで、においは変わってくる。血は金《かな》くさい。毒物はまあ悪くない——毒草はけっこう好みだ。長居すると、ほかのにおいも嗅ぐことになる。人体が弛緩《しかん》しきってしまうときの、嫌なにおい。だが、よほど血のにおいが苦手でないかぎりは、数分くらいは問題ない。わたしは血は平気だけれど、メアリー・アリスは骨がだめだっけ。

地下墓地の歴史が簡単に展示されていた。フランス革命のころまでに、墓地が過密状態になり、疫病《えきびょう》まで発生したため、死体を掘り起こして地下採石場跡の共同墓地へ埋葬しなおすことになった。およそ六百万体が、この死者の街へと住まいを移した、と書いてある。通路を曲がったら、バーン！　いきなり骨。天井が低く広い空間がいくつも連なっており、壁に沿って、おそらく二メートル近い厚みで骨が整然と積み上げられている。模様になっている部分もあった——薄笑いを浮かべる頭蓋骨が描く模様。入口には、〈止まれ！　ここは死の帝国〉と刻まれていた。みやげ物屋にあれのレプリカがあるといいな、と思った。メアリー・アリスの家の台所に飾るのにちょうどいい。

「大腿骨《だいたいこつ》の間《ま》でございます」端がごつごつした、長くて太い骨が積まれた区画で、わたしはいった。

足を止め、骨をさもおもしろそうに眺めるふりをした。カナダ人旅行者のグループが、写真を撮りながら追いこしていった。若い女性が一人、自撮り写真をアップしようとして遅れたので（#骨に夢中）、足を引っかけて転ばしてやりたくなった。

その一団が次の区画へ行ってしまうと、ナタリーは背後を確認して、すばやく合図をよこした。緻密《ちみつ》に積まれた脊椎骨《せきついこつ》の柱を回りこみ、石壁に設けられた小さなゲートに向かった。わたしはウエストポーチから編み物を取り出した。地味な灰色の毛糸で、メビウス編みのスヌードを作りかけている。メアリー・アリスが準備してくれて、編み針をはずして糸をほどく方法も教えてくれた。編み針の先をちょっとひねると、ふたが取れた。中から細いが丈夫な針金が出てきて、ナタリーに手渡した。彼女も財布からクレジットカードを取り出した。針金とおなじ店で見つけた、極小の懐中電灯だ。彼女はかがみこみ、角を押さえると光る。

ゲートの鍵穴に針金を差しこんだ。懐中電灯で照らしてやったが、目を閉じて指先の感覚だけで作業をしている。

背後の区画から、ガイドが日本語で説明をしている声がかすかに聞こえてきた。ナットをせかしはしなかった。懐中電灯を彼女の手もとに向けながら、背後の声が大きくなるのに耳をすましていた。携帯カメラのシャッター音や、レインコートの衣ずれも聞こえた。

ナタリーが小声で悪態をついた。

「あと四秒くらい」わたしは宣告した。

彼女は目を閉じ、深呼吸をして、手首をひねった。鍵が回り、ゲートをつかんで開けた。キーッと音がしたが、だれも聞いてはいないだろう。通り抜け、ゲートを閉めると、地面に身を伏せた。少しくぼんでいたし、ゲート自体が暗がりにある。近寄ってじろじろ見るものさえいなければ、見物客をやりすごして先へ進める。

並んで伏せ、目をぎゅっと閉じ、息をこらした。突然、気配を感じた。キュッキュッと足音が近づいてきた。上目づかいにそっと見ると、靴底がちかちか光る小さなスニーカーがあった。

ゲートの鉄格子に小さな顔を寄せて、のぞきこんできた。七、八歳ぐらいの男の子だ。

「だれ？」と日本語できいてきた。

「魔女だよ。おまえを食ってやる！」にたりと笑ってみせた。つかみかかる手振りをすると、男の子は叫び声を上げ、母親のもとへ逃げ帰っていった。

母親の上着を引っぱり、暗闇に身をひそめたわたしたちの方を指さしている。だが母親は、嘘をつくんじゃないの、と叱りつけ、順路へと促した。

ナタリーがそろそろと起き上がり、服の汚れを払った。「あそこまでする?」

「うまく追い払えたじゃん」毛糸の端をゲートに結び、ビニールのポンチョを彼女に投げた。

「さあ、探検だ」

第29章

四時間歩き五十回ほど道をまちがった末、ようやく足を止めた。ナタリーがポーチからペットボトルの水と、スポーツ用品店で買ったゼリー飲料を取り出した。味は最悪だが、エネルギーの補充にはなった。飲みながら状況を確認した。

ナタリーは十枚を超す地図のプリントアウトや透明シートと、歩数計や首から下げた小さなコンパスとを見くらべた。

「ここだね」と短い石段を指さした。崩れた段をよけて上り、石壁にはめこまれた古いドアの前に立った。ドア枠は修繕されているしドア自体もどっしりしたオーク材だ。だが鍵はさびだらけで、ちょうつがいも赤茶けてぼろぼろに朽《く》ちかけていた。ナタリーはピッキングする気だったが、わたしはもう疲れていた。適当な石を拾って鍵部分を殴りつけると、二回ではずれて落ちた。

「ていねいな仕事」ナタリーがいった。

「ねえ、疲れてるし、七割は死体っていう汚れをかぶってるし、おなかもすいてるんだ。余計なことといわないで」

ちょうつがいがぐらぐらなので、二人がかりでドアを少しずつ動かし、すり抜けた。開けっぱなしにはしなかった——万が一通りかかる人がいたら、ここにいますよといらぬ宣伝をすることになってしまう。もっとも、偵察を始めてからだれとも出くわしていない。このまま最後までそうあってほしかった。ドアの先はワイン蔵だった。長く使われていないらしく、ワイン樽は空でクモの巣が張っていた。懐中電灯を向けると、樽に記された名前が見え、思わず快哉を叫びそうになった。ダルシャンボー。ナタリーも指さして、自慢げな笑顔を見せた。

「ナタリーってお気楽だけど、方向感覚はすばらしいね」さんざん道に迷ったことは、あえていわずにおいた。ちゃんと見つけたんだから、文句はない。

ワイン蔵の奥の、地下室への階段を上がった。壊れたベビーベッドやガラスの甕《かめ》、古びてよれよれの〈パリ・マッチ〉誌や新聞などがあった。カサコソとひんぱんに音がする——ネズミにちがいない——ほかは、ひっそりしていた。がらくたをよけながら、反対側のドアまで注意深く歩いていった。簡単すぎるような気がしはじめていたので、障害にぶつかったときは少しほっとしたほどだ。悲観するわけではないけれど、どんな仕事にも問題はつきものだし、問題は早めに取り除くにかぎる。今回の問題は、鉄で補強した重い扉に設置された、最新鋭の生体認証キーだった。

ナタリーが振り返って毒づいた。「こんなのピッキングできない。できるとしたって、道具がない」

なんとか方法はないものか。鍵が手に負えなくても、神々のご慈悲でちょうつがいがこちら側についていることがある。芯棒を引っこ抜くのは大仕事だし、ハンマーも持っていないが、結局悩むまでもなかった。ドア枠の傷あとを見ると、ドアをつけかえてちょうつがいを家の内側へ避難させたらしかった。

かぶりを振った。「貞操帯よりがっちり守ってる。だめだね」

別の侵入口がないか、じっくりと調べてまわった。あきらめかけたとき、ナットが見つけた。わずかにうめきながらひざまずいて、雑誌の山をどかした。ネズミの骨が転がってきたので、払いのけた。

「こんなところにまで骨か」わたしも並んでしゃがんだ。「なにがあった?」

石壁にはめこまれたパネルを指先でなぞっている。一メートル四方もない、薄っぺらな木の板で、押すとすぐにはずれた。どんよりとした空気が、奥の空洞から吹き出てきた。

「ナタリー、もし第七の封印を解いて世界の終末を呼んじゃったんなら、早めに教えて」

彼女は空洞に肩まで突っこんで、懐中電灯で照らした。顔を出したときには、にんまりしていた。

「パイプスペースだ」何本もの管がくねりながら暗闇へ延びていくのを見せてくれる。「行ってみる。ここで待ってて。十五分たっても戻らなかったら、助けを呼んで」

「助けを呼ぶ？　そっちへ駆けつけなくていいの？」

「いいの」入口に潜りこみながら、答えた。「戻ってこないってことは、どこかでつっかえてるってことだから。わたしがつっかえるようなら、ビリーはぜったい通れないでしょ」

「わたしが太ってるっていいたいわけ？」消えていくおしりに向かってたずねた。電灯の小さな光も見えなくなった。座って、腕時計の蓄光文字盤を確かめた。電灯を切ると闇に包まれた。電池を無駄づかいしてもしかたがない。はしゃぎすぎてかつらの中へ飛びこんでくるネズミやクモ以外に、恐れるものもないし。

五分おきに腕時計を見て、時間の感覚を保とうとした。視覚的刺激がないと、すぐにわからなくなってしまうから。どれだけ待っても、ナタリーは戻ってこなかった。助けを呼べという指示は、はなから無視するつもりだった――呼んだ相手にどう説明しろと？　メアリー・アリスもヘレンも、せまい場所は苦手だ。わたしだって得意ではないが、自由に動けなくてなんだか不愉快、という程度の理由で、努力もせずに仕事を投げ出したことはない。これもまた鍛錬《たんれん》だと思い、追いかけていこうと決心したとき、光が戻ってくるのが見えた。ポンチョは破れ、スニーカーはクモの巣だらけというひどいざまだったが、いい笑顔だ。

「行けた？」穴から引っぱり出してやりながら、きいた。

「行けた」笑顔がさらに大きくなった。「しかも、あっちは気づきっこないわよ」

地下室を抜け出し、ワイン蔵を通り抜けて、ゲートに結んでおいた汚い毛糸をたどりながら地下墓地まで戻った。帰りは道がわかっているので、たったの二十分ほどで戻れた。破れたポンチョは脱ぎ、丸めてポケットにしまった。新しいのを着て、かつらについたほこりを払い、顔についた汚れには赤ちゃんのおしり拭きを使った。ほんの少し疲れていたけれど、頬を紅潮させながら地下墓地の出口へ向かい、雰囲気がどうのこうのとドイツ語でおしゃべりしながらみやげ物店に入った。眠たげな係員がカウンターで二人分数えたので、にっこりして手を振ってやった。

ホテルまで遠回りをして帰る途中、ラスパイユ通りをのんびり歩きながら、ナタリーが作戦を説明してくれた。穴を見つけるたびに指摘したが、ちゃんと全部に回答してくれた。

「完璧な作戦だね」ついにわたしも認めた。「だけど、大変そう」

ナタリーがにっと笑った。「むかしみたいにね」

第30章

翌日の夕方にふたたび地下墓地に向かうまで、たっぷり眠った。別のジャージを着て、あらゆるポケットに携行品を詰めこんだ。食料、水、いまやなじみの露天商から買った、新品のエッフェル塔柄ポンチョ。メアリー・アリスとヘレンも加わり、四人で行くことにした。前夜、ホテルのヘレンとナタリーの部屋に夕飯と作戦会議のため集まったとき、あと二人必要だと説明した。ナットとわたしは二回シャワーを浴び、まだ髪が湿っていた。

「地下墓地の係員が、入場者と退場者の数を数えてるの」ナタリーが、テイクアウトのベトナム料理の容器を抱えていった。

メアリー・アリスは、ブンボーフエ（ベトナムの牛肉ライスヌードル）を見つめながら顔をしかめた。「移動遊園地の絶叫マシンみたいに？」

「そういうこと」ナタリーが答えた。「ローテクなのよ。監視カメラもあるけど、数がちゃんと合ってれば、映像なんてチェックしないでしょ」

ヘレンは気のない様子で生春巻きをつついた。「メアリー・アリスとわたしが、そっちをなんとかしましょう。襲撃そのものには加われないけど、せめてそのくらいはね」

「この前はわたしが実行したんだよ」メアリー・アリスはヘレンの生春巻きをかすめとり、ブンボーフエのスープに浸した。わたしの容器をのぞいてきたので、手で隠した。

「わたしのブンチャー（野菜や肉の入ったつけ麵）に触れたら、その手を切り落とすよ」そう警告して、肉団子をすくった。

メアリー・アリスはぶつくさいいながら、椅子にもたれた。「でもさ、ビリーと――」生春巻きでわたしを指す。「――ナタリーで――」今度はナタリーに生春巻きを向ける。「――きょうとおなじように地下墓地から出てくればいいんじゃないの？　カウンターのとおりになるでしょ」

「地下墓地は午後八時半に閉まっちゃうの。仕事にかかるのは深夜だからね」わたしは説明した。「成功させるには、カラパスがぐっすり眠っててくれないと」

ニコちゃんマーク形の小さなココナッツゼリーを食べながら、ナタリーが作戦を最後までおさらいした。メアリー・アリスは、補充しなければならない物資と、それらが買える店をリストアップした。ヘレンは口数少なく、ココナッツゼリーもほとんど残してしまった。部屋に戻ってから、メアリー・アリスがもの問いたげにわたしを見た。

「なに？」くたくたに疲れていたし、ホテルの部屋はかすかに嫌なにおいがした。

「ヘレンが心配で。ろくに食べてないよね。生気がぜんぜんない」

「まだ立ちなおれてないんだよ」もう一度空気を吸いこんだ。やっぱり、なにかにおう。カーテンに歩み寄り、嗅いでみた。ちがう。

「それだけじゃないでしょ」メアリー・アリスが寝間着をかぶりながらいった。スヌーピーのパジャマはアンフィトリテ号とともに消え、いまはひざまで届くサッカーウェアで代用している。「なにが問題なんだろう」

「イップスだよ」うっかりいってしまった。

「イップス?」

「野球でよくあるやつ。ピッチャーが急に投げられなくなったりとかね。ど真ん中の剛速球をやすやすと投げていたのに、ある日突然、なぜか……できなくなる。あれこれ試してみても、戻らない。それがイップス。ヘレンもそうなんだよ」

「それで計画は成功するの?」

ベッドのところへ行ってシーツを嗅いだ。「するね」

顔を上げると、メアリー・アリスが老眼鏡ごしに不審げに見ていた。ベッドに腰を下ろした。「わかったよ。話してなかったけど、ジャクソン広場で、スウィーニーを撃つようヘレンに合図を出したんだ」

メアリー・アリスはまばたきした。「そうなの?」

「うん。でも撃てなかった。固まっちゃってた。だからわたしが始末した」

低く口笛を吹いた。「へええ。でもみんな、ビリーが余計な手出しをしたと思ってた。なんで反論しなかったの？」

肩をすくめた。「ヘレンを責めても、逆効果だからね。イップスの扱いはむずかしいんだ。デリケートなものだから」

枕を手に取って嗅ぐ。洗剤のにおいしかしない。

「ピッチャーは、どうやってイップスを治すの？」

「なにもしない。様子を見てるうちに、ある日突然、治ってることもある」

「ずっと治らなかったら？」

「マイナー落ちして、ベンチを温めるうちに契約切れになって、最終的にはリトルリーグで六歳のくずどもを教えることになる」

「六歳でくずはいないでしょ。まあでも、その発言はなにかを物語ってるね」

「そう。メアリー・アリスが六歳の子を知らないってことを物語ってる」ベッドカバーの隅を、よくよく嗅いでみる。

「ねえ、悪いんだけどさ、無駄な努力だよ。におってるのはビリー。もう一回シャワー浴びといで」

第31章

その日は、メアリー・アリスが指示したとおりにみな動いた。しっかり食べ、リストの買い物や準備をてきぱきとこなしていった。ナタリーとわたしは必要な品をポケットにできるかぎり詰め、ウエストポーチもふたつずつ巻いて、ウインドブレーカーで隠した。列に並ぶころにはじめじめと冷えこんできたので、派手な柄《がら》のポンチョを着て、身を寄せ合った。まだねずみ色のかつらをつけ、老けメイクに力を入れて十歳は上に見せた。列にイタリア人のティーンエイジャー集団が割りこんできた。リーダー格の若造がわたしの靴を踏んだので、にらみつけてやった。編み針に手を伸ばしかけたところで、メアリー・アリスが腕をつかんだ。

「お行儀よく」彼女はつぶやいた。

「殺しはしないよ」とつぶやき返した。「軽くひと刺ししてやったら礼儀を学ぶかな、って」

「仕事に集中して。中に入ったら、転ばしてやるから」

「美しい友情だね」

手荷物検査を終え、説明板の前を通りすぎ、骨の空間に入った。ヘレンは青ざめ、呼吸が浅くなった。メアリー・アリスをつついた。「早く通り抜けて。ここの空気のせいで具合悪そう」

ヘレンが耳にして、どうにか薄くほほえんだ。「だいじょうぶ。ただ、ちょっとにおうわね」

「骨にかびが生えてるから」ナットが朗《ほが》らかにいって、あたりを見た。「行ける?」

「行ける」三人が答えた。

骨の山を慎重によけながら進んでいった。メアリー・アリスとヘレンはわたしたちに最後の一瞥《いちべつ》を投げると、やたらと汚い、汚いといっている。

三十分ほどのちに、ディズニーランド・パリのトレーナーを着た女性二人連れが入ってきた。ぴったりの標的はすぐには見つからなかったが、メアリー・アリスがずっとむこうでほくそ笑んでいるのが感じられた。完璧。使っていないポンチョを手に近づき、しばらく快活におしゃべりしていた。初めは押し売りかと警戒した顔だったが、やがてポンチョを受け取って身につけた。

計画では、メアリー・アリスとヘレンが出口の係員にわざとぶつかって、カウンターを手から叩き落とすことになっている。拾って返すときに二回押すくらい、わけもない。だがもし失敗して、地下墓地に二人取り残されていると気づいたら、カメラの映像をチェックするだろう。すると、エッフェル塔柄のポンチョの女性が四人入場し、エッフェル塔柄のポンチョの四人が退場するのが映っているはずだ。地下墓地内を徹底的に調べてもだれも見つからなければ、勘違いと判断して戸締まりをするにちがいない。

しばらく待つと、夕食どきを前に混雑が引いていった。このあとの夜のツアーでまた混み合うが、それまでのあいだにゲートをくぐり、だいぶ先まで進める。最初に解錠したときとくらべても、元どおりに施錠しなおす方がはるかにむずかしかったが、侵入した形跡を残してはならない。

トンネルの中を、くねくねと曲がったり、上ったり下りたり、大きく回ったりしながら、北西をめざして進んだ。ちょうどいいスペースがあったので、アルミブランケットをすっぽり着て——地下は寒いのだ——座りこみ、栄養を摂取した。ことば遊びをしたり、交替で仮眠を取ったりするうちに、ようやく再始動の時間になった。ダルシャンボーのワイン蔵に着くと、装備を最後にもう一度確認してから、地下室に入りこんだ。ざっと見たところ、きのうからなにも変わっていない。クモの巣は無傷だし、〈パリ・マッチ〉の山はあいかわらずぐらついている。ナタリーが木のパネルをはずし、二人ともヘッドランプを装着した。それからパイプスペースに潜りこみ、ナタリーが先になって進んでいった。

中はせまく、背中を壁に、おなかをパイプにくっつけながら横になって進むしかなかった。五、六メートル進むと、パイプともども垂直方向に曲がった。元は煙突だったと見え、内側は古いれんがが積みで、目地を埋めるモルタルがぼろぼろになっている。炭酸マグネシウムの袋を取り出し、指先につけてから、ナットに渡した。足もとは二人ともボルダリングシューズだ。底が薄くてつかみやすく、れんがのすき間を手がかりや足がかりにしながら登っていくと、ジムのクライミングウォールに挑戦しているような気がしてきた。いくらも登らないうちに――せいぜい四、五メートルだった――ナットが出っ張りに足を引っかけて止まった。パイプが直角に曲がっている。このすぐ内側がバスルームだ。ナタリーの目の前には、入口とおなじような大きさのくぼみがあり、鉄板でふさいで複数の留め金で固定されていた。

ナットはスイスアーミーナイフを取り出し、マイナスドライバーのツールを起こした。最初の留め金の下に差しこもうと手を上げたとき、口笛の音がした。ナットはツールを手にしたまま凍りつき、目を見開いてわたしを見た。最初は低い一音だけだったが、徐々に大ざっぱなメロディーに変わっていった。なんの曲だろうと考えこんだが、ようやくわかると吹き出しそうになった。

「『アップタウン・ファンク』」口パクで伝えた。

口笛がやむのを待った。少ししんとして、かちゃかちゃという音、そしてトイレをざあっと流す音がした。すぐそばの管を汚水が流れていき、ナタリーが吐きそうな身振りをした。

「げっ、おしっこだけだろうね」わたしがつぶやいた。はたこうとしてきたので、口にチャックの万国共通のジェスチャーをしてみせた。彼女が腕時計を示し、わたしがうなずいた。午前一時すぎ。夜中にトイレに起きたあと、カラパスがすみやかに寝つくことを祈った。

念のため、三十分待ってから作業を再開した。ナタリーが小さな金属の留め金をはずすのに、長時間かかった。左右を終えてから、上の辺に取りかかった。全部終わると手招きしたので、横に割りこんだ。鉄板かと思っていたが、箱状だった——カラパス家の洗面所の鏡裏収納だ。二人がかりで慎重に前へずらしていった。いちばんむずかしかったのは、洗面台の上へ物音ひとつ立てずに置く部分だ。収納がなくなると、長方形にぽっかり穴が開いた。ナットは頭を突っこみ、バスルームを見まわした。親指を立てて合図をよこしたので、第二段階に突入した。両手を組んでナットの足を支え、穴まで押し上げてやった。もぞもぞと通り抜けたのち、手だけがにゅっと出てきた。また親指を立てている。

ナットよりは背が高いので、乗り越えて入るのは楽だった。洗面台は細かい石が埋めこまれた現代風のコンクリート製で、洗面用具はひとつもない。なめらかなすりガラスの洗面ボウルが設置されていて、それをまたいで洗面台に立った。ナットの手を借りて、ウールの敷物に下りた。静寂の中に立ち尽くし、動く気配はないかと耳をすました。カラパスが寝返りを打っているのか、かすかにばさばさと音がしてから、長いおならの音と、いびきが聞こえてきた。

まったくもう。男って好きだけど、汚らしいんだよね。熟睡したと思えるまでさらに数分待ち、そっとバスルームを抜け出した。ベッドサイドのライトが、弱い光を放っていた。戸口で立ち止まり、室内を確認した。読みながら寝落ちしてしまったのだろう、ファイルがベッドの上に開いてあり、老眼鏡はまだ鼻にのっていた。ナタリーが寄木張りの床を音もなく進んでいった。バスルームが無残なまでに現代的だったので、家の心臓部までリフォームしてしまったのかと恐れていたが、もともとの床を残しているのを見て、ほっとした。部屋の奥のベッドまではかなり距離がある——大きくて低いカリフォルニア・キングサイズのベッドで、パリでは大げさな感じがした。部屋は暖かい。セントラルヒーティングを入れてあるのだろう。掛け布団が両脚に絡《から》みついているのは、蹴飛《けと》ばそうとしたせいか。ちゃんと眠れているのかな、と気になった。

いまさらなんの心配？　ナタリーについてベッドのそばまで行き、ふた手に分かれた。彼女は右、わたしは左。彼はあおむけになり、口を開けて軽くいびきをかいていた。片手を枕の下に差し入れているのを見て、ナットに小さくうなずいた。眠っているあいだもそこで銃を握っているのは、明らかだ。訓練を積んだ、完全に覚醒した人間なら、反応するのに一秒半。カラパスの場合は目覚めるのにさらに二秒はかかるだろう。年齢を考えるともう一、二秒。それでも安心できない。五秒で銃を取り上げるのは、わたしたちの歳では厳しい。パイプスペースを登っているあいだはだいじょうぶだったが、脚や腕に疲れが来て震えている。ナットだって似たり寄ったりだろう。

ナットが彼の腕を見て、うなずいた。銃を持っている手はわたしの側。つまり、わたしが押さえつけて、ナットが仕留める。頼れるスイスアーミーナイフを握り、大刃を起こした。刃渡りは五センチ程度だが、かみそりのように鋭く研いである。トンネルで時間をつぶしながら、どこを刺すかさんざん議論した。わたしは鎖骨下動脈を推したが、ナタリーは頸動脈《けいどうみゃく》を選んだ。

ベッドをはさんで目を合わせ、口だけを動かして数えた。

一。二。三。

三ぴったりで行くのか、三数えたあとか、決めておくべきだった。わたしは〈一、二、三、それ！〉のつもりだったが、ナタリーは三と同時に飛びかかったので、半拍遅れた。彼女がベッドに飛び乗り、刃を彼のあごの下に思いきり突き立ててななめに切り裂いた。彼が目を開いて吠えたのと、わたしがつかみかかったのが同時だった。手はまだ枕の下だったが、反射的に引き金を引いたのだろう、銃弾が枕を突き抜けて羽根が舞い散った。首から給油ノズルのように血を噴き出しながら、空いている手をナットの首に伸ばした。彼女がその腕を切りつけると、パジャマの袖が裂けた。幸いにも尺骨動脈をとらえ、血が弧を描いてほとばしった。

ほんの数秒間にそのすべてが起こり、修羅場と化した。カラパスの出血は激しかったが、それでも血だまりの中で体を起こし、ベッドサイドテーブルのボタンを押した。警報音が耳をつんざき、一階から番犬がバスカヴィル家の犬のように吠えたけるのが聞こえてきた。階段を駆け上がってくる足音がして、ベッドから離れた。なぜかとっさにファイルをつかんだ。致命傷を負っているのに、カラパスはしぶとかった。銃を手放さず、二発撃ってきた。その片方が、バスルームへと全力疾走するわたしの肩をかすめた。ナタリーがドアを閉めて施錠し、わたしは窓に飛びついて全開にした。

ナットはパイプスペースに潜りこみ、声をひそめて叱りつけた。「なにやってんのよ？早く！」

ファイルを服の中へ押しこみ、ブラジャーにはさんだ。パイプスペースに飛びこんだとき、バスルームのドアにぶつかってくる音が聞こえた。鏡裏収納を持ち上げ、元の場所にはめこんだ。固定するひまはないので、とにかく落ちないでと祈ることしかできなかった。

大急ぎで、半ば転げ落ちるように下っていった。ナタリーがパイプスペースを無事に抜け、地下室へたどり着こうというとき、鏡裏収納が一斉射撃を浴びた。鏡が粉々に砕け、破片がどっと降ってきたので、首をすくめた。もう少しで終点だったが、カラパスのボディガードたちがのぞきこんできた。フットボール選手のように体格のいい連中で、パイプスペースは通れそうにない。だが手にした銃でたちまち弾丸を浴びせてきた。やみくもに撃つのではね返り、れんがのかけらが頭上に落ちてきた。いまにも懐中電灯を向けられるのではないか、というすんでのところで、足首をつかまれ引きずられた。ナタリーが地下室へ引っぱりこんでくれたのだ。二人とも、ぜいぜいいいながらどうにか立ち上がった。ぐずぐずしてはいられない。ボディガードが家の構造とパイプスペースの配置を結びつけないともかぎらない。

地下室を駆け出したとたんに、〈パリ・マッチ〉の山につまずいた。崩れるのを見てひらめき、ライターを灯した。雑誌は湿ってかびだらけだったが、着火した。煙が充満するワイン蔵を出て、ドアをしっかり閉めた。それから、逃げた。彼らが追ってきても見つけられないようなせまい通路を選んで、何時間もくねくねと進んだ。空気はどんどん冷たく、湿っぽくなり、正体を考えたくもないようなにおいが強まっていった。

ナタリーが息切れして、足を止めた。顔色が悪く、脇腹を痛そうに押さえている。わたしの服が、肩の傷口からの血に染まっているのを指さし、切れ切れにいった。「だい……じょうぶ？」

「かすり傷だよ」短く答えた。まるで見覚えのない場所に来てしまった。「ここがどこか、わかる？」

首を振った。悪態をつこうにも、気力がない。かわりにゼリー飲料を彼女の口に突っこみ、また歩き出した。やがてちょっとした道路ほどの幅があり、ドアが並ぶトンネルにさしかかった。最初のドアを押し開けると、階段があった。ナタリーの手を引いて上り、施錠されたドアにたどり着いた。ナタリーはもう限界という様子だったが、なんとか奮い立ち、両手をこすりあわせて必死に温めた。感覚が戻ったところで、ウエストポーチから取り出した針金でピッキングに取りかかった。

開いたドアの先は、石造りの小屋だった。せまくて窓がなくて、隅の方には植木鉢やらさびた道具やらが置いてある。「管理者の倉庫かな」わたしはいった。つきあたりの壁にドアがあり、こちらは施錠されていなかった。それはそうだ。盗まれるような貴重品はなにもない。外の空気も冷たかったが、新鮮ではあった。別世界へ踏み出した気がした。一面、白っぽい石の海。小高くなった広場には、円形の塔が建っている。

わたしはにんまりした。

「モンパルナス墓地へようこそ」といって、ナタリーの肩に腕を回した。「やったね」

第32章

一九八一年七月

全員、できるだけ黒っぽい服を着てゴム底の靴をはき、テントを忍び出ると、木材で補強されたトンネルの入口をくぐる。ティエリー・カラパスは小さいリュックを背負っているが、他の面々はポケットに入る程度の道具や懐中電灯しか持っていない。トンネル内はむっとしており、みな汗だくになりながら地下室をめざす。ヴァンス・ギルクリストがつけたヘッドランプの明かりを頼りに、一列になって無言で進んでいく。母屋の地下にたどり着くと、明かりを消し、涼しい暗がりにしゃがみこんで、目が慣れるのを待つ。偵察でもこの地下室に来ており、これが三度目だ。空っぽのオリーブオイルの缶や、ハエの死骸《しがい》の山以外、なにもない。石壁を伝う電話線を、メアリー・アリスが切断する。女男爵の屋敷は、これで外界から遮断される。

短い階段の上に、家に入るドアがある。ナタリーが道具を手に進み出て、ちょうつがいに油を差し、鍵をピッキングする。指先の感覚に従い、無事に開くと、そっと口笛を吹く。全員が階段に集まり、ヴァンスの合図を待つ。庭の鳥の声をまねた口笛を聞くと、一人ずつドアをくぐり抜けて、常夜灯だけのほの暗い台所へ入りこむ。せまくて不潔な台所で、ダイニングルームとは頼りない仕切り壁で隔《へだ》てられている。小さなコンロとガスボンベが管でつながっている。カラパスがかがみこみ、静かに道具を準備する。ヴァンスと女性陣は分散する。メアリー・アリスはカラパスを手伝う。ヘレンとナタリーは美術品を運び出す指示を待つ。

三カ月前、〈来歴〉のエージェントが配管工に化けてこの家に潜入し、地図を作製した。その地図は全員の頭に入っている。ビリーは頭の中で何度もこの暗い室内を歩いた。ヴァンスに続きながら歩数で距離を測る。ダイニングルームを通り抜け、天井が低く幅の広い廊下を進み、女男爵の寝室に着く。ヴァンスはドアノブに手をかけて、動きを止める。ベッドがきしみ、深い寝息が聞こえてくる。

ドアを開け、一歩踏みこむ。とたんにベッド脇の明かりがつく。女男爵は起きている。リボルバーを片手に、電話機をもう片手に持っている。

ヴァンスが両手を上げながら、ほほえむ。「こんばんは」

嘘をついて言い逃れたり、だいじょうぶだと気休めをいったりしない。ビリーもその点は尊敬する。女男爵はドイツ語をまくし立てる。電話に向かい、使用人に向かって、唾を飛ばす勢いでなにごとかいう。だがだれも来ない。とうとうそのことを理解する。

電話を手から落とし、その手でリボルバーを下から支える。まっすぐヴァンスに向ける。

ビリーが部屋に入る。こういう場合の定石で、訓練どおりの対応だ。撃つべき相手が二人現われると、敵に迷いが生じ、時間を稼ぐことができる。

「だいじょうぶだ」ヴァンスは自信たっぷりにいう。「いまになって撃つ気はなかろう」

言い終わる前に、女男爵が発砲し、ヴァンスの首もとをかする。「驚いたな」とつぶやいて、首に手をあてる。弾丸は皮膚を傷つけ、背後の壁にかかった絵に食いこんでいる。

ふたたび引き金を引く前に、ビリーが女男爵の手を押さえる。まるで鳥の骨格のようだ。肌は冷たく張りがないし、肉はそげ、折れそうな骨しか感じられない。

ビリーを見上げる目に、どす黒い怒りが燃え上がる。なにかいってくるが、せまい部屋で鳴り響いた銃声のせいで、まだ耳がよく聞こえない。通りすがりに、ベッドサイドテーブルのかごに毛糸玉と長い金属の編み針が入っているのに目を留めていた。

ビリーが手を上げるが、女男爵はなにも感じない。鎖骨の内側にねじこまれるかすかな圧迫だけだ。ビリーが手をどけると、温かい液体が流れ出る。出血量の多さで知られる鎖骨下動脈が断裂している。若く健康なものでも二分ほどで失血死に至るが、女男爵はすでに意識が遠のいている。口をぱくぱくさせるが、声は出ない。目を閉じることもできず、ビリーを見つめる。最期に目にするのは、仕事の成果に満足げにほほえむダークブロンドの若い女性の姿だ。

ヴァンスが首にあてた指のあいだから、赤いものがにじみ出ている。憤怒《ふんぬ》の形相を見て、ビリーは遅まきながらはっとする。〈美術館〉がナチの処刑を行なうのは十数年ぶりだった。そしてそれは、ヴァンスの手柄になるはずだった。

「おれの標的だった」ざらついた声でいう。

「撃たれて――」

ヴァンスがずいと身を寄せる。顔を近づけてくると、瞳に映った自分の姿が見える。とても、とても小さい。

「おれの、標的、だったんだ」

一瞬、殴られるかと思う。まだ手の中にあった編み針を握りしめる。こちらから仕掛ける気はないが、手を出してくるなら、黙ってやられはしない。

彼は編み針を見下ろし、せせら笑う。「その気があったら、とっくに殺してツケを払わせてる。おまえなんか目じゃないんだよ。二度と思い上がるな。殺しにかけては、一生かかって学んだところで、おれの足もとにも及ばない。わかったら邪魔せずに仕事を片づけろ」そう命じて、壁の絵を指さす。「あれを下ろせ。目録に出てた絵だ」

絵を壁からはずし、ダイニングルームへ急ぐ。ナタリーが梱包《こんぽう》を終えようとしている。それからバケツリレー方式で、暗闇にまぎれて美術品を地下室へ運びこむ。ついに美術品は家から姿を消す。地下室のドアにバリケードを築き、絵とがらくたを持ってトンネルを進む。発掘現場に絵を安全に積み、持ってきたがらくたでさらに防御する。

くたくたになりながら、バナナの木立へ移動して待つ。カラパスの計算は完璧で、みなが大きな緑の葉の下に身を落ちつけた瞬間、ガスボンベが爆発する。家じゅうに燃料を撒《ま》いておいたので、壁も屋根もあっという間に炎に包まれる。火の手が女男爵の部屋まで達すると、ぼっとくぐもった音がする。高温でガラスが割れ、見守るみなの顔にも熱気が届く。

「やっべえ」ナタリーがささやく。

家の壁が呼吸しているかのように、夜空へ向かって煙を吐き出す。ビリーが少し前へと出かけた瞬間、屋根が大量の火の粉を散らしながら焼け落ちる。夜空に轟音《ごうおん》を響かせて梁《はり》が崩落する。

けれど、農園はもっとも近い民家からでも何キロも離れており、駆けつけてくるものはいない。火勢が衰《おとろ》えると、絵画の処理を始める。ヴァンスが目録を持っており、回収した美術品とひとつひとつ突き合わせては、印をつける。

「ゴッホ、『森の中の女』。カラヴァッジオ、『ゴルゴーンとティーシポネー』。ブリューゲル、『ペスト医師』」

絵画を輸送するため、二枚組のザンジバルドアを購入してある。彫刻は豪華だが、とりたてて価値はない。二枚をきっちり重ね、周囲にぐるりと打ちつけた木材で束ねてある。何日もかかって、ドアの下辺を固定する釘《くぎ》をていねいに取りはずした。税関職員がいちばん調べそうにない箇所だ。おなじバールを使って、絵画のどっしりとした額縁をはずし、キャンバスを木枠に留めている鋲《びょう》を抜く。身軽になったキャンバスは、二枚のドアのあいだに隠す。ドアは梱包されると、実は〈美術館〉が所有するミラノの輸入家具会社へ発送される手はずになっている。その後、絵画は補修してふたたび額装され、略奪に遭った所有者の子孫へとひそかに返却される。所有者の特定は、〈来歴〉部門にはお手のものだ。移民記録や美術館の目録などをあたって、正当な権利者をあぶり出す。それでも返却がかなわない美術品は、空調管理の完璧なスイスの倉庫に保管される。いつの日か、世に出せることを願いながら。

そこに最後に加わるのは、女男爵の弾丸が突き刺さったあの絵だ。

「ソフォニスバ・アングイッソラ、『シバの女王の目覚め』」ヴァンスが読み上げる。隅に開いた銃弾の穴についてはなにもいわない。ビリーもなにもいわない。しかし、ドアのあいだへと消えていくその絵を、じっと見つめる。

ふたたび目にするのは、約四十年後のことだ。

第33章

二人消えた。残るは一人。紅茶を入れながら何度も反芻《はんすう》した。何日も降りやまない雨のように、そのことばが頭の中で休みなく鳴りつづいていた。戻ってまだ三日だが、早くもイギリスに嫌気がさしてきた。なにより、カラパス襲撃以来、六十という自分の歳をひしひしと感じていた。思いもよらない箇所が筋肉痛で、手も脚も醜《みにく》くあざだらけ。肩の傷はメアリー・アリスが縫《ぬ》ってくれた――ていねいで、細かくそろった縫い目だ。それでも燃えるようにかゆく、そうなるといらいらが募った。

ヴァンス・ギルクリストを見つけ出す方法を思いつかないまま、無駄に日がすぎていくのも、腹立たしかった。おたがいにいらだちをぶつけあうばかりで、進展はなかった。まもなく、バタンとドアを閉める音や、嫌がらせの大音量の音楽が家に充満するようになった。ナタリーが携帯でリゾを爆音で鳴らせば、ミンカはノートパソコンでＢＡＢＹＭＥＴＡＬをかける。ヘレンは屋根裏部屋からまだ動く小型のレコードプレイヤーを発掘し、いくらか反ったキャロル・キングのアルバムまで見つけ出した。それでも、メアリー・アリスが台所からＢＢＣラジオで流すバロック・オペラとは、勝負にならなかった。カルタゴの女王ディドがいまわの際に絶叫するに至って、わたしは降参し、たばことノート、それにカラパスの家から持ち出したファイルを手に、物置小屋に退散した。かびくさい腐葉土の袋を積み重ねて即席のソファーを作り、クリーデンス・クリアウォーター・リヴァイヴァルを聞きながら、かじかむ指でたばこを吸った。夏だったら、好奇心の強いウサギや人なつっこいネズミが出てくるのを期待しそうだが、この物置はちっともビアトリクス・ポター的でない。すき間風が入って湿っぽく、寒さで鼻がちぎれそうだった。

暗殺指令が出ると、〈来歴〉がまとめた基本情報が小包で届く。見た目はまるで大おばさんからの荷物。名前入りの便箋《びんせん》に書かれた楽しげな手紙、新聞や雑誌の切り抜き、レシピカード、編み図などの詰め合わせだ。〈美術館〉の新人チームは、訓練期間中にそれぞれのモチーフを決められる。わたしたちの場合は、あらゆる連絡に使われる便箋の上部に、羊の群れを見やる少女のイラストがついていた。コンスタンスのコードネームである女羊飼いのしゃれだ。末尾にはかならず、〈コンスタンスおばさんより〉と記されていた。実際に書くのは、〈来歴〉の事務方だけれども。手紙の本文よりも、上部のイラストに注目した。情報に応じて、微妙に変化する。羊の数は、作戦実行までの週数を表わす。羊飼いの少女が向いている方角、杖に結んだリボンの色——すべてがパズルのピースとなる。もちろん、同封された資料の一枚一枚も、標的についての欠くべからざる情報だ。所在地、行動パターン、興味関心、明白な弱点など。

内容を読み解いたあとは、計画立案はこちらに一任される。遂行のための備品や物流については、〈入手〉部門と相談する。〈入手〉のチームがひとつ割りあてられて、必要な品を調達すると同時に、その後の展開を監視する役目を担う。新人のころは、計画を〈展示〉の責任者に提出して承認を得なければならなかったが、実績を積んでからは自由に作戦を立てられるようになった。そうなると、わたしなりの手順ができあがった。

小包が届くと、その日のうちにスケジュールを整理する。予定をキャンセルし、フリーの翻訳の仕事は締切をずらしてもらう。それからイヴのたばこ一箱と、母が去った日にうっかり忘れていった銀のライターを持って、座る。ライターとたばこの横には、新しいノートと、削ったばかりのタイコンデロガの鉛筆も用意する。そして、グラスに氷を入れ、ビッグ・レッドのクリームソーダを注ぐ。アイデアはすぐには浮かばず、しばらくたばこを吸ったり、氷にひびが入る音を聞いたり、甘ったるいソーダのにおいを嗅いだりしながら座っている。ライターを手の中でもてあそび、大粒のターコイズがすり減りそうなほどなでながら、考える。

グラスの中身が半分になり、灰皿として使っている耐熱樹脂のソーサーに吸殻が二本ほどたまるころになると、アイデアを書き留めはじめる。最初は単語や疑問、思いつきを羅列するだけ。この時点では選別せず、思い浮かんだことをなんでも列挙する。ひたすらたばこを吸い、書き出し、ソーダを飲むうちに、たばこのせいで頭痛が、ソーダのせいで胸やけがしてくる。そのあたりで、計画が立ち上がってくる。粗削りではあるが、大筋はしっかりしている。完成にはそこからもう数日かかる。引っかかった部分をなめらかにしたり押しこんだりして、きれいに整った計画ができあがる。四十年そのやり方を取ってきて、一度として失敗したことはなかった。

けれど、いまはタイコンデロガはないし、イヴもない。ビッグ・レッドなど望むべくもない。ノートも安物雑貨店で買った、かごにぎゅう詰めの子犬の表紙だし、筆記具は風船ガムのにおいつきのマーカーしかない。ただ、ライターはある。ポケットから出し、ギュンターの秘薬に使った残りの、恐るべきたばこに火をつけた。安物のきつい味で、涙が出るほどせきこんだ末に踏み消してしまった。親指でライターをこすった。長年のあいだに手になじんだ、ターコイズのふくらみを感じる。重たいし、とりたてて美しい品でもない。どうせ母が、〝恋人〟と呼ぶ男からくすねたにちがいない。そういう男はたくさんいた。だいたいみなおなじで、派手な車とうぶな妻を持っていた。交際は週末だけで終わることもあれば、一年続くこともあった。今度こそ、ほんとうに頼りがいのあるいい男に巡り会えたと、母が信じている期間だ。根拠などない。そんなものは求めてもいなかったのかもしれない。ブロンドの髪を振りほどき、パールカラーの口紅を塗りなおし、別のシボレー・カマロに乗りこんで、今度こそはきっと、と言い聞かせていた。

だが、いつもおなじだった。歳を重ねても学びはせず、必死になるだけだった。常に愛されたがっていたが、子どもの愛では満足できなかった。そういう愛ではなかったのだ。だからわずらわせないため、愛情を見せないようにした。あれこれ求めない方が機嫌がよかったので、母への愛は心に隠しておいた。忽然と消えたあの日まで。もちろん、男といっしょだった。このときの男はカリフォルニアをめざしていた。太鼓腹《たいこばら》で、へそまでシャツをはだけていたが、キャデラックに乗っていたし、金もうけの算段があった。子どものために考えなおそうなどとは、彼女は考えなかった。思い浮かびもしなかったのだろう。質草《しちぐさ》になりそうなものをすべて持って出ていった。だから、ライターは忘れたとしか思えないのだ。ガソリン代や駄菓子代にはなっただろうに。

最初は、呼び寄せてくれると期待していた。誕生日が来ると、ライターを使ってろうそくを灯した。ケーキはなかった――おばあちゃんの予算でそこまでは無理だし、そもそもわたしの誕生日を覚えていない。だが、パントリーの古びた箱の中に折れたろうそくを一本見つけたので、母のライターで火をつけた。吹き消すときには、触ってみたくてウサギの足のお守りを万引きしたときと、おなじことを願った。

願いはかなわなかった。彼女がヴェニス・ビーチからよこしたはがきも、ライターで燃やした。すばらしい場所だけれど、わたしのバス代を工面できないそうだ。それ以降、手紙を待つのはやめ、過去を振り返るのはやめた。それでもライターは手放さなかった。退路を断つときには、いつも使った。成績表も、校則違反の指導票も、不合格通知も、退学勧告書も、すべてライターで火をつけた。ターコイズが取れてしまえば接着しなおし、オイルがなくなれば補充し、いつもきれいに磨いておいた。

〈美術館〉に入ってしばらくは、引っ越しが多かった。もっぱら家具つきの賃貸に住み、持ち物を増やさないようにしていた――簡単に移動できるよう、段ボールひと箱分だけ。箱の中身は年月とともに変化したが、ライターだけはかならずポケットに入れていった。必要とあらば、書類を焼き捨てたり、のろしを上げたり、アルコールを飛ばしたりするのに使った。タヴァナーと初めて結ばれた夜も、ベッドサイドテーブルにあった。彼に別れを告げたときも、震える手でようようたばこに火をつけるのに使った。お守りのようなもので、いつでも効き目があった。

いままでは。手の中で何度も何度も転がしたが、冷たさと重さしか感じなかった。ヴァンス捜索についての啓示は降りてこず、物置の冷気と銀のかたまりの重みがしみるだけだった。ライターをつけ、小さな火に手をかざした。温めるためもあったが、おもに時間をつぶすために。手を往復させながら、徐々に近づけていった。

カラパスの家から取ってきたファイルを開き、ぱらぱらと眺めた。逃げる間際にこれを手に取った直感は、正しかった。それは、わたしたちの違反行為を理事会に告発する調査書だった。理事会に提出する文書の常で、理路整然と書かれており、挙げられた証拠を順にたどれば結論に行き着くようになっている。一人一人に割かれた部分もあり、金目あてで犯したという殺人について述べられていた。自分についてのページをすみずみまで読みなおした。笑えてきた――存在すら知らない標的、めったに使わない殺し方。すべてがずさんに思えた。まるで、時間に追われて大あわてでまとめたかのようだ。

またたばこに火をつけ――よくないとわかってはいるが、ニコチンを欲していた――口にためこんだ煙を、ゆっくりと輪を作りながら吐き出した。嘘で塗り固めた調査書。追及されたら、これを根拠に言い逃れるつもりだったのだろう。旧式のファイリング方法で、厚紙の表紙と一辺を固定する金属のレールがついている。レールと中のページは穴を開けてきっちり綴《と》じてあり、上から小さな留め金で押さえて、即席の製本が完成していた。本のようにめくって読めるが、内側のノドの部分は隠れたままだ。留め金、レール、表紙の順にはずしてみた。一ページずつばらばらにしていくと、あるページの内側の余白に、縦に並んだ小さな暗号文字を見つけた。

どんな調査書にもこのような暗号が記入されており、事情を知っているものなら解読できる。調査書の作成に携《たずさ》わったものは全員、ここにイニシャルと日付を記すことになっている。現場職員の手に届くまでには、縦の一辺が暗号で埋めつくされるほどになる。この調査書の場合は、短かった――ひとつのイニシャルと、ひとつの日付だけ。たった一人でこれを書き上げたのだ。

イニシャルを指先でなでながら、ナオミ・ヌジャイとの会話を思い返し、忘れていることはないか考えた。しばらくして、調査書を元どおり綴じ、表紙も留めた。いくつかの答えが見えてきたが、もう少し情報がないとこれ以上はなんともいえない。

ミンカが設定してくれた携帯を取り出し、ナオミの番号にかけた。長い沈黙ののち、自動音声が聞こえてきた。

「おかけになった番号は、現在使われておりません。ご確認の上、おかけなおしください」

〈切〉を押して、毒づいた。あの女、わたしがまたかけてこないようにと、番号を変えたんだ。

望み薄ではあるけれど、ほかに手はない。マーティンに教えた伝言サービスの番号を打ちこんだ。つながると、暗証番号を入力した。いつものように「新しい伝言はありません」というそっけない録音が聞こえるかと思っていたところ、新しい伝言があるが聞く気はあるかとうれしそうに言ってきた。

「聞くよ、ばか女」とつぶやいた。

自動音声は気に入らなかったらしい。「聞き取れませんでした」録音なりに怒ったような声だった。

「はい、どうぞよろしくお願いいたします、感謝感激雨あられでございます」

「少々お待ちください」

雑音だけがしばらく続いたのち、マーティンの声が聞こえてきた。記憶よりも幼く、盗み聞きを恐れるように声をひそめている。

「マーティンです。気になることを聞いたような、たいしたことじゃないような。よくわからないんですけど、ヴァンスのところへ書類を届けに行って、トイレに行って戻ったら、電話中だったんです。ぼくに気づいてなくて……そのう、立ち聞きしちゃったんですよ。意味はわからないけど、おなじことばを二回いったんです。トール・マッシって。くだらないですよね、こんなことが助けになると思う自分が嫌になるけど、気がとがめるんです。ビリーにはいつもよくしてもらってたから。あのう――もう切りますね。トール・マッシですよ。役に立つかなあ」

通話を切り、携帯を見つめながら、考えを巡らした。トール・マッシ。どういう意味なのか、さっぱりわからない。レスリングの動きかもしれないし、チョコチップクッキーのなにかかもしれない。

「トール・マッシ」口に出していってみたが、変わらない。目を閉じて文字を思い浮かべたが、なにかがしっくり来ない。トール・マッシではないものが、さかんにちらつく。

トルマッシュだ。

ぼんやりと聞き覚えがあったが、なんなのか思い出せなかった。両手を合わせて温めてから、携帯で検索した。七七五〇〇〇件ヒットしたうちの、いちばん上に求めていた答えがあった。〈トルマッシュ・オークションおよび委託販売〉。クリスティーズやサザビーズと並ぶ、ロンドンの三大オークション会社のひとつで、絵画や宝石を専門としている。公式ウェブサイトに飛ぶと、トップページに、ピンクのサテンとチュールレースを身につけた、ジョヴァンニ・ボルディーニの有名な女性画が掲げられていた。トルマッシュは伝統を重んじる、というか、重んじすぎる社風だ。現代アートを扱うくらいなら社を焼き払うつもりらしい。サメの剝製《はくせい》だの、経血を塗りたくったキャンバスだのは、もってのほか。断固として保守的なのだ。

つまり、わたしたちとは縁遠い。わたしは行ったこともないし、知るかぎりではほかの三人も同様だろう。トルマッシュというのは資産家の一族だった。おんぼろのチューダー様式の本社ビルとくらべると、あのリバティ百貨店すら近未来的に見えるほどだ。十五分ほどサイトをさまようち、行きあたった。

それはイベントのページの、一月の競売品の中にあった。今年のテーマは女性画家で、〈美術史における女性たちの五世紀　一五〇〇～一九五〇〉と題されていた。オンライン目録を眺め、ポンドで記された落札予想額をドルに換算した。ジョージア・オキーフの大胆な作品は五千万前後と見られており、アルテミジア・ジェンティレスキ、メアリー・カサット、エリザベート＝ルイーズ・ヴィジェ＝ルブランはどれも五百万ドル少々になりそうだった。アンヌ・ヴァライエ＝コステルは九十万ドルに収まる見込みで、しんがりを務めるラヴィニア・フォンターナは五十万が妥当らしい。

リストの最後に、太字で〈追加競売品〉と出ていた。クリックして、まじまじと見つめた。老眼鏡をはずし、服のすそでよく拭いて、もう一度見た。その瞬間、ヴァンス・ギルクリストを見つける方法が思い浮かんだ。

第34章

携帯を振りかざし、勝利の舞を踊りながら家に入っていくと、みなは台所にいた。

「なに浮かれてんの？」メアリー・アリスがきいた。アキコの態度が軟化しないので、日々とげとげしくなっていた。

「ヴァンスの探し方がわかった」と携帯を向けた。三人が集まってきて、はっと息をのむのが聞こえた。

アキコとミンカだけはきょとんとしていた。「で？」ミンカが携帯を返してきた。

アキコは画面をのぞきこんだ。「いい絵だけど、ギルクリストとどういう関係があるの？」

わたしはにやりとした。「これは、いい絵じゃないの。ソフォニスバ・アングイッソラの『シバの女王の目覚め』なの」咳払いをして、目録の記述を読み上げた。「『スペイン王妃エリザベート・ド・ヴァロワの依頼に応え、マドリードの宮廷画家時代にアングイッソラが描いた作品。王妃の死後、アングイッソラはこの作品をクレモナの生家へ移し、一六二五年に亡くなるまで当地にあった。死後は義理の息子グイド・ロメッリーノが相続し、ロメッリーノ家の私有財産として代々管理されてきた』」

ヘレンは小さな画面に目をこらした。「ほんとうにこれ、わたしたちのシバなの?」

「まちがいなく彼女だよ」絵の状態についてのタブを開いて見せた。ひび割れや、本来の額縁の喪失など、ルネサンス時代の作品としては当然のことが書いてあるが、読み飛ばした。目あての部分を指定してナタリーに渡し、読んでもらった。

「『経年による軽微な劣化をのぞくと、良好な状態。左下の隅に小さな修繕箇所。キャンバスに直径約〇・七五センチメートルの穴が開いている。背景部分で、人物や署名に影響はない。肉眼では確認できない瑕疵《かし》であり、作品の価値を損なうものではない』」

「銃弾だ」とメアリー・アリス。「まじか。わたしたちのシバだ」

わたしはうなずいたが、アキコはキツネにつままれたままだ。「わたしたちのシバ、ってどういうこと?」

ザンジバルでの任務のことや、女男爵の銃弾が絵にあたったことを、手短に語った。

「回収したほかの美術品は、ほとんどが正当な持ち主に返還できたの。第二次世界大戦中に略奪に遭った人の子孫にね」ヘレンが話した。「でも、シバはちがった。所有者一族が戦争で全滅したの。〈来歴〉が長年調べたけれど、所有権のある人は一人も見つからなかった」

「じゃあ、いままでどこにあったの?」アキコがたずねた。「まさか、だれかの書斎の壁にかけてあったんじゃないでしょう」

「スイスに施設があるの」ナタリーがいった。「自由港にね」

「なにそれ？」とミンカ。

ナットは説明した。「自由港っていうのは、関税なしで輸出入や両替ができる場所のこと」

「えっ、そんな場所がほんとうにあるの？」アキコがきいた。

「たくさんあるわよ」ヘレンが答えた。「いまに始まったんじゃない。古代からあったのよ」

「でも、どこの政府も税金は大好きだよ」ミンカも加わった。

「そうよ」とヘレン。「でも、貿易はもっと大好き。だから、商取引を促進するために、自由港を認めるのよ」

「世界一の自由港は、ジュネーブね」今度はナタリー。「始まりは、大きくて殺風景な穀物倉庫だったんだって。食べ物とか石炭みたいな日用品を貯めこんであったの。でも第二次世界大戦が始まると、もっとおもしろい品も運びこまれた――金の延べ棒とか、宝石類とか、年代物のワインとか」

「美術品とか」メアリー・アリスが口をはさむ。

「美術品もね」ナタリーがうなずいた。「しかも、保管に最適な場所なの。温度や湿度が厳しく管理された倉庫だから、絵画でも書類でも紙幣でも、安心して保管できる。おまけに、スイス銀行の秘密口座って人気だから、便利なのよ。さりげなくちょこっと銀行取引をして、何億か動かすだけで、ゴッホだって南洋真珠だって自分のものになっちゃうんだもん」

「警備も厳重」ヘレンがつけ加えた。「有刺鉄線、分厚い扉、厳しいセキュリティチェック。

盗み出すなんて不可能なの」

「そこに、その絵があるの？」アキコがきく。「シバが？」

「あったの」わたしはいった。「〈美術館〉の保管場所は、借りものなんだ。それだけの施設を維持するのはお金がかかるし、目を引くから。自由港に品物を保管してもらってる、一顧客の立場なの。それほど点数があるわけでもないしね。長年のあいだに何百という絵画を回収したけど、持ち主に返せずにいるのはほんの十点かそこらだよ。シバもそのひとつ。一九八一年に回収したあと、直接ジュネーブに輸送されて、以来ずっとそこにあった」

「いままでは」メアリー・アリスが言い添えた。

「いままでは」わたしも同意した。

アキコは眉根《まゆね》を寄せた。「でも、ヴァンス・ギルクリストが持ち出したって言い切れる？持ち主が見つかって、偶然こうなったのかも」

わたしは指を立てて数えながら答えた。「第一に、保管場所は生体認証システムを導入してて、〈美術館〉の理事以外は美術品に手出しできないようになってるから、ヴァンス自身が持ち出したにちがいない。ほかの二人の理事は死んだし、トルマッシュの目録にあの絵が追加されたのはつい最近だからね。第二に、美術品が持ち主に戻されるときは、回収した当人に連絡が来ることになってる。わたしたち四人ともシバのことなんて四十年近く聞いていない」三本目の指を出した。

「第三に？」アキコが促した。

「第三に、わたしは偶然を信じない。特にヴァンスに関しては。これは、わたしたちをおびき寄せるための罠だよ。オークション会社は普通、作品の損傷にはあまり触れたがらない。なのに、シバの説明はやけにくわしい。隅の銃弾の穴のことを、ヴァンスが目録で強調させたんだ。わたしたちが気づくように」

「どうして？　隠れている気かと思った。命が惜しくないのかな？」アキコはいぶかった。

メアリー・アリスはその手を取りかけて、寸前で引っこめた。「パールもカラパスも消されたいま、わたしたちの意図には気づいてる。びくびくしながらすごすのが嫌なんだろうね。自分の流儀で闘いを仕掛けてきたんだよ」

ミンカが顔をしかめた。「危ないね」

「そのとおり。ひじょうに危ないね」わたしはほほえみ、一度口をつぐんだ。「もうひとつ、知らせたいことがある」そして、ファイルに暗号で記された報告書提出者について話した。

最初に口を開いたのはメアリー・アリスだった。「さて、どうする？」

「標的を一人増やす」わたしはわたあめのにおいのペンを手に取った。

ピンクの文字でくっきりと名前を書き加え、みなの方を振り向いた。「異議がある人？」

第35章

オークションまでは一週間。その間に詳細を詰められるのはありがたかった。確実にわかっていることから取りかかった——舞台から。

「大規模な競売になりそうだね」夕食後、コンスタンスの書斎に集まったときに、メアリー・アリスがつぶやいた。アキコとミンカは台所の片づけをしながら、『塔の上のラプンツェル』の二重唱を練習していた。ヘレンはトルマッシュのホームページに目を通して、見落としたことはないか確認し、メアリー・アリスはプリントアウトの束をめくっていた。わたしはコンスタンスの机に向かい、本棚から取った美術本を見るともなしに見ていた。『女性画家作品集』だなんて、性差別にもほどがあるタイトルだが、ヒントが得られるかと思ったのだ。

「大入り満員だろうね。収集家とか、マスコミとか」メアリー・アリスが続けた。

「ってことは、警備も半端ないね」ナタリーもいった。「ボディチェックに、監視カメラに、いろんな仕掛け。それも最新鋭のやつ」

「ライブ配信もある」ヘレンがウェブ上のリンクを指さした。「自宅で見物や入札ができるの」

わたしは少し考えた。「目撃者が多いね――目立たないことが身上の組織にとっては、多すぎる。わたしたちをどこかへ連れ出して殺すつもりだな」

「本人が来るかしら？　リスクが大きいわよ」ヘレンがいった。

「ヴァンスは自信過剰の勘違い男だよ。それに、ザンジバルでわたしがナチを横取りしたことをずっと恨んでる。来るに決まってるよ。こっちを見くびってかかってる分、優位に立てる」

「となると」メアリー・アリスがいった。「ヴァンスの手下に気づかれずにトルマッシュに入りこまないとね。その上で、こっそり殺す」

「それより、拉致《らち》して別の場所で殺す方がいいわ」とヘレン。「はるかに目立たない」

「はるかに危険」ナットが反論した。「外へ連れ出したら、尾行や逃亡の危険があるじゃない。オークション会場でやっちゃった方がいいと思うな」

「世界じゅうに配信されながら？」わたしはあきれてみせた。「さりげないとはいいがたいね。それに、周囲を巻きこむとまずいよ」

ナタリーはいつものむっとした顔になったが、言い返しはしなかった。無関係の一般市民に危害を加えない、というのが、〈美術館〉の掟《おきて》だ。めんどうではある――群衆の中に爆弾を投げこめればどんなに楽か――が、おかげで慎重かつ独創的に任務にあたるようになった。

美術本のページをめくる手をぴたりと止めた。以前一度だけ見た絵の彩色図版だった。ヴェネツィアで、ハネムーン中だったアルメニアの犯罪組織トップを抹殺したあと、何日か休暇を取った。観光の予定だったが、あいにくの雨を避けるためおもに美術館を巡っていた。ある午後にペギー・グッゲンハイム・コレクションにたどり着き、それを目にしたのだった。

レオノール・フィニの『スフィンクスの羊飼い』。

一九四一年の作品だが、女羊飼いの髪は茶色くてボリュームたっぷりで、八〇年代ふうだ。股間に甲冑《かっちゅう》めいたものを着けていて、金属製の水着に見えなくもない。両脚のあいだに羊飼いの杖を立てているのが、ほうきにまたがろうとしている魔女を思わせる。群れを見張る目つきは、落ちつき払っている。わたしがついていればこの子たちはだいじょうぶ、とばかりに。だがどうやら、スフィンクスたちは自立できているようだ。下半身は雌ライオンだけれど、セクシーな顔とさらにセクシーな胸は、スーパーモデル級。花や、自分たちが食った人間の骨が散らばる静かな平原を、穏やかな表情で眺めている。不気味だが美しい絵で、生と死に対する恐るべき女性の力をよく表わしている。スフィンクスたちは、髪を振り乱しもせずに男どもを叩きのめし、骨の髄《ずい》までしゃぶり尽くしたのだ。だらりと巻いた尾や、画面の外の獲物を吟味《ぎんみ》するまなざしを見ながら、笑みが浮かんできた。だが彼女たちは暴君ではない。群れに生き、愛情をもって守られる存在だ。邪悪でもない。本能に従っているだけだ。保護者のような女羊飼いのなにかが、心に響いたのだろう。ショップでこれの絵はがきを買い、よれよれになるまで何年も持ち歩いていたが、いつしかなくしてしまった。

ずっと忘れていたこの絵が、猛々しいほどに輝きを放ってきた。と、この部屋でコンスタンス・ハリデイに最後にいわれたことが、よみがえった。ニース発の便でブルガリア人を消すという初任務を与えられた直後だった。神経がたかぶって、庭で人型《ひとがた》サンドバッグを殴りまくり、手の甲《こう》を真っ赤にしたところを、コンスタンスに見つかった。部屋へ無理やり連れてこられ、手の腫れが引くまで水で冷やすよう命じられた。お説教を覚悟していたが、彼女は初めてなにもいわなかった。いっしょに座り、自信ありげに沈黙していた。

それが癪《しゃく》に障った。洗面器の冷水から手を引っこめ、にらみつけた。

「アドバイスをいただけないんですか？　どうやれともいってくださらないんですか？」

彼女は立ち上がって戸口まで行き、最後の一瞥をよこした。

「ウェブスターさん、真のリーダーシップとは、自分を信じることではないのですよ。仲間を信じることとです」

仲間を信じる。本の中の絵を見つめ、美しい殺し屋のスフィンクスたちを指先でなでた。

ぱたんと本を閉じた。「わかった」三人が期待をこめて顔を上げた。「気に入らないと思うけど、このやり方しかない。説明するね……」

計画を披露したあと、数時間議論して、最後にはみな折れてくれた。思いどおりになって、安心してぐっすり眠れそうなものだが、寝返りばかり打っていた。とうとう起き出して、ミルクを温めに一階へ行った。飲むためではない——ホットミルクなんて最悪だ。だが、焦げつかないよう絶えずかき混ぜる作業で、心が落ちつく。台所へ行ってみると、ヘレンがテーブルにアドレス帳を置き、思案げな顔で座っていた。

「なにか思いついたの?」ミルクをシンクに捨て、かわりにブランデーのボトルを取り出した。

「かもね」彼女は親指を口にあてながら、また考えこんだ。

それ以上たずねなかった。その気になったら話すだろうから。誤算だったのは、わたしに話すと思いこんでいたことだ。

第36章

翌朝、トーストとアールグレイのかおりに誘われて、朝食に下りていった。台所のドアを開けた瞬間、テーブルをはさんで座る二人の人物を目にして、固まった。ヘレンが顔を上げると、もう一人が紅茶のマグを両手で包んだまま、ゆっくりと振り向いた。

「おはよう、ビリー」タヴァナーはいった。声に抑揚はなく、目つきには親しみのかけらもなかった。

「これ、幻覚?」わたしは口にした。「ここでなにしてるの?」

「わたしが呼んだの」おずおずとほほえみながら、ヘレンがアドレス帳を見せた。「あとで好きなだけどなりつけていいから、いまは耳を貸してもらえる?」

二人から離れて座り、腕組みをした。「いいよ」

ヘレンが紅茶をもう一杯注いでよこした。「どうぞ。それか、とっておいて話が終わったらぶっかけてもいいわよ」

また笑顔を向けてきたが、やめるまでカップを手に取ってやらなかった。彼の方は見なかった。

ヘレンは咳払いをした。「応援がいると思うの。ヴァンスはトラブルに備えてる——というか、わたしたちに備えてる。ミンカやアキコには備えてないから、作戦で有効に使える。でも同時に、二人が弱点にもなる。素人だもの。守ってあげないと。それに」冷静な口調で続ける。「タヴァナーには備えていない」

彼はマグをぎゅっとつかんだまま、中身を見つめていた。あえて口にしなかったけれど、元気そうだった。長い手足は変わらない。肩幅はあいかわらず広いし、腰はあいかわらず細い。おなかまわりが少しふくよかに見えたが、そりゃあ、この歳ではだれでもそうだ。髪はすっかり銀色になったが減ってはおらず、三十歳のころとおなじように毛先がはねていた。いちいちチェックしながら最後に顔に視線を向けると、彼もわたしを見ていた。さっとヘレンに目を移した。

「どういう謝礼を提示したの？」

「ふざけるなよ」タヴァナーが突然いった。顔を見ると、怒っていた。というか、怒り狂っていた。

ヘレンは立ち上がった。「しばらくお二人でどうぞ」そういって出ていった。

「策士だよねえ」わたしはいった。

「へえ？　そういう出方をするわけか」彼がマグを押しやると、勢いで中身が少しこぼれた。

「怒ってないよ」静かにいった。「あっちにいらついてるだけ。声をかけるなんて、ひとこともいってくれなかったから」

「おれが来ると都合が悪いか」テーブルに両手をついて、立ち上がった。わたしもおなじようにした。

「なにがいいたいの？」

「ほんの一瞬、ちらりとでも、生きてるとおれに知らせようとは思わなかった？」

口を開け、また閉じた。たっぷり一分はたってから、やっといった。「それで怒ってるわけね」

「怒ってる？　怒ってなんかいないよ、ビリー。怒るっていうのは、クリーニング屋に大事なシャツをなくされたときの気分だろ。いまのおれの気分は、告解室でも口にできないね。十二月三十日にスウィーニーが電話してきて、四人とも死んだといった。いきなり、きみがもうこの世にいないって聞かされたんだぞ。いまは一月も後半だ」壁のカレンダーを指さして、強調する。「何週間もたってる。何週間も、きみは死んだと思ってた」

スウィーニーがわたしの電話のあとで、やはり生きていると知らせてくれていれば、そんなことにはならなかった、と指摘することもできた。けれど、スウィーニーは賞金に目がくらんでいた。タヴァナーが横取りしたり、わたしたちに告げ口したりするのを避けたかったのだろう。そういったところで、彼の気持ちが収まるとは思えなかった。だから、別のことをいった。

「ごめん」

腕組みをして、じっとわたしを見すえた。「もっとちゃんと」

「ごめんなさい、タヴァナー。考えが及ばなくて――」

「そうだよな。いつもそうなんだ」

いいせりふだ。それを去り際に吐くところが、うまい。彼と入れ替わりにヘレンが戻ってきた。手をひと振りしてみせた。

「気にしないで、ヘレン」

「そうなの？」

「まさか。ここに粉砕機があったら、ヘレンを突っこみたい」

腰を下ろし、わたしの手を取った。「先に話しておけばよかったけど、無理だと思ったの。うんとはいってくれないでしょう、いいアイデアなのに」

「いいアイデアだよ。すごくいいアイデア。だからこそ知っておきたかった。単独行動なんて――」

「単独じゃないの」穏やかにいった。

「メアリー・アリスも？」

「電話をかけてくれた」

「ナタリーも？」

「駅まで迎えに行ってくれた」

「わお」彼女に握られた手を引っこめた。

「怒ってるわよね。そうだろうとわかってた。彼を引きこむリスクもわかってた。だけど、彼ほどの適任者はほかにいないでしょう。追いこまれても冷静で、頭が切れて、腕が立つ。二人のあいだに、片がついていない話があるのも――」

わたしはさえぎった。「そんなものない。おたがい決断して、納得したんだよ。何十年も前に」

「そうよね、だから心穏やかなんでしょう」やさしくいった。

顔をしかめてみせた。「はいはい、たしかにむかついてるけど、ヘレンたちのせいじゃないし、彼を呼んだせいでもないよ。仲間だと思ってたのに、蚊帳《かや》の外に置かれてむかついてるだけ」

「それと？」

「それと、死んだと思わせてた自分にもむかついてる。無事を知らせなくちゃとも思わなかった」

「でしょうね。電話したら、ちょっと驚いてたわよ」唇《くちびる》にかすかな笑みが浮かび、わたしも力を抜いた。

「ひどいよねえ、わたし。彼に電話しようなんて、思いつきもしなかった」

「孤独は癖《くせ》になるのよ」ヘレンは肩をすくめた。「やめた方がいい癖ね」

そこで彼女が出ていって、ちょうどいい頃合いだった。たばこをもみ消してから、タヴァナーを探しに行った。庭で切り株に向かってナイフを放っていた。あいかわらずいいフォームだったが、ナイフ投げなどという非理性的なことをやっているのは、まだかっかしているからだろう。

「最近、慈善活動にはまってるらしいね」芝生の端に座りこみながらきいた。「無料で殺してさしあげます、みたいな」

「いや、殺人五件につき一件無料だ。今年はもう四人殺した」

「腕が落ちなくていいね」そういってから息を吐き出した。途中で震えてしまい、ますます気分が悪くなった。「ほんとにごめんね。考えが足りなかった。あなたのことを考えないようにするのに慣れちゃって、うまくなりすぎたんだと思う」

「傷つくなあ」並んで腰を下ろした。水のペットボトルを渡した。不快ではない汗のにおいと、なにか別のにおいがした。レモン？

「双子はどうしてる？」どうにかきいた。

「もう大人だよ。三十歳の誕生パーティーを計画中。ケイトはロンドンでテレビプロデューサーをしてて、いいやつだがおれの気に食わない男と婚約してる。サラはガーデンデザイナーで、アメリカ人と結婚してニューヨーク州のはずれに住んでる。三歳になったばかりの双子がいるんだ」

　思わず笑ってしまった。「おじいちゃんになったの？」

「そう。じいじって呼ばれてる。最低だな」

「わかる。気色悪いね。アメリカにいる孫と、しょっちゅう会えるの？」

　肩をすくめた。「もうちょっと会いたいけどね。むこうも忙しいんだ」

「自分は？」

「ヨークシャーの小さい一軒家に住んで、パンを焼いたり、骨董品の修繕をしたり、庭で全裸で太極拳をやって近所に嫌がらせをしたりしてる」

「引退後も楽しく暮らせてるんだね」

　しばらく黙りこんだ。「慣れだね。フリーで働こうかとも思ったんだ。たまにどこかで殺しを引き受ければ、ひまを持て余さないかなって」

「じゃあ、わたしたちが最初の依頼人だね。そうだ、いい仕事をしたら、推薦者になってあげてもいいよ」

「履歴書に書けるな」少し間をおいた。「こんなことといってもしょうがないけど、ヴァンスには腹が立つな。むかしから苦手だったけど、こんなに卑劣とは思わなかった」

「わたしも。好かれてると思ったことはないけど、それはしょうがない。ただ……むなしいな。長年かけて築いたキャリアが、無になった。退職金もない。評価も地に堕ちた」

「でもさ、ほんとうに死んだ方がいい人間を、何人かは殺しただろ。ちょっとは意味があったと思おうぜ」

大笑いするうちに、目に涙がたまってきた。

「ああ、いいことといってくれた。ありがと」

「そのために来たんだから」肩が触れそうなくらい身を寄せてきた。

「ベスのこと、ご愁傷さま」やっとのことでいった。

彼はうなずいた。「はがき、受け取ったよ。返事をしなくちゃと思ったんだけど、葬式だのなんだので、バタバタしてて」

しばらく沈黙が流れた。彼といると心地よかった。心地よすぎた。仕事の話に戻らなくては。「タヴァナー、隅から隅までもう仕上がってるんだ。隙のない計画だよ。ばっちりやってある」

「うん、ばっちりだな」

「手を貸してくれるんだね」質問にはしたくなかったが、確認が必要だ。なんの感情もこめない声を出した。

「貸すよ」彼はいった。胸のつかえがほどけていった。

「報酬はいらないって、ヘレンにいったんでしょ」

「極悪非道ってわけじゃない女を殺したことはまだないんだ」軽い口調だ。「気が変わるようなことをいわないでくれ」

「責任者はこっち。勝手なまねはしないでね」

「承知した」彼は立ち上がって、切り株からナイフを集めた。「おりこうにしとくよ」

「頼んだからね」わたしも立ち上がり、ズボンのおしりを払った。「で、武器はなにを持ってきてくれたの？」

わたしをまじまじと見下ろした。「銃を持ってきたかってこと？」

「まあ、そう。銃を持って国際線に乗るのは、やめといたんだ。質問攻めにされるから。いい感じの武器庫でも持ってて、貸してくれるかなって」

「武器庫なんて持ってるわけがないだろ。イギリスのまっとうなおじいちゃんだぞ。家に銃なんて一丁もない」

「嘘でしょ。じゃあなにしに来たの？」

彼は目をむいた。「お忘れのようだけど、引き金を引く以外の特技もあるんだからな」セックスの話ではない――と思う。「でも、車のトランクに使えるものが入ってるかも」

車へ案内してくれた――年代物のジャガーで、わたしたちといい勝負のおんぼろ加減だ。彼がトランクを開けた。わたしはのぞきこんで、吹き出した。「本気？」爆竹の入った袋を手に取った。バチバチ鳴るだけの、小さいあれだ。

「だからさ、おじいちゃんなんだって。まあ、いけてるおじいちゃんだけどな」

「三歳の孫に爆竹を与えるの？」

「まさか。離れた場所から見物させるだけだよ」車に片方のおしりをのせた。「今回の仕事では備品はかぎられてる。手もとにあるものでどうにかするしかない」

手にした爆竹の重みを量りながら、道路脇の花火屋で見た光景を思い出していた。ステーションワゴンの運転席に座った疲れた顔の女性が、後ろに乗ったはなたれ小僧どもが爆竹をりんごに仕込んでは通りかかる車に投げつけるのを、見て見ぬふりをしていた。

タヴァナーを見て、肩をすくめた。「ずっとそんな人生よ。今回もおなじこと」

第37章

ヘレンとタヴァナーとで、スーパーまで買い出しに行った。じゃがいも、巨大なローストビーフ、一人ひとつずつのヨークシャープディング（肉料理につけ合わせるシュー皮のようなパンの一種）、アップルタルト、乳成分不使用の粉末タイプのコーヒーミルク。ベンスコムでの最後の晩餐だ。タヴァナーがエプロンがわりにバスタオルを腰に巻き、料理をした。みなそれほど食欲はなかったが、コンスタンス・ハリデイの黄金律は忘れていない。できるあいだに食べて、寝て、用を足すこと。コンスタンスによると、ウェリントン公爵は部隊の兵士たちに、機会があるたびに小便をしておけという、役に立つアドバイスをしていたそうだ。トイレが必要になったときに、見つかるとはかぎらない。

それで、わたしたちも無理をして食べた。食器も片づくと、ナタリー、ヘレン、メアリー・アリス、わたしを残して、みなどこかへ引っこんだ。ナタリーはほこりまみれのボトルを手に地下室から出てきた。「いいものみーつけた」そういってボトルをきれいに拭くと、ヘレンが上等なグラスを探し出し、さっと洗った。乾杯しようとわたしはいった。

「あしたのためにずっと備えてきた」わたしは切り出した。「四十年も」そこで口をつぐみ、女羊飼いと、その教えすべてに思いを馳《は》せた。「四十年前、コンスタンス・ハリデイがこの道へわたしたちをいざない、スフィンクスの部隊を生み出した。思いどおりには進まなかったけど、ベストを尽くしたし、ほめてもらえると思う。なによりも追い求めなさいと教わった正義を、あした為しましょう」

「正義を」みな唱和した。グラスを合わせ、飲んだ。それから全員、携帯を取り出し、〈更ニャン期☆〉のアプリを開いた。同期させておかなければ。

翌朝目覚めると、たっぷり二時間のヨガで体をほぐした。それからゆっくりとシャワーを浴び、着替えた。ジーンズ、白いシルクのシャツ、焦がしキャラメル色のスエードのジャケット。ヒールのないブーツをはき、髪をとかした。目立つ白髪もあるが、それも勲章だ。ナタリーがくれた、シンプルなシルバーのバレッタでハーフアップにした。まっすぐに落ちる髪は肩の長さ。アクセサリーや香水は不要だ。

みなは敷地のあちこちにいた。タヴァナーは台所で、熱心にナイフを研いでいる。メアリー・アリスとヘレンは、ぼろぼろのトラクターをいじっている。〈ベッティンソン〉と記された、頑丈な鋼鉄のパネルをはずすのだ。ナタリーは、屋根裏で見つけた編み針と毛糸で、せっせと編み物をしている。

ふくらんだ形を見て、わたしはいってみた。

「刀の鞘《さや》？」

「ペニスウォーマーよ」

わたしは吹き出した。それから、物置小屋にしばらくこもった。最後のたばこを吸い、携帯をいじりながら、作戦のおさらいをした。これは賭けだ。わたしだけでなく、みなの命を賭けている。失敗するわけにはいかない。

ジャケットの前をかき合わせ、たばこをもみ消した。別れを告げるため、メールアプリを開いた。短い文面を打ち、〈送信〉をタップした。終わると、携帯をメアリー・アリスに預けた。

「準備万端？」彼女はきいた。

「ぜんぜん」

にんまりした。「みんなそうよ。よし、作戦開始」

家の前で、タヴァナーがキーをぶらぶらさせながら待っていた。

「ミンカが駅まで送ってくれるのかと」

「アキコと速球の練習に忙しいんだ。おれが送っていくよ」

ドアを開けてくれるのを待たず助手席に乗りこんだ。

「で、二人で心地よい時間を、ってわけ？」

「そのようで」さりげないいい方だが、指先でハンドルを叩いている。理由はわかった。

作戦決行直前の数時間、高まる一方のアドレナリンを発散する方法は数えるほどしかない。

セックスやエクササイズは効果的だが、仕事前にはまずい。疲れてよろよろになってしまう。アルコールもピリピリをやわらげるが、仕事に必要な鋭敏な感覚まで鈍《にぶ》らせてしまう。唯一の解決法は、びくびくして爆発しそうな気分を抱えたまま、じっとしていることだ。わたしは瞑想《めいそう》でたいていうまく行くのだけれど、五十センチと三十年をへだてたとなりにタヴァナーが座っていては、無理だ。

他人には説明のしようがないほど、わたしたちは相性がよかった。この人だという感覚、会った瞬間に世界がぴたりと噛み合う感覚は、後にも先にも経験がない。

わたしたちは三年間つきあった。現場職員どうしの恋愛は厳禁だったので、仕事のあいまに、人目につかない場所で密会していた。最後の逢瀬――モザンビークのダイビングロッジでの――は、彼が四度目のプロポーズをし、わたしが予定より二日早く去る形で終わった。あのときも、彼は駅まで送ってくれた。頬にキスをして、受け入れようといってくれた。ややこしい話ではない。求めるものがちがっただけだ。彼は六歳年長で、身を固めたい、落ちついて子どもを持ちたいと願っていた。けれどわたしはどうがんばっても、その小ぢんまりとした絵の中に自分を描けなかった。

二年後、ヴェネツィアでの任務中に、彼から連絡があった。折り返すと、きょう結婚するのだといわれた。おめでとうといった。かぎりなく本心に近かった。彼はことばには出さなかったけれど、タヴァナー語には堪能なので行間まで読める。最初に恋した相手はきみだし、最後に恋する相手もきみだ、と。

電話を切り、任務に出かけた。わたしがヴェネツィアの標的を素手で殺していたころ、彼はたぶん、ウェディングケーキに入刀していた。

彼の横顔を見つめた。若いころよりさらにいい感じがする。「後悔してる？　別れたこと」

わたしへの思いやりだろう、少しは考えたあとで、否定した。「別れなかったら、娘たちはいなかった。ベスとの穏やかな三十年もなかった――いい三十年だったよ、ほとんどはね」

「望んだものは全部手に入った？　庭つきの家も？　ＰＴＡも？」

「ＰＴＡってなんだ？　カルトか？」

「まあそうかな」ロータリーを抜けるあいだ、待った。

「うん」ようやく彼がいった。「バラに囲まれた小さなおうちで、ほぼほぼめでたし、だな」

横目でわたしを見る。「そっちは？」

わたしの心は、過去三十年――四十年近く――の上を鳥のように滑空《かっくう》した。あの時間は、いったいどこへ消えたんだろう？　映画のフィルムのように、さまざまな場面が目の前を流れていった。あるものはぼやけた白黒で、あるものは毒々しいテクニカラーで。行った場所、会った人たちが。

「望んでたとおりの生き方ができた」わたしはいった。

彼はしばらく黙っていた。「いいね」

「ねえ」軽い口調でいった。「ずっと思ってたんだけど、わたしに振られても、そこまでこたえてはなかったんじゃない？　追いかけてきて、教会へ無理やり引っぱっていく気かなと思ったけど、そんなことなかったもの」

「そりゃあ考えたけどね」彼は笑みを浮かべた。「でも、強引にしたら結局憎まれるだろうし、それは嫌だった。それに、いつかはまた巡り会えると信じていたから」

答えを見つけられずにいると、都合よく駅に着いた。送迎レーンに停まり、自分でドアを開けた。咳払いをして、まあまあ自然な声を出した。「来てくれてありがたかった」

「来ない手はないさ」彼はにやりとした。わたしも心からの笑顔を返した。

「乗せてくれてありがと、イギリス人」

「あの世で会おう」

第38章

前日の午後に雨が降ったので、地面は濡れたにおいがした。駅を出て歩いていくと、角を曲がったとたん、バースデーケーキのように輝くトルマッシュ本社が見えた。通りに面した窓は常時よろい戸が閉まっているが、ドアの両側にはやわらかな光のランプがぶら下がっていた。きれいに刈ったツゲの木々にも、豆電球が吊るしてあった。開け放ったドアの内側では、見習い社員がやったのか、ぴったりしたチェック柄《がら》のスーツを着た、見た目だけはいい若造が、「トルマッシュへようこそ」とループ再生のように五、六秒ごとにくりかえしていた。

中に入ると、トレイを手にぐるぐる歩いている女性から、シャンパンのグラスを受け取った。まだ早いのに室内はざわついており、絵画のまわりには入札予定者たちが群がっていた。壁に寄りかかり、シャンパンをちびちび飲みながら、目の前を行き交う人々を観察した。

トルマッシュは、過剰なまでにチューダー様式を模倣《もほう》していた。内部はグローブ座に似せてあり、中央の張り出し舞台を、桟敷《さじき》のような回廊がぐるりと囲む。三階の回廊には売り手やトルマッシュ幹部が陣取り、二階はやじ馬やマスコミを囲いこむ形になっている。舞台後方にはワイン色のベルベットの幕を張り巡らし、その前に競売人の演台が設置されていた。

演台の横にはからっぽのイーゼル。その脇には長いテーブル。たいていのオークション会社には、最低落札価格と現在の入札額をさまざまな通貨単位で電子表示するディスプレイがあるものだが、古風なトルマッシュはちがう。示される金額は、イギリスポンドのみ。ユーロや円の換算を誤る人がいても、お気の毒さま、ということか。計算ミスで痛い目に遭ったのは一人や二人ではないのだが、トルマッシュ側は知らん顔だ。そんなところもまた、この社の風変わりな魅力らしい。

シャンパンを半分飲むと、絵画を見る行列に加わった。思ったより進みは早く、シバに注意を払う人は少なかった。みなの目あては高額の作品だ——オキーフの前で押し合いへし合いしていた。シバは、ヴァライエ＝コステルのパイナップルの静物画といっしょに、奥まった場所にかかっていた。パイナップルは……まあ、まちがいなくパイナップルだ——黄色と緑色で、さまざまな果物と陰気くさいロブスターに囲まれていた。

シバは異彩を放っていた。いかにもアングイッソラが描く女性だ。絵画の中からこちらを見つめる——見透かしている。あまりに揺るぎない視線なので、むこうが本物でこちらが画家の描いた絵なのではと思えてくる。こんなにいきいきしているとは、まさに傑作だ。アングイッソラの肖像画はたいてい黒の背景だが、この絵では女王の浅黒い肌を際立たせるよう室内の風景が描かれている。女王の行為を——そしてその身分を——思い出させるベッドには、落ちついた白のシーツ。心地よい疲れに身をゆだねるソロモンのむきだしの太ももは、日に焼けたオリーブ色。シバの目は穏やかだが油断なく、唇にはかすかな笑みがよぎる。水差しからこぼれた水が、伝説を裏づける。ソロモンが、自分のものをひとつでも盗んだらベッドをともにすると約束させて、罠にかけた、という伝説だ。わざとからい食事を出し、夜になってコップ一杯の水を欲するよう仕向けた――たったそれだけの盗みが、重大な結果を生む。

だがこのシバは、だまされて関係を持つような女性には見えなかった。みずからの望んだとおりのものを手に入れる女性だ。床に打ち捨てられた王の武器は役立たずで、愛が戦を凌《りよう》駕《が》した象徴に思える。この絵はなにもかもがセクシーだ。シバのつややかな肌も、ベッド脇に置かれた熟《う》れた桃の鉢も。

身をかがめて左下の隅を見たが、修復のあとはわからなかった。そうと知らなければ、弾丸がキャンバスにあたったなどとは疑いもしないだろう。〈来歴〉が最後の所有者の子孫をとうとう一人も見つけられなかったのは残念だが、シバがふたたび日の目を見られたのは、うれしかった。隠しておくにはもったいない作品だ。

体を起こしたとき、すぐ横に立っている人物に気づいた。背の高い女性で、さらに十センチ以上のピンヒールをはき、優に一八〇センチを超えている。白のパンツスーツ姿で、ズボンはももの部分がぴったりしており、ひざ下は広がっている。襟《えり》ぐりの深いジャケットの下にシャツは着ておらず、胸まで下がるゴールドのネックレスだけ。フープピアスはダイヤモンドで、いくつもはめた指輪もダイヤ。きれいな真ん丸のアフロヘアで、金色に染めた毛先が後光のように見える。口紅もやはり輝く金色。下僕がつき従っており、ヘレンが見たらうらやましさに悶絶しそうな、特大の白いオーストリッチのバーキンを抱えている。一瞬、だれだか思い出せなかったが、はたとひらめいた——モナ・レイだ。〈エンターテイメント・ウィークリー〉誌の表紙で、ゴールデングローブ監督賞授賞者として取り上げられていた。

と、ベルが鳴り、スピーカーからトルマッシュのテーマ曲である『トランペット・ヴォランタリー』が流れた。入札者たちは追い立てられるように所定の席に向かった。ずっしりしたワインレッドのロープより先にはマスコミや見物人は入れず、ロープの切れ目ではシンプルな黒い服の女性がクリップボードを手にしていた。入札者をそれぞれの番号がついた席へ案内し、記録を取っている。モナ・レイは最前列に着席した。シバが登場したときには、すばらしいツーショット写真が撮れそうだ。

だが、アングイッソラの出品は二番目だ。人々が席につくと、空気がビリビリするほどの期待感に包まれた。音楽が一気に高まり、ベルベットの幕が開いた。一列に並んでいたのは、深緑色のエプロンを着けた会場スタッフ。胸ポケットにはトルマッシュのロゴが金糸で刺繡《ししゅう》されている。その列を縫《ぬ》うように現われたのが、競売人のリリヤ・コスケラだった。

四十歳前後で、細い体も鼻もウィペット犬に似ていた。黒髪のフィンランド人は初めて見た。ゴールドの太いチェーンに色とりどりの宝石がちりばめられた、ヴェルドゥーラの豪華なネックレスをこれ見よがしにつけている。あとで調べたら、八万ドルはする品だった。そうと知っていたら、宝石泥棒に商売替えを考えたかもしれない。リリヤ・コスケラは、オスカー像を受け取る大本命女優のように演台に歩み寄った。落ちつき払って群衆を見わたし、ところどころにかすかなフィンランドなまりをまじえながら話し出した。

聞き流しながら、群衆に目を走らせた。白い袖口がちらりとのぞかなかったら、見落としていたかもしれない。目立たない上品な格好をしていた。バーバリーの地味なトレンチコート、ありふれたチェックのマフラー、目深《まぶか》にかぶった紺色の中折れ帽。シャンパンを飲みながら見守った。彼は慎重だった。ひそかに周囲をうかがっているとは、おなじ道のプロでなければ気づかないだろう。わたしはといえば、スポットライトの真下の柱の裏に隠れていた。

演台ではリリヤ・コスケラが話し終え、突然ヘンデルの『水上の音楽』が響きわたって、ヴァライエ＝コステルのパイナップルが運ばれてきた。イーゼルに設置されると、みな身を乗り出した。静物画はこれ一点だったし、所詮はパイナップルだ。だがコスケラの話術は巧みで、作品の構成や来歴の紹介を終えるころには、入札者たちはパドルを握りしめていた。

競りは四十万ポンドから始まり、あっという間に入札が飛び交う狂乱に陥《おちい》った。初め、入札者は全部で八人いるのかと思ったが、吊り上げ行為もあったかもしれない。競売人が架空の入札を受けつけるふりをして値を吊り上げる手法だと、事前に教わった。さらに上回る値がつく確証がなかったら危険だが、コスケラは人々をうまくあおり、乳牛のように絞りに絞って、七十五万ポンドまで到達した。一ポンドが一・三〇八ドルとして、手数料も入れたら、スポンジ・ボブの家みたいなこのパイナップルが、驚きの百万ドルに近づいていることになる。

結局、七十七万五千ポンドでハンマーが振り下ろされ、会場は大興奮となった。というか、オークション会場にしては大興奮、という意味だが。一瞬おいて、次の音楽が鳴り響いた——またヘンデル。『シバの女王の到着』だ。コスケラが来歴を読み上げた。スタートは三十万ポンド。入札希望者は大勢いた——美術館関係者が数人と、個人の美術商も二人ほど。ルネサンス美術で黒人女性を描いたものは、それほど多くはない。それにアングイッソラは、今後値上がりしそうな期待株だ。美術業界以外ではまだ有名ではないけれど、女性芸術家は注目を集めつつあるし、その中でアングイッソラは一級品だ。

そこで動いてもよかったのだが、感傷的な気分になっていた。シバが真価を認められる場面を見届けたかった。百二十万ポンドでハンマーが鳴ったとき、パドルを掲げていたのはモナ・レイだった。アングイッソラの史上最高額だと、コスケラが声をうわずらせた。モナ・レイは万歳をして喜び、すぐに重役につきそわれて会場をあとにした。支払いの手続きをして、戦利品を愛でるのだろう。

みなの注目は、次の絵画——カサットの抒情的な作品——に向けられた。頃合いだ。ヴァンスのとなりの席が空いていたので、滑《すべ》りこんだ。

「シバが高値で売れてよかった」親しげに話しかけた。「〈美術館〉の臨時収入だね。それに、いい買い手。モナ・レイなら、アングイッソラの思いを理解してると思う」

横目で見ると、思ったより老けこんでいたので、満足した。太ったわけではない。バーバリーのコートの下は太鼓腹《たいこばら》ではない。けれど、目つきが変わった。鋭く、感情のない目を、ちらりとわたしの方に向けた。

「ひさしぶり、ヴァンス」

「ビリー」

バッグからファイルの角をのぞかせた。「わたしたちについての報告書、読んだよ。それにしても、大嘘だらけだね。身に覚えのないことばっかり」

「ほう、どこでそれを手に入れた？」ほほえもうかというように唇が震えた。ポーカーで勝利まちがいなしという手札を配られ、舞い上がっているときに、人はこういう顔をする。

「カラパスの家から取ってきた」正直にいった。

「おそらく、彼を殺したときだな」

「そうねえ、非道に見えるよね。それは認める」

なにもいわないが、撃ってこないだけでも上出来だ。

「ヴァンス、無実を証明するチャンスがほしいだけなんだ」

こわばった笑みを向けてきた。「なんの無実？　パール殺し？　カラパスも？」

「わたしたちを消す指令が出てる」冷静にいった。「死なないようにしてるだけだよ」

突然、彼の手首のスマートウォッチが音を立てた。流れていくテキストメッセージを読むと、笑みを浮かべて、袖でまた隠した。

「こうやって出てきた度胸は、たいしたものだな。本心だよ。ばかげたこけおどしを予想していたが、男らしく堂々と受けて立ったな」身を寄せてくると、ミント味のトローチのにおいがはっきりとわかった。

「風邪の引きかけ？　なら、離れててよ。うつされると困るんだ」

笑みがまたこわばった。「わかってないな。いまのは、ベンスコムからの連絡だ。うちのチームが、全員つかまえた。ここでなにをする気だったか知らんが――」ことばを切り、指で丸を描く。「――終わりだ」

落胆した顔をそむけた。彼がわたしの腕を取った。

「よし、立っていっしょに来るんだ。いっておくが、この会場には仲間が四人いる。妙なまねをしたら、生きて出られない」

ごくりとつばを飲みこみ、さりげない声を出した。「どこへ行くの？」

「もちろんベンスコムだよ。死ぬときはみんないっしょがよかろうと思ってね」

「そういうくだらないことをいうときは、口ひげをひねった方がいいんじゃない？　ついでに、ふわふわの白ネコでもなでる？」

小鼻がほんの少し広がったのが、唯一のいらだちの表われだった。

「落ちついてよ。やくざ連中には気づいてる」会場をぐるりと見まわし、それぞれ持ち場についている三人をあごで示した。「二階にウェンディ・チョン。会うのはマラケシュ以来だな。ニールセンはウェイターの格好で人ごみにまぎれてる。ニューオーリンズでわたしをつかまえそこねたね。あと、カーター・ブリッグズが、通路のむこうの二列目に座ってる。さっき入札してたみたいだけど、あれは値が高すぎでしょ」

「もう一人」

「わかってるって。エヴァ・ノヴァクでしょ。電話台のそばにいる。シャネルのコピーを着て、悪目立ちしてる。服のセンスが悪すぎだけど、まあわたしも超人気ファッショニスタってわけじゃないからね。でもちょっとアドバイスさせてもらうと、全員、完全武装なのが丸わかりだよ。もうちょっと目立たないようにって、いっとくべきだったんじゃない」

二の腕をぎゅっとつかまれた。「なんの罪もない美術業界人が一人でも巻きこまれるのは、望んでいないよな。だったら、おとなしく立て」

いわれたとおりにした。人ごみを抜け、正面の出入口まで連れられていった。スモークガラスの高級SUV車が、道路の少し先でアイドリングしていた。車の前で、ポケットからなにから、武器がないか徹底的に手探りされた。例の四人組もくっついて会場から出てきて、車のドアを開け乗りこんだ。わたしは後部座席に押しこまれた。先客が座席の端に縮こまっていた。背中をどやしつけられ、その人物につかまって踏みこたえた。

「すいません」反射的にいった。

「こちらこそ」その人は答えた。

ちょうどそのとき、車内灯がついて、彼の顔が見えた。

「どうも、マーティン」

第39章

ヴァンスが反対の端に座り、ベンスコムまで和気あいあいとすごした。むこうが儀礼的に水を飲むかとたずね、わたしがやはり儀礼的に断わったほかは、会話はなかった。喉は渇いていたが、おしっこに行きたくなるのだけは勘弁。トイレ休憩を許可してくれるとは思えなかったし、この歳になるとトイレが近いのだ。それで尿路感染症になるのがオチ。

そういうわけで、気をまぎらしていた。子どものころ、ヒツジは数えなかった。かわりに歴代大統領を頭の中で唱えた。それが終わるとイギリス君主、元素周期表、さまざまな言語での千までの数。なにを考えるかは、あまり重要ではない——ポイントは、心があちこちへさまよっていかない程度にいっぱいにしておくこと。今回は、自分が殺した人物リストにした。最初はニース上空でのブルガリア人だ。

ベンスコムに向かって、高速道路を降りた。車内を見まわし、手足を少し伸ばしてから、マーティンの方を向いた。

「で、最初から彼と組んでたの?」ヴァンスを頭で示しながらたずねた。

シルエットしか見えないが、唇を嚙んでいるのがわかった。

「最初はちがった」静かな声で答えた。

「わたしたちの調査書を書いたんだ？」疑問形にしたが、答えはもう知っている。カラパスのファイルに必要なことは全部記されていた。ノドの暗号の先頭には、マーティンのイニシャル。ＭＦ——考えてみれば、しっくり来る。

「はい。理事会では、ナオミじゃなくぼくが説明したんです。つわりで出てこられなかったから」うなだれながらいった。

彼のウールのベストをつついた。「ひどい仕打ちだよね。考えたのはマーティン、それともヴァンス？」

ヴァンスがじっと見ているのに気づいた。

「マーティンから話があった。おまえら四人が、副業で殺しを請《う》け負って稼いでいるという証拠を持ってきた」

「そんな大ぼらを信じたの？」

ヴァンスは肩をすくめ、わたしはマーティンを見た。

「わたしたちがフリーで殺してるって話をでっち上げたわけね。どうして？」

「おれより小利口なつもりでいやがったからさ」ヴァンスが笑いを含んだ声でいった。「理事会がおまえら四人に腹を立て、暗殺指令を出すよう仕向けたんだ。その上で、おまえらに適度に情報を流して、われわれの排除に向かわせ、組織の乗っ取りをたくらんだ。理事全員が消えれば、権力の空白が生まれるだろう？　つまりな、最初からおまえらは利用されてたんだよ。おまえらはマーティンのあやつり人形で、糸を引っぱって踊らされてたのさ。四人で理事を消してやって、彼を頂点に据えてやるところだった」マーティンの方へ身を乗り出し、話しかけた。「だが、おれを見くびりすぎじゃないかな？」

マーティンは黙っていた。ヴァンスは手を伸ばしてその顔を引っぱたいた。通りすぎる街灯で、彼の耳の下に乾いた血がひと筋ついているのが見え、手荒く扱われて意気消沈しているような印象を受けた。

「で、たくらみがばれたわけだ」わたしはマーティンにいった。「全員をチェスの駒みたいに動かして、ことが終わったら生き残っているのは自分一人、っていう計算だったの？」

「そんな感じです」歯を食いしばった。

ヴァンスを見た。「マーティンが対立をあおっていたっていう共通認識なら、手を結べるんじゃゃない？」

ヴァンスは首を振った。「まさか。こんな好機をみすみす逃す手はない」

わたしはうなずいた。「そりゃそうだ。カラパスとパールが消えて、ほくほくしてるんでしょ。なんでなの？　理事が多すぎるから、自分一人で運営したくなった？」

「ビリー、〈美術館〉は気高い理想のもとに始まったが、ここ数年は疲弊していたんだ。なんでだと思う？　船頭多くして、ってやつだよ。標的を決定するにも〈来歴〉部門が絡《から》んできて、理事会で投票しないと指令も出せない――それも、年にたったの四回の理事会だぞ。時間がかかりすぎだ。創設当時はそれでうまく行ってたかもしれないが、いまの世の中はちがう。暗黒時代のままじゃだめだ、近代化するべきなんだよ。スリム化して、ふさわしいリーダーのもとで一から再構築しないと。〈美術館〉は、世界最強の私設軍隊になれる力があるんだ」

「で、ヴァンスが指揮を執《と》る」

暗がりの中で彼がほほえみ、白い歯が光った。「責任者は必要だからな」

マーティンを振り返った。「わお。いいように使われたもんだね」

彼は泣き声めいた笑いをこらえた。「よくいいますね。メールをよこすなんていうヘマを犯して、つかまったくせに」声まねをするように高い声を出した。「『いろいろ協力ありがとう。今度会ったら一杯おごるね』」

怒ったおばあさん的な顔を精いっぱい作った。「居場所なんて書かなかった」

「位置情報がオンになってたぞ」ヴァンスがあざけった。「マーティンがベンスコムと特定してすぐに、全員とらえるため部下を向かわせた」

車が止まった。運転手は残り、ヴァンス、マーティン、わたしと、四人の手下が降りた。家の玄関には見張りが立っており、ヴァンスに近づいて報告した。

「敷地内異状なし。捕虜三人は台所です」

三人。ほっと息を吐き出した。メアリー・アリス、ナタリー、ヘレンのことだ。アキコとミンカは、タヴァナーのもとで無事だ。ヴァンスの手は及んでいない。

わたしを先頭に家の中へ追い立てられた。マーティンは真ん中あたりにいた。彼をどうするつもりか知らないが、いい結果になりそうな気はしない。

廊下を進み、台所に入った。メアリー・アリス、ヘレン、ナタリーが、花柄のビニールクロスがかかったテーブルを囲んでいた。見張りが二人、銃を手に壁際に立っていた。洗った食器が水切りラックにのっているが、お菓子作りの道具が調理台に用意してあるし、テーブルの真ん中ではろうそくがまだ燃えていた。コーヒーも入れたようだが、片づいていない。コーヒーポットの横に砂糖入れと粉末コーヒーミルクの容器数本が置いてあり、マグカップは空だった。

わたしはにおいを嗅いだ。「バス&ボディ・ワークス?」

「マークス&スペンサー」メアリー・アリスが答えた。「セールになってたの」

「いいにおい」背中を銃で小突かれ、テーブルについた。ヴァンスも座り、対面した。

「さて、みんなに説明しようか?」と見まわした。「まちがってたらいってね。マーティンが――」ベスト姿で立ち、鼻をすすっている彼の方を指さした。「――たくらんだことなんだ。〈美術館〉を乗っ取るためにね。わたしたちが違反行為に手を染めているっていう証拠をでっち上げて、理事会に提出した。その結果、わたしたちの抹殺命令が出された」彼に目をやった。「ヴァンスが死んだら、なに食わぬ顔で後釜に座れると思ってたの?」

「暫定指揮権についての規定があるんです」マーティンは小さな声でいった。「〈美術館〉に入って最初の仕事が、創設当時の書類のデジタル化だったんです。後継問題に関する条項をたまたま目にして、いずれ役に立つかもと心に留めておいたんです」

「後継問題?」メアリー・アリスがうろんな顔をした。「仰々しいねえ」

マーティンが続けた。「理事が急に空席になった場合は、その直属の部下が自動的に暫定理事の座につくことになってます」

ヘレンは唇をすぼめた。「つまり、理事が全員消されたら、あなたとナオミがあとを継ぐってこと? でもナオミは病気休暇中だから、あなたが全権を手にするわけね」

「リモートワークしてる妊婦を排除するなんて、わけないもんね」ナタリーも参加した。「いっとくけど、それって女性差別だからね」

「ところがそこで」とわたし。「ヴァンスが彼の意図に気づいて、カラパスとパールの抹消に便乗することにした。一人残れば、〈美術館〉の改革を好き勝手に進められる」

身を乗り出してたずねた。「なんのためなの、ヴァンス? お金? 理事の給料って、最近そんなにしょぼいの?」

彼は首を振った。「人を恨むことなんてめったにないんだが、おまえだけは別だ」

わたしは目をむいてみせた。「ザンジバルのことをまだ根に持ってるの?」

彼が顔を寄せてきたが、トローチのにおいはもうしなかった。加齢臭だけだった。「おれのナチを奪った。あれはおれの任務、おれの使命だった。おまえはただのサポートだ。美術品の搬出《はんしゅつ》と、つじつま合わせだけしてりゃよかったんだ。なのに、がまんできなかったんだろ。出しゃばってあの女を殺した」

「そしてヴァンスを救った」静かにいった。

彼は手のひらでバンとテーブルを叩いた。マグカップが飛び上がりろうそくの炎が揺れた。

「ばあさん一人も料理できないと、本気で思ったのか？　たまたま一発撃たれたが、それだけのことだった。ちゃんとコントロールできてたんだ。それをぶちこわした。〈美術館〉が殺した最後のナチだぞ。その名誉を横取りした」

「彼女は死んだ。それで任務達成でしょ。だれが殺したかなんて、どうでもいいじゃない」

「どうでもよくない」

「それだけのことで、四十年もたってからわたしを殺そうと？」

にやりとした。「いや。だが、この流れで死んでくれてもまったく心は痛まないね」

「どういう流れなの？」ヘレンが穏やかにきいた。「わたしたちを殺して、〈美術館〉のトップに立つの？」

「まあそういうことだ」ヴァンスは立ち上がり、両手をポケットに突っこんだ。「マーティンも死んで——」視線を投げられ、マーティンが身をすくめた。「——ナオミが休暇中となれば、改革を始めるのに好都合だ」

「ほかの理事の座ふたつを廃止するとか」ナタリーが口にした。

「で、その権限を理事一人に集約する——自分に」とメアリー・アリス。

彼は肩をすくめた。「コンパクト化だよ。どんな組織も遅かれ早かれ通る道だ」

そして身振りで起立を促した。「立って。時間だ」

「最低最悪の計画ではないね」わたしはいった。「わたしたちが邪魔しなければ、うまく行ったのにね」

「どういう意味だ？」部屋の中を手で示した。「暗殺者が四人に見張りが二人、外にもあと五人。プラスおれ自身だ。いいか、そっちの負けなんだよ。よくやったとは思う。だがもう終わりだ」

背を向け、出ていこうとした。汚れ仕事は部下に任せて。わたしはテーブルの上の携帯に目を落とした。メアリー・アリスのだ。〈更ニャン期☆〉のアプリが開いており、カウントダウンする数字とくるくる回る小さなネコが出ている。

「ヴァンス」と呼びかけた。

彼は戸口で止まった。「なんだ？　言い残すことでも？」

「そうだよ」三人を見た。メアリー・アリス。ヘレン。ナタリー。それからヴァンスに向きなおった。息を深く吸い、にっこりした。「六十歳が位置情報を使いこなせるはずがないって考えは、失礼な年齢差別だよ」

その瞬間、アプリ画面の数字がゼロになり、ネコがニャーオと鳴いた。ヘレンの携帯からもニャーオと声がして、ナタリーのも同時に鳴いた。外ではミンカが、みなと同期したわたしの携帯を持っている。四匹の機械じかけのネコが声を合わせて騒ぎ立てると同時に、みなテーブルの下に潜りこんだ。窓ガラスが割れ、室内に火の手が上がった。

闘いは、案外早く終わった。そもそもがこちらの奇襲作戦だった。メアリー・アリスとヘレンはトラクターのパネルをテーブルの裏にねじ止めして、補強してあった。それを立てて身を隠すと、時間稼ぎになる。窓ガラスが割れたのは、見事な攪乱《かくらん》だった。タヴァナーが仕込んだジャガイモと、アキコの投球術のおかげだ。ジャガイモ一個一個に爆竹を埋めこんであり、窓から飛びこむときに派手な音と大量の煙を発する。タヴァナーが庭にちょうどいいくぼみを作っておいたので、アキコはそこでジャガイモに火をつけては投げ続け、タヴァナーはヴァンスの見張りが現われるのを伏せて待った。わたしに見せていないおもちゃをまだ持っていそうな気がしたが、台所の包丁だけでも彼にはじゅうぶんな凶器だ。ミンカもアキコの横で、点火と投擲《とうてき》をくりかえしていた。一個がニールセンの顔を直撃した。眼球をえぐられた痕を手で押さえ、血まみれで外へ駆けだしていった。短い悲鳴は、タヴァナーが始末した証拠だろう。

これで残りは、ウェンディ・チョン、カーター・ブリッグズ、エヴァ・ノヴァク。マーティンは煙と混乱に乗じて抜け出しており、ヴァンスの所在は定かでなかった。ナタリーはテーブルクロスを引っぺがすときに、コーヒーミルクの容器をうまくキャッチした。それをエヴァに投げつけると、シャネルの模造品に中身が飛び散った。そこへメアリー・アリスが火のついたろうそくを投げたので、全身が独立記念日の花火のように燃え上がった（乳成分不使用の粉末コーヒーミルクの可燃性は、あまり知られていない。製品安全性の問題かも）。

　ニールセンが逃げるときに裏口のドアを開けっぱなしにしており、テーブルの陰に隠れながら一直線に出られそうだった。重装歩兵のようにテーブルを構え、走り出した。ウェンディとカーターが、銃弾が尽きるまで撃ちまくってきた。はね返った弾丸の一発が、カーターの腕にあたった。そのとき、ウェンディの銃が弾詰まりを起こした。クリップをいじっていたとき、靴の近くで少量の粉末クリームに火がついているのをメアリー・アリスが見つけた。狙いは完璧ではなかったが、それでじゅうぶんだった。投げた食用油のびんがウェンディの足もとで割れ、中身がひざまでかかった。カーターは銃を利き手の反対に持ち替え、また弾切れになるまで撃った。テーブルはそろそろ限界だった。木っ端が飛び散り、ふたたび一斉射撃を受けたら耐えられそうにない。

　投げるものはないかと探したが、先にメアリー・アリスが重い鉄製のフライパンを引っつかみ、強打者のようにスイングした。二度目のスイングのあとでは、彼の頭部はほとんど残っていなかった。続けて、倒れていたエヴァにとどめを刺し、その間にナタリーがウェンディを片づけた。ヘレンはショックを受けたように固まっていた。片手を腰に回し、片手を引っぱって、外へ連れ出した。

「もう終わるから」とはげました。

そのとき、銃弾がわたしの髪をかすめ、耳たぶの下の端に触れた。ヴァンスが庭のむこうから迫っていた。ヘレンを押しやると、よろよろと家の中へ引っこんだ。メアリー・アリスとナタリーは消火中で、アキコはジャガイモが尽きたらしい。タヴァナーは雲隠れしてしまった。最後はこうなる運命だったのだろう。

アドレナリンと疲労で震えていた。正直な話、もう若くないんだから。

ヴァンスの前に立ちはだかった。シャツに血が滴《したた》る。「いいかげんにしてよ、ヴァンス。これ、シルクだったんだよ」

「最後の最後まで生意気だな」銃を構えた。引き金を引いたが、なにも起こらない。もう一度試しはしなかった。銃を投げ捨て、ポケットに手を入れたが、空だった。予備を忘れたのか、計算ちがいをしたのか。背すじを伸ばすと、上着を脱ぎ、首を回した。

それから、やつはにやりとした。何千回、何万回と見てきた笑みだ。〈おれにかなうやつはいない〉という笑み。〈こっちの方が上手だ〉という笑み。〈いまに泣きを見るぞ〉という笑み。〈女になんか負けるわけがない〉という笑み。

怒りのうねりがやってきて、頭まで飲みこまれ、溺《おぼ》れそうな気分になった。だがそこで、声が聞こえた。小さく静かな声、四十年前に聞いたきりの声が。目を閉じ、耳をすました。

この仕事で大事なのは、怒りではなく、喜びなのです。

怒りは引いていき、かわりに幸福感が湧き上がった。猛り狂う、凶暴な幸福感が。

いちばんうまい闘いだったとはいわない。だが、いちばん激しい闘いではあった。あらゆる攻撃をくり出したが、彼が優位だった。露《つゆ》に濡れて滑る芝生の上で、脚を絡めて押さえこまれ、首を絞められて、目の前が暗くなった。耳もしこたま殴られたので、自分の鼓動のほかは聞こえなかった。

わたしがなかなか屈しないことに、驚いた様子だった。だいたい、ヴァンスはむかしから女性を見くびっているのだ。

息を止め、頭をななめに垂れ、それらしく舌を少し出して、待った。彼は手の力をゆるめた。その手が震えていたので、わたしより五歳年上なこと、多少ぜいたくをしてきたことを思い出した。

手が離れた瞬間、思いきり頭突きを食らわした。ヴァンスの鼻の骨が折れ、鼻血が噴き出した。よろけたところでわたしは立ち上がり、にやりとした。「女に演技をされたのは、初めてじゃないでしょ」

雄たけびを上げてつかみかかってきた。抵抗しなかった。二十年前なら、胴体を踏みつけて脚を首に巻きつけ、地面に引き倒すハリケーン戦術を使っただろう。しかしあれはばかみたいにスタミナがいるし、いまは体力を消耗している。秘策はひとつだけ。それを使えば、どのみちゲームオーバーだ。

　彼は折れた鼻から血をまき散らしながら、またわたしの喉をつかみ、揺さぶった。地面に転がし、馬乗りになり、徐々に首を絞めていく。視界が狭まり、真っ暗な一点のみになった。左手で彼の手をつかみ、指を引きはがそうとしたが、びくともしなかった。右手を髪に差し入れ、バレッタをかちりとはずした。ナタリーが、かみそりよりさらに鋭く尖らせてくれたそれを、ヴァンスの脇の下に突き刺した。なめらかに食いこみ、腋窩《えきか》動脈を切り裂いた。

　初め、なにが起きたか彼は気づいていなかった。だがわたしが凶器を引き抜き、顔の前にかざすと、べっとりと血がついていた。それを見たとたん、動揺して手をゆるめた。気を取りなおす前に、腰のばねを使って体勢を逆転した。絡み合ったままの脚で、彼を固定した。股関節屈筋群が悲鳴を上げていたが、体を起こし、狂犬に教わったとおりに片手を彼のあごにあてた。反対の手を頭頂部にあて、目をのぞきこむと、彼も悟ったようだった。

　口を開いたが、なにもいわなかった。わたしは思いきり手首をひねり、首の骨をへし折った。彼はわたしにもたれかかり、それからゆっくりと、まるで海の底へと漂う石のように、沈みこんでいった。ひざをつき、芝生の上に彼を横たえた。わたしは血を流し、息を切らし、肩の傷口は開いて耳たぶの一部は欠けていた。メアリー・アリスとナタリーが、傷だらけの血まみれになって、庭の隅に立っていた。メアリー・アリスは斧を手にしており、二人の見張りの名残が薪《まき》の束のように積み上がっていた。

疲労のあまり声も出ず、手を振った。その瞬間、冷たい銃口が首の後ろに押しあてられた。

「立ってください。ゆっくりと」マーティンがいった。銃を持つ手が震えており、嫌な予感がした。びくびくしていると、はずみで引き金を引いてしまうことがある。

メアリー・アリスが斧を振りかざしたが、マーティンはそちらへ銃を向けた。「動かないで。こっちへ来ないで。ここから出られればいいんです」

「わたしたちを死なせようとしたくせに」ナタリーが指摘した。「思いどおりになんてさせないからね」

「ああもう、嘘も方便でしょ」わたしはぼやいた。彼が銃口を首にねじこむと、ナットもメアリー・アリスも動けなくなった。

「念のため教えておくけどね」メアリー・アリスは穏やかにいった。「ここには味方がいるんだ。生きては出られないよ」

「人質がいれば、出られます」さらに銃を押しつけてきた。ヴァンスの予備の銃を拾ったのだろうか。ヴァンスが貸してやったとは考えにくい。

「マーティン」わたしはいった。「冷静になろう。どこかまで同行するのはかまわないから。ね？」

笑い声は震えていて、ヒステリーの気配がした。「それで、二人きりになったら殺す気なんでしょう?　油断ならない年寄りだな」

「そうなると、落としどころがないよ」とわたし。

彼がぐっとわたしを引き寄せた。密着すると、心臓がバクバクしているのが伝わってきた。

「黙ってて。考えがまとまらない」

「ねえ、ちょっと力をゆるめてもらうのは無理?　首に銃が食いこんで、嫌な感じなんだけど」

「うるさい」庭の端まで引っ立てていった。バラが『眠れる森の美女』のお城のように厚く茂っている。せまいすき間があるのを見て、彼の計画を理解した。二人同時には通り抜けられない。わたしを射殺してから、死体を盾に使って一人で抜け出す気だろう。

立ち止まり、銃身を上げてわたしの後頭部に狙いをつけた。発砲しようとする彼の息づかいが髪に感じられた。閃光、銃声、首すじに流れる温かく金《かな》くさい血。終わりだ。振り返ると、彼がくずおれるところだった。ひたいにこぶしほどの穴が開いている。首すじに手をやると、濡れていた。わたしではなく、彼の血で。

ヘレンがコンスタンス・ハリデイ愛用のコルトを手に、ほほえんでいた。

むかしとまったく変わらずに。

第40章

物陰からだれかが現われ、ヘレンがさっと銃を向けた。

「ちょっとちょっと、まさか妊婦を撃つ気ですか？」

ナオミ・ヌジャイはマーティンの死体を見下ろした。バーバリーのトレンチコートを羽織り、Tシャツが丸いおなかをぴったりと包んでいる。

「そんな状態で、よく飛行機に乗る気になれたね？」ナタリーがいぶかった。

ナオミは肩をすくめた。「七カ月までだったら、普通は問題ないんですよ。巨大に見えるでしょうけど、三人目ですからね」よく見えるように両手を上げた。「コートのポケットに手を入れますけど、撃たないでくださいよ、ヘレン」そういって、まっすぐ見つめた。

ヘレンがうなずくと、ナオミは手をポケットに入れ、緑色の液体が入ったボトルを取り出した。キャップをひねったとき、一瞬、ガソリンとかナパーム剤とか、種々雑多な危険物質のどれかかもしれない、と思いかけた。けれど彼女はそれを大きくひと口飲み下し、げっぷをした。

「はあ、楽になった。ジンジャーエールです」ラベルを見せた。「吐き気に効くんで」

「まだ続いてるの？」メアリー・アリスがきいた。

ナオミは顔をしかめた。「妊娠悪阻《おそ》ですって」

ナタリーがうなずいた。「キャサリン妃もなったやつね、かわいそうに」

「妊娠すると毎回、吐きづわりがひどいんですよ。四カ月くらいでたいてい終わるんですけど、長時間移動でぶり返しちゃって」意味ありげな目つきで一人一人を見た。

「別に呼んでないけど」わたしが口にした。

「そうですね」ナオミはスニーカーでマーティンの足をつついた。「彼を追ってきただけです」ヘレンをちらりと見る。「名手なのは知ってますけど、こっちにずっと向けられてると、ちょっと気になるんですよね。下げてもらってもだいじょうぶですよ、妙な動きはしませんから」

ヘレンは少し考えた。「ナットがボディチェックしてからね」

ナオミは首を振った。「それはなし。大西洋を飛び越えてきただけでも、赤ちゃんには負担をかけてるんです。闘う気なんてないから、武器も持ってきてません。きょうはぱさぱさのトーストひとかけしか食べてないし、それだって吐かずにいられるかどうか。寝不足だし、妊娠で痔《じ》が悪化してるし、とてもじゃないけど体じゅう触られたい気分じゃないんですよ。すいませんね、ナタリー」

「気にしないで」ナタリーが頼もしくいった。

「かわいそうに」とメアリー・アリス。「なにか食べられそう？　卵とか、どう？」

ナオミは身震いした。「結構です。収拾をつけたらとっとと出ていきますから」ヘレンの銃を見る。「わたし、〈展示〉じゃなく〈来歴〉ですよ。六十歳といったって、ばっちり訓練を積んで、わたしが生まれる前から人を殺していたんでしょう。いまわたしと闘うとなったら、六割方そちらの勝ちですよ」

「どうして六割だけなの？」ヘレンがたずねた。

「そちらが闘いを仕掛けてくるなら、死に物狂いでこの子を守るからですよ。こう見えて獰《どう》猛《もう》です」冷ややかに答えた。

ややあって、ヘレンは腕を下ろした。

「どうも」ナオミはそっけなくいい、一同を見た。「これ、ヘレンの仕事ですよね」マーティンのひたいの穴を指さした。

ヘレンはうなずいた。ナオミは片手をおなかにあてながらしゃがみこみ、傷口をじっくり調べた。血は止まっておらず、開いたままの目の上を流れて、鼻の脇にたまっていた。「少し左に寄ってるけど、かなりいいですね。驚いた顔をしてる」

「驚いてたからね」と教えてやった。

彼女は手を伸ばし、目を閉じてやった。それから立ち上がり、またジンジャーエールをぐびりと飲んだ。「ばかな男」と首を振った。携帯を出して、番号を打ちこんだ。「掃除屋をよこして」と、ベンスコム・ホールの住所を告げる。「すばやく、目立たないように。庭へ来て」ことばを切り、見まわした。「ほかにも片づけるべき人はいますか？」

「でっかいおにいさんたちがいたるところに落ちてる」わたしは答えた。「台所に何人かの残骸《ざんがい》があるけど、いまごろは焼き上がってるかも。あと、ヴァンス・ギルクリストが温室のそばに」

彼女は目を見開いたが、なにもいわなかった。電話の相手にその情報を伝え、あいさつもせずに切った。「二、三十分だそうです」また見まわした。「ケンブリッジを出てはいますけど、生まれはアトランタなんです。この寒さはしんどいな。中へ入りましょう」

物置小屋へと向かっていく。わたしたちは顔を見合わせた。ナオミはそつなく場を仕切っているが、その気になれば制圧できる――戦闘態勢にはほど遠いし、〈来歴〉だから、わたしたちのような徹底した訓練は受けていないはずだ。要するに、いつでも彼女を排除できるということ。

けれど、やめておいた。おとなしく物置小屋についていくと、ミンカとアキコが待っていた。協力して腐葉土の袋を積み重ね、ナオミを座らせてやった。タヴァナーを探そうとは思わなかった。わたしたちが頼んだことをやりとげ、いいタイミングで抜け出したのだろう。結末を見届けてくれたらよかったのに、と思った。

全員が落ちつくと、ナオミが切り出した。

「まず確認ですけど、みなさんがヴァンス・ギルクリストと、ティエリー・カラパスと、手下たちを抹殺したんですよね」

「ギュンター・パールも」わたしがつけ加えた。

彼女は目を細めた。「事件性はないと断定されたんですけど。心臓発作を起こして、りんごで窒息《ちっそく》したんだと」

「メアリー・アリスとわたしでニコチンの全身泥パックを施したあと、わたしがりんごのかけらを喉に押しこんだ」

ナオミは口をぽかんと開け、また閉じた。それから笑い出した。「すごいですね。古風なしょうもない手法」またしてもジンジャーエールを飲んだ。「なるほど、死体の数がひとつ増えました。協力者がいたんですか?」

「いない」間髪を容れず答えた。

彼女は全員を見たが、だれもタヴァナーを売る気はなかった。ナオミはうなずいた。「オーケー、面と向かって嘘をつくんですね。まあいいですよ。だれかをかばっているんでしょう。それでもかまいませんけど、正直に話してくれないと、みなさんをかばってあげられないんですよね」

「わたしたちをかばう?」メアリー・アリスが問うた。

ナオミの表情は冷ややかだった。「組織の全員が、みなさんの首にかけられた多額の賞金を狙っているんですよ。いまはわたしが責任者ですから、撤回できるのはわたしだけです。つまり、答えはイエス――みなさんをかばうつもりです」

「どうして？」ヘレンがいぶかった。

ナオミは、庭で冷たくなっていくマーティンの死体の方を手で示した。「あのくだらない悪党を始末して、めんどうを省いてくれたから」

ナタリーが目を丸くした。「マーティンに目をつけてたの？」

「二年、三年弱、監視していました。理事に取り入って、ちょっとした雑用も引き受けて、役に立つところを見せつけてましたからね。あまりにうまいことやるので、目障りで。それで注意を払うようになったんです」

メアリー・アリスが口を開いた。「どうやって常時目を光らせてたの？」

ナオミはにんまりした。「わたしが報告を行なう四半期ごとの理事会には、マーティンも出席するんです。そのときに、パソコンにキーボード監視装置を、携帯にスパイウェアを取りつけてやりました。たったそれだけの仕事で、行動が筒抜けですよ。なにを検索したか、どんなメールのやりとりがあったか、どんなあやしいことをたくらんでいるか。スマホゲームのレベルも、給与額から考えると多すぎる銀行残高も、治りが悪くて医者が首をかしげる水虫のことも、全部わかっちゃいました」

「気色わるっ」ナタリーがつぶやいた。

ナオミはにやにやした。「彼の二次創作の話はやめときますね。相当変わってますよ」

「そうやって、彼の行動をすっかり把握していたんだ」わたしはゆっくりといった。「わたしたちを罠にかけたことも」視線をまっすぐ受け止めたが、彼女も引かなかった。

「そのとおり。でも、証明する方法がありませんでした。理事会になにをいったって、自分の罪をなすりつけるために監視機器を取りつけたんだ、って逆襲されます。それに、あの人たちがわたしに耳を貸すと思います? 古いやり方にどっぷり浸かってた人たちですよ」ジンジャーエールを飲み干し、小さくげっぷをした。「この子にはほんとにまいっちゃう」

ミンカが口をはさんだ。「ショウガをもっと摂りなよ」ポケットからジンジャーキャンディーの缶を出し、ナオミに渡した。さっそくひとつ口に入れ、なめはじめた。

「あたしの友達をいたわってくれるなら、あたしだっていたわってあげるんだよ」ミンカはいかめしい顔でいった。

「ミンカ、落ちつきなさい。ウクライナなまりが出てるよ」わたしは注意した。

ナオミが顔を上げた。「ウクライナ?」なにごとか口にすると、ミンカの顔がぱっと輝き、聞いたことがないほど陽気な声で答えた。

「ウクライナ語が話せるの?」ヘレンがきいた。

ナオミは肩をすくめた。「十七カ国語を話せます。ほとんどは仕事のためだけど、ウクライナ語はただの趣味です」

「語学検定の点数、えげつないんだろうね」とナタリー。

ナオミはにっこりした。「で、ビリーの遠回しな非難にお答えすると、はい、マーティンがみなさんをはめて、理事会が抹殺指令を出すのを、静観していました。警告も考えたけど、結局やめたんです。理事会は、四人のおばちゃんたち――ほんとうにそういったんですよ――がブラッド・フォーガティに太刀打《たちう》ちできっこないと考えて、クルーズ船に一人しか差し向けなかった。油断しているはずだからって。甘いと思ってましたよ。みなさんは経験があるし、勘も鋭い。注意を怠《おこた》らず、見事に切り抜けましたよね。そうなると賭けてました」

「この人たちの命を賭けの対象にしたの」アキコが突然割って入った。

ナオミはまばたきひとつしなかった。「計算した上で決断したんです。この仕事では常にそうです」話を続けた。「みなさんが船から逃げ出したとわかって、理事会は割れました。パールは、もう放っておこうと。最初から抹殺指令には消極的だったんです。でも、ギルクリストとカラパスが強く主張して、指令は続行になりました。知り合いに情報を求めてくるだろうと読んで、すぐさまスウィーニーを監視下に置いたんです」

「電話を盗聴していて、彼がドジを踏んだときのため、ニールセンも送りこんだんだね」わたしはいった。

「まさにそのとおり。それも不首尾に終わったあと、ニューオーリンズを離れたことまでは察したけれど、行き先はさっぱりわからなかった。ギルクリストは激怒しましたよ。カラパスはボディガードを増やしてパリの自宅にこもることにしました。パールは、自分たちを追ってくる根性などないだろうと思いこんで、恒例のスパへ出かけました。まちがいでしたね」わたしたちに敬礼する。「パールはおなじ行動しかしないから、見つけやすかったでしょう。カラパスはむずかしかったんじゃないですか。どうやったんです？」

捜索過程を説明すると、感心したようだった。「それで、調査書とは知らずにベッドから取って逃げた？」

わたしは肩をすくめた。「〈美術館〉っぽさを無意識に感じ取ったのかも。いや、どうかな。ただの直感だよ。で、読んでみたら、ノドに暗号のイニシャルがあって、マーティンが書いたとわかった」

「ビリーに悟られたとも知らずに、トルマッシュについての伝言を残したんだろうね」とメアリー・アリス。

「さりげないつもりでね」わたしはにやりとした。

「あの絵がトルマッシュにあると気づかせて、ギルクリストの罠に誘いこもうとしたんですね」ナオミが話をまとめた。

わたしも補足した。「どっちの発案かはわからなかったけれど、あの時点で、ヴァンスとマーティンは手を組んでると判明した。二人ともやっつけるには、立場を逆転させてここへ呼び寄せるしかないってことも」

「それで、堂々とトルマッシュに入っていって、向き合ったんですか」ナオミは感嘆しながらわたしを見た。「すごい度胸ですね」

わたしは肩をすくめた。「むこうの狙いは、四人全員だった。全員集合するまではやられないと思った。ヴァンスは四十年もわたしを恨んでたんだ。目の前で仲間たちを殺してやれば、せいせいするとでも思ったんでしょ」

ナオミは熱心にジンジャーキャンディーをしゃぶりながら、けげんな顔をした。「これ、最高なのか最低なのか、わからなくなってきちゃった」

「あたしはテキーラでおなじようになるよ」ミンカがいった。

「パールの死に不審点を残さなかったのは、すばらしいですね」ナオミはまた話し出した。「カラパスとギルクリストは、あのあと侃々諤々《かんかんがくがく》でしたよ。カラパスはいずれあきらめるだろうという考えでした。何件もの殺しを、しかも自分たち相手にこなすには、力不足だからと。ギルクリストは警戒してました。カラパスも消されてから、攻撃は最大の防御と腹を決めたんですね」

「それで、わたしたちをおびき出すためアングイッソラをオークションにかけた」ヘレンが引き取った。

「狙いどおりでしたね」ナオミはまたにやりとした。「いずれ、作戦を隅から隅まで聞かせてもらいたいな。でも庭から音がしますね。掃除屋が来たみたい」

第41章

物置小屋から見ていると、目立たないグレーのつなぎを着た掃除屋たちが、死体を防水シートにくるみ、ミニバンの後部にきれいに積みこんでいった。最後に扉をばたんと閉め、ひとことも口をきかずに立ち去った。

「どこへ運ぶの？」ナタリーがきいた。

「ブリストル郊外に、焼却炉を備えた処理施設があるんです。イングランド南部とウェールズの分はすべて処理してくれます。イングランド北部とスコットランドは別エリア」ナオミが説明した。「遺灰は埋め立て地に捨てます。一時間もすれば、彼らは跡形もなく消え去ります」そこでみなの顔を見た。「ちなみに、どう始末するつもりだったんですか？」

「ブタは候補になってたね」とわたし。

彼女はうなずいた。「いなかでは、ブタもいい方法ですよね」またみなをぐるりと見た。

「さて、今後の話をしましょう。提案を持ってきたんですよ」

ナオミが条件を示し、多少の交渉を経て、合意に達した。文書には残さない。握手と、ジンジャーキャンディーと、ナタリーが隠し持っていたミニボトルのウォッカとを交わして、成立とした。

「わたしたちへの暗殺指令は撤回され、退職金も満額が支払われる。ナオミは新たな理事が決まるまで、臨時代表として指揮を執《と》る」わたしがまとめた。

「元の人生に戻れる」メアリー・アリスがアキコの手を取った。アキコは逆らわなかった。二人はもうだいじょうぶそうだ。

「でも、いますぐではないですよ」ナオミが釘《くぎ》を刺した。「みなさんが〈美術館〉と和解したと、周知徹底しないと。それまでしばらくは身をひそめていてもらえませんか」

「じゃあ、日本へ行くわ」ナタリーが即座にいった。「生け花を習いたいと思ってたのよね」

アキコはメアリー・アリスを見て、ほほえんだ。「わたしたちは、ノルウェーかな。ケヴィンを祖先の地へ連れていってやろう」ケヴィンの前足を上げさせると、眠そうにうなった。

「ヘレンは？」わたしがたずねると、大きく息を吸いながら家を見た。火事は台所の一角だけだったたし、残り火も掃除屋が消していってくれた。だが庭にはまだ煙が立ち上り、わたしたちの髪も当分は煙くさいだろう。

「家の片づけをしないとね。いまなら取りかかれそう」ヘレンは力強くいった。「ビリーは？」

遠いむかし、タヴァナーとひと月をすごしたギリシャの小島を思い出した。海に臨む崖っぷちの農家を借りたっけ。すばらしく真っ青な海で、この世のほかの色など忘れてしまいそうだった。草や潮のにおいが風にのって届き、毎日巨大な車輪のような太陽が輝いていた。

「ギリシャ」だしぬけにいった。「わたしはギリシャに行く」

「あたしたちはギリシャに行く」ミンカがいいなおした。

わたしはにっこりした。しばらくはいっしょにいさせてやろう。それから、世界を見ておいでとやさしく追い出そう。大学に入る前にいろんな体験をするといい。彼女がいなくなったら、時間はたっぷりある。尽きないほどの時間が。タヴァナーに思いを馳《は》せた。彼もちょっとは日を浴びた方がいい。うちの庭で全裸で太極拳をやればさらにいい。

ナオミがトイレに行くため席をはずした。戻ってくると、みなは別れを告げ、わたしが見送り役を買って出た。途中、遠回りをして書斎に立ち寄り、褪《あ》せた壁紙にいまもかかっている絵の前で足を止めた。彼女は長々と見つめていた。「アストライアーですね」天秤と剣を指して、いった。

「知ってるの?」

分別くさくほほえんだ。「修士論文のテーマが、イタリア・バロックにおける寓意と暗喩《あんゆ》だったんです」

「だったら、なぜコンスタンス・ハリデイがこの絵を重んじたか、わかるよね」わたしはいった。「彼女の理念も。〈美術館〉の理念も。かつての理念だけど」

「わかります。理念に立ち返りますよ。誓います」

握手を交わし、彼女は歩み去った。車をどこに停めたのか知らなかったし、ききもしなかった。現われたときとおなじように、ひっそりと消えていった。思ったよりまともな訓練を受けているのかもしれない。

外の空気を吸おうと歩いた。刺すような寒さだが、まだ戻る気にはなれなかった。

夜明け前の庭は暗く、薄闇の中で夜の鳥が歌っていた。疲れたのか、声は小さい。それでも、歌をやめはしなかった。木々の上に夜明けの光が広がるまで、歌いつづけていた。

著者あとがき

普通の著者ならここで〈終わり〉と大書して、物語を閉じるだろう。だがわたしは普通の著者ではないし、この物語は終わらない。妙な気を起こす人がいても見つからないよう、詳細は変えてある。くれぐれもそんな気を起こさないように。命を落とす人もいるのだ。わたしは身をもって知っている。

謝辞

この本を無謀に書きはじめたわたしを、数えきれないほどの人たちが支えてくれました。その中でも、以下の人たちに特に深い感謝と、カクテル一杯を。

エージェントであり、友人であり、業界で初めてわたしに賭けてくれたパメラ・ホプキンズに。ほめてもらえますように。

すぐれた編集者のダニエル・ペレスに。ある日の電話で、「初老の女性の話を書いてみませんか」といわれ、発破をかけつづけられた結果が、この本です。

寛大さと編集能力を持ち合わせたジェン・スナイダーに。おかげでより充実した本ができあがりました。

勇気を与え、熱狂し、飲み会で激励してくれたクレア・ザイオンに。あれがこの本の原動力でした。

この本に最適なタイトルを考えてくれたクレイグ・バークに。この本の正式な名づけ親はあなたです。

たまらなくかっこいいカバーをデザインしてくれたバークリー出版のアート部門に。

自由気ままに生き人を殺す機会を与えてくれたアイヴァン・ヘルドとジャンヌ＝マリー・ハドソンに。

チアリーダー役を務めてくれたローレン・ジャガーズとタラ・オコナーに。最高にキラキラしたポンポンでした。

機械音痴のわたしに、かぎりなく辛抱強く接し、揺るぎない応援をくれたジェス・マンジカーロに。まるでロックスターでした。

流れを途絶えさせなかったキャンディス・クートに。

バトンの受け渡しをしてくれたミシェル・ヴェガに。

細部まで気を配り、デジタル関連を整理してくれたジョミー・ワイルディングと、ライタースペースのサイトのみんなに。

〈ヴェロニカ・スピードウェル〉シリーズのすばらしい朗読をしてくれたアンジェル・マスターズに。

バークリーおよびペンギン・ランダムハウスのすべての社員に。一人残らず全員に。この旅路をいっしょにたどれて、幸せでした。

わたしの本を手に取り、好意的にとらえてくれたすべての書店員、図書館員、インスタグラマーならぬブックスタグラマー、書評家、読者に。本への愛を広めてくれて、ありがとう。

トレーニングに関する頼れる情報源で、メールでいきなり「実は男性を殺さなくちゃいけなくて……」と送ってもひるみもしないトラヴィス・ステイトン＝マレーロに。「無理だよ」を含むおびえた電話をさばいてくれたアリエル・ローホンとローレン・ウィリグに。

ユダヤ教について語ってくれたターシャ・ターナー、フェリシア・グロスマン、ジェニー・レイ・ラパポート、ローレン・コンラッド、ステイシー・アグダーン、ブライナ・スターラーに。

大切な友人ブレイク・レイヤーズに。良質のストッキングのように信頼できました。電話や、メールや、ブレインストーミングや、なにより、「真に迫った書き方に失敗はない」というメッセージを、ありがとう。いまもパソコンに貼ってあります。

ブランケット・フォートのみんなに。ＧＩＦ画像や内輪ネタやただのばか話をありがとう。みんな仲間だよ。

この本のニュースを電話で伝えたときに、喜びのあまり耳がつぶれるほどの金切り声を上げてくれたアリー・トロッタに。いつものはげましメールもありがとう。

日々の喜びと息抜きをくれるツイッター住民のみなさんに。バーチャル井戸端会議をありがとう。

わたしの娘と、すべての「だいじょうぶだよ」というメールに。

わたしの両親と、代行してくれたすべての雑用、耐え忍んでくれたすべての不機嫌、拭《ぬぐ》ってくれたすべての涙に。
わたしの夫と、すべてのありとあらゆることに。
性自認が女性で、憤《いきどお》るすべての人に。わたしもおなじです。これはあなたの本です。

解説——還暦には還暦なりの暴れ方があるんだ

村上貴史

■ニューヨーク・タイムズ

『暗殺者たちに口紅を』は、ディアナ・レイバーンが二〇二二年に発表した長篇ミステリだ。ニューヨーク・タイムズ紙において、同年九月二十五日付の〈ニューヨーク・タイムズ・ベストセラー〉のハードカバー・フィクション部門で九位にランクインしたという一作である。

■暗殺者たち

本書の特徴は、まずはなによりキャラクターだ。
主人公は暗殺者——そう聞いて、相変わらず大人気の『暗殺者グレイマン』（マーク・グリーニー著）などを想起された方がいらっしゃるかもしれないが、少しばかり違う。

主な相違点は、本書の題名に明らかだ。グレイマンことコートランド・ジェントリーは単独の主人公だったが、本書では複数の人物が主役となる。具体的には、四人組だ。それ故《ゆえ》に〝暗殺者たち〟とタイトルに謳《うた》われているのである。さらに、グレイマンとは異なり、女性である。だからこその〝口紅〟だ。その四人とは……。

高貴で上品、ジャクリーン・ケネディにもなぞらえられるヘレン・ランドルフ。射撃の名手だ。

少女のようであり、ときにまるでオードリー・ヘップバーンのようでもあるナタリー・スカイラー。彼女の小さな手で扱えるかぎりの大きな銃や、あるいは爆弾や手榴弾など音の派手な武器が好き。

豊満な体つきのメアリー・アリス・タトル。毒物を巧みに操る。

そしてビリー・ウェブスター。訓練を経て素手での格闘術の名手に成長し、しかも、作中で示されるように、彼女ならではの存在意義も備える。そして、本書の語り手だ。

つまり、タイトルに象徴された特徴を、この四人の暗殺者は備えているのである。

そして、最大の特徴は――タイトルには表れていないのだが――この四人組の女性暗殺者が、還暦を迎えていることである。

国際的暗殺組織〈美術館〉は、ナチの残党や独裁者、武器商人、麻薬密売人、性犯罪者などをターゲットとする私的な組織だ。ビリーたち四人は、この組織に採用され、訓練され、暗殺者として活躍してきた。そして四十年。彼女たちはいよいよその稼業から足を洗う時を迎えた。福利厚生もしっかりしている〈美術館〉から〝退職記念クルーズ〟を贈られ、四人は豪華客船でのカリブ海の航海を愉《たの》しんでいたが、船上で〈美術館〉の男を目撃してしまう。もしかして殺しの標的は自分たちかも。自分たちを助けられるのは、そう、自分たちしかいない。かくして四人と暗殺組織〈美術館〉との闘いが勃発《ぼっぱつ》する……。

この闘いの連続もまた、本書の特徴だ。カリブ海の船に始まり、アメリカはニューオーリンズ、さらに欧州のあちらこちらなど移動を繰り返しながら、テンポよく闘いが続いていく。しかもその闘いは、暗殺者対暗殺者という構図だけあって、工夫が凝《こ》らされている。身体能力はさすがに下り坂だが、四十年で培《つちか》った技能とチームワークを四人が活かす一方、〈美術館〉は組織力を活かす。凝りすぎず、一方であっさりもしすぎず、程よい精度と程よい密度で四人の〝暗殺〟を愉しむことができる。なお、殺しといってもグロテスクな描写は伴わないのでご安心を。

そんな現在進行形の闘いを語りつつ、本書では、四人の過去も描かれている。一九七九年に初めて手掛けた暗殺（これが第1章だ）や、それに先だって彼女たちが〈美術館〉にスカウトされ訓練される様子、さらにはプロの暗殺者として暗殺を進める様子などが織り込まれているのだ。そうした過去のパートで、経験値も身体能力も還暦の彼女たちとは異なる状態にあった四人を対比させながら読むことができるのである。それもまた愉しい。

また、暗殺者の恋愛関係についても触れられている。四人のなかには、短期的なパートナー関係を選ぶ者もいれば、特定のパートナーとの関係を重視する者もいる（それはそれで〈美術館〉に追われる状況下ではリスクだったりする）。暗殺者としての冷静さを、こうした心理といかに共存させるかも読みどころといえよう。

という具合に様々な魅力を備えつつ、マクロに捉《とら》えるならば、『暗殺者たちに口紅を』は、四人対〈美術館〉という構図で結末まで一気に走り抜けるというシンプルな物語である。船、飛行機、地下道などの様々な現場での、そして様々な国を移動しながらの対決劇を、問答無用で堪能できる良質の活劇小説なのだ。

■ディアナ・レイバーン

本書の著者であるディアナ・レイバーンは、二〇〇六年に*Silent in the Grave*でデビューした作家だ。同書はビクトリア朝の英国を舞台とした歴史ミステリで、エドワード・グレイ卿が脅迫され、殺された事件について、妻のジュリアが、グレイ卿の私立探偵であるニコラス・ブリスベンと協力しながら真相を探っていく。二〇〇七年のアガサ賞最優秀デビュー長篇賞の最終候補作でもある（受賞はHank Phillippi Ryanの*Prime Time*）。このデビュー作を起点とするレディ・ジュリア・グレイとニコラス・ブリスベンの物語は人気を博し、二〇

一四年の第九作 *Bonfire Night* まで続いた（この間にジュリアとニコラスの関係は変化している）。

二〇一五年からは、同じくビクトリア朝の英国を舞台に、ベロニカ・スピードウェルをヒロインとする新シリーズを開始。二〇一八年の第三作 *A Treacherous Curse* では、新たに発見されたエジプト王女の墓から発掘された王冠を、その呪いとともに語ってアメリカ探偵作家クラブ賞の最優秀小説賞にノミネートされた（受賞したのはウォルター・モズリイ『流れは、いつか海へと』）。こちらもまた人気シリーズとなり、本稿執筆の二〇二三年時点で、第八作 *A Sinister Revenge* まで発表されている。

ディアナ・レイバーンには、その他、*Far in the Wilds* に始まる主に一九二〇年代を物語の舞台にした冒険小説五作品（二〇一三年〜二〇一四年）や、ゴシック小説 *The Dead Travel Fast*（二〇一〇年）があるが、現代を舞台とする小説は、本書『暗殺者たちに口紅を』が初めてであり、今のところこれだけである。そうした小説を書くに至った経緯《けいい》を、The Poisoned Pen Bookstore（米国アリゾナ州の書店）によるインタビューや、『暗殺者たちに口紅を』について語った YouTube でのプロモーション動画において、そもそもは出版社からの打診がきっかけで始まったと語っている。年配の女性が kick ass なこと（めちゃくちゃ格好いいこと）をしている小説を書いてみる気はないか、と訊ねられたというのだ。彼女は即答を避け、一週間考えて、関心ありと回答し、女性の年齢を六十歳にしたいと告げたという。自分よりも年上の女性を書いてみたかったというのだ。さらに彼女は、主人公を暗殺者たちにしたいという想いとあわせて、この作品を現代劇として書きたいと伝えた。現代小説の実績がなかったこともあり、版元は即座に同意したわけではなかったというが、最終的には同意を得られ、ディアナ・レイバーンは執筆を始めた。

それは案の定、難航したという。それまで十八冊も書いてきた歴史フィクションを語る〝声〟は体得していたが、現代を語る〝声〟を見つけるのに苦心したのだ。あるシーンを何度も書きなおしたが、それが素晴らしいのか、それとも全くのゴミくずなのか、客観的に判断できない状況にまで追い込まれたそうだ。彼女はそこでいったん執筆を中断し、その時点での原稿を夫に読んでもらった（普段はそんなことはしないという）。夫の反応は、これはいつものTwitterでの呟《つぶや》きだね、というもの。その回答で、自分はようやく現代を語る〝声〟を手に入れたことを実感できたという。

しかしながら、『暗殺者たちに口紅を』を書き上げるには、さらにすべきことがあった。調査だ。〈美術館〉をどの政府にも属さない暗殺組織にすると決めた際、その設定を成立させるために、様々な諜報機関、例えばＣＩＡやＭＩ６がどのように誕生したのかを調べ、一方で、ターゲットとなるナチスの面々が第二次大戦中に何を行い、その後、どう逃げたのかを調べた。そしてその調査結果を基に、〈美術館〉を生み出したのだという。

彼女はまた、暗殺の技術についても調べた。ネットも調べたし、専門知識を有する友人たちにも相談した。その結果が、本書でビリーたちが披露する多様な――ときに読者の身の回りにもありそうなものを駆使した――暗殺手段だったのである。

そうした調査を基に小説を書く際、ディアナ・レイバーンは、調べたすべてを小説に盛り込まないと決めていた。調査結果の七〇%は作家のなかに血肉としてとどめ、三〇%だけを文章にするというのだ（この法則は、歴史フィクション作家の Persia Woolley の著書から学んだそうだ）。そうした姿勢で書き上げられた小説の読みやすさと充実ぶりは、『暗殺者たちに口紅を』を読み終えた方には納得戴《いただ》けるだろう。

■ヒロインたち

最後に、本書の五七頁に着目しておこう。一九七八年一二月、ビリーが〈美術館〉にスカウトされるに至る流れを綴った場面だ。ここでビリーが保持していた私物の一つとして、一冊の本が読者に示される。ピーター・オドンネルの『死の味』だ。この本をビリーは何度も読み返し、線を引き、ページの角《かど》を折っていた。主人公である国籍不明の美女、モデスティ・ブレイズのファンなのだという。モデスティ・ブレイズがなぜ好きかをビリーは語り、なぜ「関心があるのは、法ではなく正義。このふたつは残念ながらちがう」という文に印をつけたのかを説明する。ビリーという人物を読者が理解する上で重要な場面だ（ちなみに本書の中心人物であるビリーは、誰かをモデルとしたわけではないが、ディアナ・レイバーンが過去に知り合った多くの女性の一部を備えており、その名は大好きな大おばから借りたという)。

その『死の味』（*A Taste for Death*）は、ピーター・オドンネルが一九六九年に発表した実在の書物だが、残念ながら邦訳は刊行されていない。しかしながら、モデスティを主役とする十三冊のシリーズの最初の二冊については、《淑女スパイ　モデスティ・ブレイズ》シリーズと冠されて、『唇からナイフ』『クウェート大作戦』が榊原晃三の手で邦訳されている。『唇からナイフ』の序盤で、男性の視線がモデスティの肌から黒髪、口、セーターからスカート、脚、ヒール、そして口紅（！）へと移動する描写が印象深いこのシリーズについては、そもそもがオドンネルが文章を担当した新聞の連載漫画（作画はJim Holdaway）を自身でノベライズして第一作が誕生したことや、前記の邦訳二冊が刊行された一九六六年に『唇からナイフ』が映画化され、日本を含めて公開されたことなど、いくつもの興味深いエピソードがあるのだが、ここでは、オドンネルの作家活動について一つ紹介しておきたい。オドンネルは、モデスティ・ブレイズの執筆と並行して、出版社の依頼により、マドレーヌ・ブレントという女性名義で、ビクトリア朝の英国を舞台としたゴシックロマンスと冒険を描いた作品群を一九七一年から八六年にかけて執筆していたのである。そう、ディアナ・レイバーンとピーター・オドンネルという二人の作家の特色が、それぞれが生んだビリー・ウェブスターとモデスティ・ブレイズという二人のヒロインを通じて結びつくのである。ディアナ・レイバーンがどこまで意識的にモデスティ・ブレイズに言及したのかは不明だが、深読みしてみるのもなかなかに愉しい。なお、モデスティ・ブレイズが活躍する最後の長篇 *Dead Man's Handle* は一九八五年の作品であり、一九七八年の時点では立派にシリーズは継続中である。ビリーが『死の味』を読んでいるという設定は全く自然であることを書き添えておこう。

ディアナ・レイバーンは、本書の続篇、あるいは現代物のサスペンスを将来書くかどうかについて、明確には語っていない。絶対に書かないとはいわない、とだけ述べているのだ。従って具体的な期待はなにもできないのだが、それでも期待は抱きたくなる。『暗殺者たちに口紅を』は、それほどまでに上出来のエンターテインメントなのだ。

検印
廃止

訳者紹介　東京外国語大学外国語学部欧米第一課程英語専攻卒業。翻訳書籍編集者を経て、英米文学翻訳家。

暗殺者たちに口紅を

2023年5月31日　初版

著　者　ディアナ・レイバーン

訳　者　西《にし》　谷《たに》　か　お　り

発行所　(株)東　京　創　元　社
代表者　渋　谷　健　太　郎

162-0814/東京都新宿区新小川町1-5
電　話　03・3268・8231-営業部
03・3268・8204-編集部
URL　http://www.tsogen.co.jp
DTP　工　友　会　印　刷
暁　印　刷　・　本　間　製　本

ISBN978-4-488-19106-1　C0197

創元推理文庫

小説を武器として、ソ連と戦う女性たち!

THE SECRETS WE KEPT◆Lala Prescott

あの本は読まれているか

ラーラ・プレスコット　吉澤康子 訳

◆

冷戦下のアメリカ。ロシア移民の娘であるイリーナは、CIAにタイピストとして雇われる。だが実際はスパイの才能を見こまれており、訓練を受けて、ある特殊作戦に抜擢された。その作戦の目的は、共産圏で禁書とされた小説『ドクトル・ジバゴ』をソ連国民の手に渡し、言論統制や検閲で人々を迫害するソ連の現状を知らしめること。危険な極秘任務に挑む女性たちを描いた傑作長編!